三島由紀夫没後45年

三島由紀夫研究 ⑯

〔責任編集〕
松本　徹
佐藤秀明
井上隆史
山中剛史

鼎書房

目次

特集　没後45年

三島由紀夫没後四十五年目に——その不可解な恋の行方——

田中美代子

犬塚潔さんは、人も知る三島マニアで、三島由紀夫につながるものなら、私室の扉《ドア》ノブでも蒐めまじき勢いです。それでも、「自分は〝言葉の人間〟ではないから」とつねづねこぼしていたのに、近頃はいよいよ思いあまって、その膨大なコレクションの中から、自らテーマをしぼり、忙しい本業のかたわら、私家版をつくって同好の人々に配る、という奇特な仕事を始めています。

つい先頃は、「『豊饒の海』の装幀の秘密」と題する小冊子を戴きました。これは単行本「豊饒の海」全四冊の函から造本までの制作の過程をたどり、その全体像を紹介したものです。

三島由紀夫の幼いころの創作ノートには、将来大作家たるの暁を期して、様々な豪華本の企画や装幀のアイデアなどを描いたページが残されていて微笑ましいのですが、現実に職業作家になってからは、大方は他人任せで細かい口出しなどはなかった由です。

ところがいよいよ「豊饒の海」までくると、永年の懸案を実現すべく、細部まで凝りにこって、愉しみながら作業を進めた様子が伝わってきます。

まず装幀者には、ジョルジュ・バタイユ本などで馴染み深い村上芳正氏をたのみ、夥しい注文を出して試作が繰り返され、殆ど二人の共同制作のかたちで進行したとのことです。最初にとりかかったのは、四巻に共通の函の絵で、正面には、鹿、雉、象、蛇の四種類の動物が円形の枠におさまり、全体が赤、青、黄、緑を配した模様で繋がれています。模様は、正倉院の宝物の螺鈿からイメージして村上氏が作成。

さらに動物たちは各巻の扉を飾って、「春の雪」が鹿、「奔馬」が雉、「暁の寺」が象、「天人五衰」には蛇が描かれて、それぞれの物語を象徴しているのです。

作家はその絵柄について、〈私はディズニイランドが好きだから、これらの動物を童画的に描いて欲しい。写実的には描かないで欲しい〉と注文した。動物が幾分太って描かれているのはそのためである〉とのこと。

さもありなん、と納得できます。

また、動物たちの周囲にはミルフルール（Mille-Fleur 千花模様）が配されています。それらの草花は、〈中世ヨーロッパでは一般的な模様で、聖母マリアを象徴する花であったり、忠義・忠節・純潔・貞節・無垢・夭折・美貌・若さ・眠り・自惚れなどを意味する花々であった。西洋を象徴する模様を東洋の模様で繋ぐことで世界を表わしている〉

というわけですから、この物語全体がまさに隠喩の宝庫にほかならないでしょう。

とりわけ、私の注意を惹いたのは、第一巻の扉絵の鹿についてでした。犬塚氏は〈「春の雪」の舞台として最も象徴的なのが奈良〉であり、〈鹿は戦前から奈良の人々に愛された動物であった〉からとコメントしています。

私はこれを眺めながら、ふとあの「夢野乃鹿」と題するエッセイを思い出していました。それは昭和十八年十二月二十五日号の補仁会雑誌に発表されたものですが、若書きのせいもあってか、難解をきわめ、永らく心にかかって忘れられぬ文章の一つでした。ここに展開される、つかみどころのない、神韻縹渺たる詩的散文の正体は何だろう。これが悲劇論であることはおぼろげに感じられたものの、どんな由緒のある文章か見当がつかず、ぜひその出典を知りたいと思っていたのです。

「夢野乃鹿」は、まずこんな風に書き始められます。

〈止まることから流れることへの転身は、夢みることにとつて誕生と復活の朝であらう。すべて夢みることに先行して、礫のやうに人をうつあの幻は、まさに転身の成就を俟つて現はれるであらう。そのとき止る存在は流れる存在となりきるゆゑに、止る姿に無限に近づくに従つて即ち無限に遠ざかる流れの天性から、それが、一歩一歩が可能のおそろしい断崖である「止る」存在とは似て非なる「永久に止る」ともいふべき存在の型式をとるときこそ、不朽の語は、はじめて使用に価する。立ちあらはれる幻は無辺際の可能の海の極まりつくした充実と空虚の末に、すなはち無への無限の接近の大きな消極の頂点に、すがすがしく、暁天の星をさながらの、最高の有が輝き出す瞬間、つと人の目や心をよぎる。さうして人は陥ちるのだ。およそ陥没のなかでもつとも美しい陥没を。あの止まることの「可能の海」が、完全の喪失へと身を向けるときに、おそらくそこには完全さがはじめて存在する。はじめて〉

私たちはここにそれ自体が詩の風景である、美しくも慄然たる設計図を見せられているのですが、初心の読者には一体何が何だかわけがわからない。もどかしく口をついて出る言葉の連鎖は、まるで呪文に似た繰り返しです。

はるか後年、この文章を完璧に小説化したのが「春の雪」にほかならぬと、やがて腑に落ちるのですが、とすると、これは一種の予言ということになるでしょう。

それはたとえばあの「太陽と鉄」に告白された〈つらつら自分の幼時を思ひめぐらすと、私にとつては言葉の記憶は肉体の記憶よりもはるかに遠くまで遡る。世のつねの人にとつては、肉体が先に訪れ、それから言葉が訪れるのであらうに、私にとつては、まず言葉が訪れて〉（「太陽と鉄」）というような事態なのでしょうか。

それにしても「鹿」は、この文章には全く姿を現さない。彼は一体どこに身を隠しているのか。

と、あるとき、私はまたもや「夢野の鹿」と題する別の文章に行き当って、やっとその姿貌《かたち》が見えてきたと思われました。

蓮田善明の全集をひらくと、目次に同じく「夢野の鹿」の題名を見出します。こちらは昭和十七年三月、雑誌『文藝文化』に発表されたものなので、三島由紀夫の「夢野乃鹿」は、当然このエッセイに触発されて書かれたものに違いありません。

蓮田善明によれば、この物語の出典は主に摂津国風土記であり、彼はまず自身のエッセイの冒頭で、その中の挿話の一つである「夢野の鹿」の全文を紹介し、古代日本人の特異な感情の流露に、感嘆の声を上げるのです。

孫引きながら、その一文を掲げましょう。

夢野《いめぬ》の鹿《しか》

雄《を》伴《とものこほり》郡に夢野《いめぬ》あり。父老相伝へて云はく。昔刀我野《とがぬ》に牡《を》鹿《しか》あり。その嫡《むかひめ》の牝《め》鹿は、此の野に居り、その妾《をむなめ》の牝《め》鹿は、淡路《あはぢ》の国の野《ぬ》島に居りき。かの牡鹿、しば〳〵野《ぬ》島に往きて、妾《をむなめ》と相愛無比《いとむつまじ》。既にして牡鹿来たりて嫡《むかひめ》の所《もと》に宿る。明《その》旦《つとめて》、牡鹿その嫡に語るらく、今夜《きそのよ》の夢に、吾が背に雪零《ふ》り置けりと見き。又すすきといふ草生《お》ひたりと見き。此の夢何の祥《さが》ならむ、と云ふ。其の嫡、夫《せ》の復《ま》た妾《をむなめ》のもとに往くをにくみて、詐《いつは》りて相《いめあはせ》しつらく、背の上に草生ひたるは、矢の背上《そびら》を射るの祥《しるし》なり。又雪の零《ふ》れるは、白塩《あはしほ》を完肉《しし》に塗らるる祥《しるし》なり。汝《いまし》淡路の野島に渡らば、必ず船人《ふなと》に遇ひて、海《わた》中《なか》に射殺《いころ》さえむ。ゆめ勿《な》復《ま》た往《いで》ましそね、といふ。その牡鹿、感恋《こほ》しさに勝《えた》へず、復た野島に渡りけるに、海中に行船《ふね》に遇《ゆき》逢《あ》ひて、終に射殺さえき。故《かれ》、此の野を夢野《いめぬ》と名づく。俗説《ことわざ》に、刀我野《とがぬ》に立てる真牡鹿《さをしか》も夢相《いめあはせ》のまに〳〵、と云へり。

——摂津国風土記

この話のポイントは、むろん〈其の嫡、夫の復た妾のもとに往くをにくみて詐りて相しつらく〉というところで、妻は、嫉妬の炎を燃やして夫に詐りの占いをしかけた、という按配になっています。単純にいえば、牡鹿の罪と罰の話で、妻の怒りと復讐の意図がクローズアップされるでしょう。

けれども、顧みれば、占いである限り、それが偽りか真実かは結果次第でわからない。妻の立場にあれば、まずは夫の身を案じ、警告、または忠告として占いを使った、ということは大いにありうる。確かに「嘘から出た真」という諺もあるくらいですが、いずれにせよ妻の予言はあたったのです。

これにはまた、「日本書紀」の仁徳天皇三十八条にも類話があり、兎餓野の鹿の話になっていて、同じく「雌鹿が悪い判断をしたために悪い結果を招いた戒め」と解釈されていたりする。

一方こちらには「刀我野に立てる真牡鹿も夢相せのまに〳〵」とあって、「夢は判断次第で吉にも凶にもなる」と説かれています。

こんなどっちつかずの解釈は、おそらくその時々の語り手の意向次第で、主体や詞章を変えながら伝承された名残りかもしれない。いずれにせよ人々の道徳的判断は曖昧に揺れ動き、物語のテーマをはかりかねているのでしょう。

ところがここにゴルギアスの結び目を断つかのごとき爽やかな裁定があって、状況を一変させます。ここ一番、蓮田善明は次のように喝破している。

〈これは所謂寓話でも何でもない。また原始時代の動物神話だの、或いは上古人が人間と自然動物との分別なく同視してゐた時の原始心理の産物などといふ解釈常識はすつかり捨てなければこの物語は分からない。もしこの物語が真に原始心理から出るとしたら、その原始心理こそどれ程に高い文明であるか分からないと言ひたいほどである。

なぜなら、これは全く美しい芸術そのものであるからである。芸術だけを語る人々の間に心をこめて語られた物語である〉と。

では、詐りの夢あわせとは何ぞ。彼はそこに比類なく雄々しい牡鹿と、その避けがたい運命を予感するのです。

〈この一杯な愛恋はどうであらう。牡鹿がもつ愛恋の幅が、嫡妻のほかに妾婦の牡鹿をも登場させてゐるのである。少しも動物的な恣欲的な醜さを感じさせない。しかもその愛すべき妾婦の鹿は海を越えた淡路島にゐるといふことになつてゐる。それだけでもこの牡鹿の愛恋は一杯である。しかしその牡鹿の恋のこころを語る語り手は同じ一杯さで嫡妻の鹿の恋心に裏返して見せてゐる。嫡妻は夫の恋ごころを知つてゐる。淡路島までの恋をしつてゐる。

恐らく牡鹿はこの嫡妻の鹿をも心とけて愛したであらう。萱草の中に寄り添うて寝て、夢の話を語り合ふこの夫婦の鹿は、むしろ相恋の一つの極みであらう。私はこの睦じさの夜にかの愛恋の牡鹿の背に降りつもる雪の白さが非常な芸術だと思ふ。「夢」とはそれである。かういふ芸術の極所を描くことは、その前に犠牲を要する。この物語はさういふ芸術の秘儀を語るもの語りであるとも言ふことができる。即ちそこまで描かれた芸術は魔術的となる。この嫡妻の夢相とはそれである。

愛恋を一杯に幅あらしめたその極みは芸術へ翻転し、その芸術また燃えてその犠牲者を摘発したのである。おそらくはこの恐ろしい預言の故に、感恋しさは牡鹿の生命を焼き、え勝へず海を渡ろうといそがせる。そして射殺される〉

詐りの夢占いは、是非なく真実となった。それは相愛の同士の以心伝心によってであり、夫婦が互いに密かに夢み、ただ相方《あいかた》が口火をきったことでたちまち現実化したのでした。人知れぬ胸の奥処に潜む、秘儀ともいうべきこの愛の主題は、ただちに松枝清顕の不可解な恋物語に通うものではないか。

「春の雪」は、この世に五万とある恋物語の定型を踏まない。逆に定型を蹂躙し、これを超脱して無明の彼方へと旅立つ抗いがたい情動であり、合理では説明できない、人間にとり憑いた魔的な魂の誘いなのです。それは避けようのない時代の危機の表現であり、動乱の奔出にほかなりません。思いかえせば、このとき日本はまさに世界戦争の渦中にありました。

三島由紀夫没後四十五年目、私は犬塚さんの労作によって、初めてそのことに気づかされたのでした。

敗戦前後に書かれたエッセイ「廃墟の朝」ノオトⅥに曰く、〈「彼は何故かういふものを書いたのであらう」といふ人は正しくもあり誤つてもゐる。発生と意図と結果とが渾然と一つになるときその作品は死せる作品である。作品には妨害物―あの犯すもの―が必要であらう。その度にその作者は「領域」の為の戦士になり得る。掠奪が美しい行為となるのである〉

（文芸評論家）

ミシマ万華鏡

山中剛史

かつて埼玉県草加市のメンバーを中心とした「埼東文化」という同人誌があった。この雑誌の昭和五十七年二月発行の第二号に、三島由紀夫の未発表エッセイが出ていることに気がついたのは、恥ずかしながらつい先日のことである。掲載されたのは「ブラジル案内」という原稿用紙四枚のエッセイ。『アポロの杯』関連のもの。提供者は豊田三郎の姪である豊田長子氏。豊田氏が入手した経緯がこれまた面白い。昭和二十七年八月、三島ファンの豊田氏が日銀座の文藝春秋社ビル入り口のショーウインドーをふと見ると、その月の文春に掲載された他の作家達と共に三島のエッセイ原稿がそこに陳列してあった。豊田氏は三島へのファンレターにあの原稿を譲ってくれないかと書き添えたところ、この葉書を文春の何某に見せれば引き替えてくれるよう三島が返事をくれたというのである。

しかし不思議なのは、原稿冒頭に「別冊文春」と書かれていたので既発表と思っていたが、その後調べてみると「別冊文春」にはおろか三島全集にも未掲載であったということだ。あるいは直前で原稿差し替えなどがあったのかもしれない。また、その月の掲載原稿をショーウインドーに飾るという習慣？　も初耳で、活字文化隆盛の往時ならでわというところであろう。豊田氏は、自分が豊田三郎の姪であることは書かなかったが、もしかしたら三島は知っていたからこその返事だったかもしれないとしている。

『鏡子の家』以後覚書

佐藤秀明

同時代評というのは、なかなか覆らないものだということを、『鏡子の家』を考えるたびに思う。言うまでもなく、臼井吉見（司会）、山本健吉、平野謙、江藤淳、佐伯彰一による「座談会　一九五九年の文壇総決算」（「文学界」昭和34・12）その他での不評である[1]。

昭和三十四年（一九五九年）九月に新潮社から書き下ろしで刊行されてから半世紀以上経ち、三島由紀夫没後から四十五年、作品の時代設定（一九五四年四月～一九五六年四月）からは六十年ほどが隔たっている。その間、多くの『鏡子の家』論が書かれ、近年でも何本もの作品論が書かれているから、作品が現代の読者にとって枯渇しているとは思えない。三島作品の中で『鏡子の家』を好きな作品に挙げる人は多くいるし、周知のように三島自身が「わたしの好きなわたしの小説」に『鏡子の家』を挙げている（「毎日新聞」昭和42・1・3）。井上隆史の果敢な再評価があり、松本徹の長短を弁えた論文もあるのだが[2]、偏愛される作品なのか、あるいは同時代評という批評の力なのか、年月をもってしても変化を見ることはできそうもない。本稿では、『鏡子の家』の再評価は脇に置き、この作品の不評が三島由紀夫にどのような影響を及ぼし、それによって『鏡子の家』以後、三島がいかなる方向に向かったかを素描してみることにする。

『鏡子の家』以前の主要作品である『金閣寺』（「新潮」昭和31・1～10）は、「一ト仕事終へて一服してゐる人がよくさう思ふやうに、生きようと私は思つた」で終わる。主人公がいかなる「人生」を獲得したかは分からないが、「人生」を呪縛する「美」を焼いて、「生きよう」と思ったところがこの小説の終着点である。『鏡子の家』の結末もこれに通じるところがある。俳優の収は死んだが、鏡子は良人との復縁を決め〝鏡子の家〟を閉ざし、清一郎は平凡なサラリーマンを続けていくと思われ、ボクシングをやめた峻吉は右翼団体に加入して退屈をやりすごし、神秘主義による心身の衰弱から回復した日本画家の夏雄はメキシコに旅立つ。皆親炙していたニヒリズムを捨て（清一郎はおそらく隠蔽し）、次の日常に入っていくのである。

年月が経ち、三島の作品群を鳥瞰できるようになると、『鏡子の家』以前の主要な作品の多くは、主人公が日常の

「生活」に入っていく結末を持つことに気づく。『禁色』（「群像」昭和26・1～10、「文学界」27・8～28・8）は、南悠一が檜俊輔の支配から自由になろうとしたときに、俊輔の自殺と財産の譲渡があり、その朝「まづ靴を磨いて……」と悠一が思うところで終わる。『潮騒』（新潮社、昭和29・6刊）は、全体が「生活の天才を書かう」（「『禁色』創作ノート」）という意図で作られた小説であり、「詩を書く少年」（「文学界」昭和29・8）は詩作に耽溺していた少年が、「僕も生きてゐるのかもしれない」と思う小説である。ダム建設のための越冬を描いた『沈める滝』（「中央公論」昭和30・1～4）は、「情操のまるきり欠け」た子ども時代を過ごした城所昇が、人妻との恋愛を経て「社会的に有用な人物」となったところで終わる。「海と夕焼」（「群像」昭和30・1）は、イエスを実見した少年が、マルセイユの海が分かれなかった体験の「不思議」を、遠く日本の鎌倉で回想する話だ。真《ま》女方《おんながた》の日常生活での恋を見て、舞台表現への幻想が破壊されることになる「女方」（「世界」昭和32・1）も、「生活」への移行を描いた小説である。『金閣寺』完成直後の「道成寺」（「新潮」昭和32・1）は、大簞笥に立てこもって出てきた清子が、彼女を愛人にでもしようとする金持ちの許へ行く結末であるし、願掛けを描いた「橋づくし」（「文芸春秋」昭和31・12）は、「岩乗な」女中だけが七つの橋を渡りきる、つまり生き残ることの比喩が書かれた話だった。『永すぎた春』（「婦人倶楽部」昭和31・1～12）は困難な婚約期間を乗り越えて結婚に至る話で、『美徳のよろめき』（「群像」昭和32・4～6）は不倫を経て日常生活に戻る人妻の話である。

むろん「真夏の死」「鰯売恋曳網」『鹿鳴館』のように、この概括から外れる作品もあることは述べておかねばならない。しかし、『仮面の告白』（河出書房、昭和24・7刊）で「自分の気質を敵とみとめて」（「十八歳と三十四歳の肖像画」）それを直叙してからは、三島が「気質」を抑制し健康を求め「生活」を確かなものにしようとしたことは間違いない。それが作品にも反映し、このような主題が持続したと思われる。

ところが『鏡子の家』は同じ主題の系列に属する小説でありながら、やや異なる意図が含まれていたようである。それというのも、『鏡子の家』の八年後に、三島が『鏡子の家』で「赤ん坊を捨て」たという気になる発言をしているからである。よく知られた発言ではあるが、これまで充分に検討されることがなかったものなので、その部分の全体を引用しよう。

> 「鏡子の家」でね、僕そんな事いうと恥だけど、あれで皆に非常に解ってほしかったんですよ。それで、自分は今川の中に赤ん坊を捨てようとしていると、皆とめないのかというんで橋の上に立ってるんですよ。誰もとめに来てくれなかった。それで絶望して川の中に赤ん坊投げ込んでそれでもうおしまいですよ、僕はもう。あれはすんだことだ。まだ逮捕されない。だから今度は逮捕さ

れるようにいろいろやってるんですよ。しかしその時の文壇の冷たさってなかったんですよ。僕が赤ん坊捨てようとしてるのに誰もふり向きもしなかった。そんなこと言っちゃ愚痴になりますがね。僕の痛切な気持ちはそうでしたね。それから狂っちゃったんでしょうね、きっと。[3]

この発言で一番の問題となるのは、「赤ん坊」とは何かということである。「恥」「愚痴」であるのを自覚した上で、生々しい比喩を使って述べている。「逮捕」云々と二度あるが、前者は比喩であろう。「赤ん坊」とは何かを、この発言から指し示すことは難しいが、三島の個人的な意図であることは間違いない。

そもそも『鏡子の家』の不評は、登場人物が三島の分身で、しかもぶつかり合いがないという点、「「時代」を描かう」（「『鏡子の家』そこで私が書いたもの」）と言いながら、時代が描けているとは思えないという二つの点が大きな理由だった。つまり、三島の内的世界を描いた反ドラマ的な小説で、広く時代を描いたとは言えないというわけである。『鏡子の家』を「私の「ニヒリズム研究」だ」（『裸体と衣裳』）と言う三島は、ニヒリズムが自己の内的世界と時代の相貌とを繋ぐと考えたようだが、それは評価されなかった。四人の登場人物と鏡子のニヒリズムを描けば描くほど、個人の問題に帰着してしまったのである。そうすると先の発言は、再び個人の内的な問題を述べたもので、作品評への反論とはならない。それをおそらく三島は分かっていた。

『鏡子の家』のニヒリズムは、ニーチェの言う能動的ニヒリズムに近い考えであるように思われる。日本の現実に即した能動的ニヒリズムとでも言ったらよいだろうか。戦後十年が経ち、人々の暮らしが整い社会秩序が形成されていく中で、市民社会に必要な諸価値や諸規範が生まれるが、それが無価値で無意味だというのが、清一郎を始めとする鏡子の家のメンバーの共通の認識である。彼らはその認識で時代の価値観に反逆したりはせずに、むしろ無意味を自己に引きつけ積極的に肯定するのである。自己のニヒリズムと戯れることによって、彼らは「歓喜」をさえ手に入れるのであるが、むろんのことニヒリズムへの深入りは、生存を危うくすることになる。彼らが蹉跌を味わうのは、ニヒリズムへの過度の親炙が生活者としての存在を危険に曝したからにほかならない。このようなゆくたてを描く三島は、橋の上からニヒリズムを捨てなければならないと考えたのである。しかし、時代の風潮に抗して生きる人間にとって、ニヒリズムは大切な「赤ん坊」であった。ニヒリズムを捨てて、どのようにして平凡な日常の中で先鋭的で批判的な生き方を維持することができるのか。とはいえ、ニヒリズムを保持し続ければ、いずれ身を亡ぼす危険も生じるにちがいない。ニヒリズムから自己存在の確信を求めた舟木収は、死に近づき逝ってしまった。それは存在の深部からくる誘惑だったのである。

三島の言う「愚痴」には、このような思考があったと思われる。ニヒリズムと一口で言ってしまえば、何か通じるものになるという安易なことばに縋るしかないのだが、価値の無意味だけでなく存在の無をも表すこの「思想」は、生の衰弱に誘うこともあり、逆に超越的な無を利用して生を客観視し、生きる活力を生み出すこともある。

　あるいは、三島の思考には、「芸術対人生」「芸術家対生」の二元論を捨てるという決意があったとも考えられる。「芸術」には、むろんニヒリズムが含まれる。ニヒリズムを保持し制御すれば、「芸術対人生」「芸術家対生」の二元論を維持できるが、ニヒリズムの危険と日常性の圧倒的な浸透力を、『鏡子の家』を書くことで知ってしまった以上、この構図を据えて作家生活を送ることはきわめて難しい。この時期に三島が見合いをし結婚をして、家を新築し、子どもの誕生をみたことが関わっていないはずはない。〝鏡子の家〟のメンバーでは夏雄だけが芸術家だが、しかし清一郎も峻吉も鏡子も、結局固有の「思想」（ニヒリズム）と人生との対立構造を捨てる、または隠蔽することからすれば、三島の個人的な意図としては、「芸術対人生」の二元論を捨てることを意味していたとも考えられる。[4]

　『鏡子の家』刊行の四年前に書かれた『小説家の休暇』（講談社、昭和30・11刊）では、「純然たる芸術的問題も、純然たる人生的問題も、共に小説固有の問題ではないと、このごろの私には思はれる。小説固有の問題とは、芸術対人生、芸術家対生、の問題である」と述べていた。『鏡子の家』では、この「小説固有の問題」を突き抜けようとしていたのである。「赤ん坊を捨てよう」とするのは、誰かに止めてもらいたいことだった。しかし、それを捨てることにしたということ、そして誰も止めに来てくれなかったということ。止めてくれる知己を得て、しかしその先に進もうと考えていたと、先の発言からは読み取れる。

　その先とは――。『鏡子の家』執筆が八百枚を越え終盤の渦中にあった頃、三島由紀夫は『裸体と衣裳――日記』（「新潮」昭和33・4～34・9）にこんなことを書いた。昭和三十四年「五月二十二日（金）」、新築した家に引っ越して十三日目の日付である。

　　――新しい家にも落ちついて、仕事のペイスも取り戻した。一家の主となつた市民生活の負担も、今のところ大して重荷に感じられない。人間は大ていの環境に馴れるものであるから、煩瑣な市民的義務にも、このまま馴れてゆくにちがひない。かうして市民的生活のうちに反市民的な仕事に営々と励むといふ芸術家独特のイロニイを、私はますます忠実に体現してゆくことにならう。

　「市民生活」と「反市民的な仕事」とを対立させるのではなく、「市民生活」を送りながら「反市民的な」作品を生み出していこうとする意志が明確に表されている。これは『鏡子の家』の結末と符合する。とはいえ『鏡子の家』には、諦念の苦みが混じってはいたのだが。『金閣寺』の「生きようと思つた」に「道成寺」が付随していたように、『鏡子の家』には「弱法師」が付随する。超越的な異人ぶりを見せつけ、周囲の人間を下僕並みに扱う俊徳が、家庭裁判所の調停委員である桜間級子のぎりぎりの抵抗に遭って、「僕つてね、……どうしてだか、誰からも愛されるんだよ」と嘯《うそぶ》き矛を収める。俊徳にも日常に着地する断念や諦念が表れるのだが、これが三島の本音だったのだろう。

「赤ん坊」を捨てたその先には、おそらく二つの道があったと考えられる。一つは「市民的生活のうちに反市民的な仕事に営々と励む」という道で、作品としても二元論ではなく、「市民生活」の中に「反市民的な」思想を求めることになる。もう一つは、「それから狂っちゃったんでしょうね」という道である。それも「反市民的な仕事」ということになるだろうから、二つの道は通じ合ってもいるのである。

『鏡子の家』刊行の翌年、三島は「憂国」(「小説中央公論」昭和36・1)を書く。言うまでもなく二・二六事件を素材にした小説で、武山信二中尉が「皇軍相撃の事態必至となりたる状勢に痛憤して」自刃し、妻もその後を追う話だ。つまり広義の「思想」のために「生活」を擲つ話で、この転換には、あらためて驚かざるをえない。これは『鏡子の家』までの主要作品の方向とは逆になっているのである。「狂っちゃったんでしょうね」という発言に相当する作品の一つが「憂国」である。

「憂国」は、堂本正樹によれば「愛の処刑」(「ADONIS」別冊「APOLLO」昭和35・10)の別バージョンで、「桐の函に入った、世間向けの純文学」[5]として書かれたものなので、三島がどの程度テーマ構成の転換を意識していたかは分からない。単行本に収録する際には、表題は『スタア』(新潮社、昭和35・11)とし、「憂国」の名は出さなかった。しかし、その後の「憂国」の映画化や、「剣」(「新潮」昭和38・10)、『奔馬』(「新潮」昭和42・2~43・8)がこの系列の作品として執筆されるのに鑑みれば、「思想」による「生活」の放擲(死)というテーマ構成の重要性は、三島由紀夫の自刃を俟つまでもなく明らかである。

もう一つの作品系列、「市民生活」の中に「反市民的な」思想を求める作品にはどのようなものがあるだろうか。『鏡子の家』の次の長編小説『宴のあと』(「中央公論」昭和35・1~10)がこれにあたる。東京都知事選を素材にしたこの小説は、自己の主義に拘泥する堅物の野口雄賢と雪後庵の女将で妻の福沢かづとの対照が描かれる。焦点化されるのはかづの方で、田舎育ちから身を起こし、高級料亭の女将にまで成り上がった情熱家のかづの方が、「政治の本質」に近づいていたという話である。『宴のあと』にはしたたかな大人ばかりが出てきて、三島作品によく見る純粋で生硬な若者が登場しないので、三島作品らしからぬ感触を与える。また、プライバシー裁判に巻き込まれたモデル小説でもあり、必ずしも高く評価されたとは言えない。しかし、法律や道徳をものともしない野趣溢れるかづの形象は、作者の新境地を表すすぐれた造型であったし、清濁混沌とした政治の世界もよく描けていたと評することができる(6)。

同様に「思想」と「生活」の二元論では割り切れない「市民社会」の中にある「反市民的な」小説として、『絹と明察』（「群像」昭和39・1〜10）が挙げられる。彦根の近江絹糸の労働争議をモデルにしたこの小説は、独善的な駒沢善次郎社長の封建的な経営に対抗し、大手紡績会社社長から委託されたインテリの岡野が、黒幕として労働争議を操る話である。若く潔癖な工員大槻の活躍もあり、新組合側が勝利し、駒沢は病に倒れて死ぬ。自社でのストライキなど信じられぬ思いでいきり立っていた駒沢は、死の直前にすべての人間を「恕す」気になる。この静かな反転が物語を大きく変え、駒沢を嘲笑っていた岡野に駒沢が影響を及ぼし始めるのである。この小説の出来も悪くなかった。これまでの三島の小説にはあまりなかった価値観の異なる人間の衝突があり、そこに深い溝が出現する。この衝突は後に多幕ものの戯曲に生かされることになり、特筆すべき長所ではなくなったが、『絹と明察』での成功は大きな成果だったはずである。

『宴のあと』と『絹と明察』は、図らずも庶民的な古い〝日本〟を浮上させ、「市民社会」の中にある「反市民的な」小説としてはこの二作以上には発展しなかった。基盤となる戦後の「市民社会」が、「反市民的な」要素を醸成しえない平板なものとなってしまったからであろう。そうなると戦前的な古い〝日本〟に回帰するしかなく、『宴のあと』と『絹と明察』で築いた主題がステレオタイプ化するのを、勘のいい三島は気づいたにちがいない。例えば『午後の曳航』（講談社、昭和38・9刊）では、古い〝日本〟から離れ、港町横浜で起こる惨劇が主題となり、それが評価されることになるのである。大人の成熟した恋愛と、少年たちの異様なロマン的観念とが平行して高まり、少年たちの観念（「思想」）が「生活」を形成する父親を殺害することになる。

現実生活からの疎外感を抱いていた三島由紀夫は、「生活」を獲得することに憧れ、そういう作品を書いてきたが、『鏡子の家』と「憂国」との間あたりから転換する。没後四十五年にあたり、その大まかな流れを素描することで、三島由紀夫の創造の軌跡を明るみに出そうとしたのが本稿の目的であった。

（近畿大学教授）

注1　村松剛「三島由紀夫論」（「文学界」昭和35・1）、同「人の住めぬ観念の世界」（「産経新聞」夕刊、昭和35・1・8）のほか、同時代評とは言えない上に両義的な評価である江藤淳「三島由紀夫の家」（「群像」昭和36・6）などもある。

2 井上隆史「『鏡子の家』論――ニヒリズム・神秘主義・文学」（『三島由紀夫 虚無の光と闇』試論社、二〇〇六・十一）、同「『鏡子の家』論――「古き良き昭和」という幻影」（『三島由紀夫研究14 三島由紀夫・鏡子の家』鼎書房、平成26・5）、松本徹「『鏡子の家』その方法を中心に」（同）

3 三島由紀夫・大島渚「《対談》ファシストか革命家か」（『映画芸術』昭和43・1、司会・小川徹）

4 加藤典洋は『戦後入門』（ちくま新書、二〇一五・一〇）で、『鏡子の家』に描かれた「壁」を「対米従属の「壁」」と捉える。加藤は書いていないが、ここから「赤ん坊」を「対米従属の「壁」」と連想することは不可能ではないだろう。清一郎のニューヨーク駐在、峻吉の右翼団体加入などの設定は、「戦後は終つた」（「『鏡子の家』そこで私が書いたもの」）時代の「対米従属」の現状とそこから生じる精神史とを想像させ興味深い。しかし、四人の青年たちの成功と挫折、鏡子の精神生活と〝鏡子の家〟の閉鎖に、「対米従属の「壁」」という寓意を導入するのは、作品の各部分との整合性において無理があると思われる。

5 堂本正樹『回想 回転扉の三島由紀夫』（文春新書、二〇〇五・一一）

6 ドナルド・キーンは、福沢かづの造型について「近現代の日本文学の中に三次元のふくらみを持った人物がいかに少ないかを思うとき、これは刮目に足る現象であろう」（徳岡孝夫訳）とこれを評価した（『日本文学史 近代・現代篇五』中央公論社、一九八九・一二）。また、『宴のあと』はフォルメントール賞の候補作にもなった。

ミシマ万華鏡

松本 徹

このところ、三島由紀夫の書簡が幾通か明らかになった。

一つは、新聞（朝日新聞、28年10月1日など）でも報道されたが、昭和三十三年（一九五八）六月一日、結婚式を挙げ、最初の夜を箱根の富士屋ホテルで過ごしたが、その滞在中、英訳版『仮面の告白』のアメリカの出版社社長宛てに出した、英文の手紙（六月四日付）である。「今はハネムーン旅行中で、私の妻瑤子は二十一歳の大学生です」と紹介、彼女は「really cute smeet」と書いている。なんとも好ましく、三島にもこうした時期があったことを知らせてくれる。

また、「古書目録」には、中村光夫宛書簡三通が掲載された。昭和二十九年、三十七年、四十三年のものだが、二十九年十二月、三島宅で鉢の木会が開かれた際、パリに滞在中で欠席した中村宛に、ホスト役の三島を初めとして、福田恆存、吉田健一、神西清、大岡昇平が封緘葉書に寄せ書きをしている。「本日小生宅で鉢木会」「けふは大岡さんの歓迎会です。一年たつてかへつても、やつぱり柄が悪いのでおどろいています」と、アメリカ滞在を終えて帰国した元気な大岡の様子と、会の和気藹々とした有様を伝えている。

三島は、この年、『潮騒』を刊行、ベストセラーになるなど、いよいよ充実した活動期に差し掛かっており、この鉢の木会の集まりがその支えともなっていたことが伺い知られる。その意味で大事な資料だと思われる。

見ることと触ること――「月澹荘綺譚」と「志賀寺上人の恋」――

真銅正宏

一、触覚と想像力

三島由紀夫が、「見る」および「見られる」行為について意識的であったことは疑いのないところであろう。事は「認識」とも関わる。最晩年の作品である『豊饒の海』(「春の雪」『新潮』昭和四〇年九月～昭和四二年一月、「奔馬」『新潮』昭和四二年二月～昭和四三年八月、「暁の寺」『新潮』昭和四三年九月～昭和四五年四月、「天人五衰」昭和四五年七月～昭和四六年一月)において、本多繁邦は、認識者として、転生する四人の若者の一生を「見る」ことになる。

五官のうちでも、視覚が他の器官に比較して突出して外界と強く結びついていることは、よく指摘されるところである。たとえば「視触」という独自の概念を提案する矢萩喜從郎『視触―多中心・多視点の思考』(左右社、平成二六年二月)には、次のように書かれている。

我々は、身体の幾つもの感覚器官を通して行われている、日常降り掛かってくる様々な現象との交歓の中でも、視覚で把握した情報に強く影響されている。他の感覚器官の働きが身体の周辺に限られることに対して、視覚で捉える範囲は身体の範囲を大きく超え、遠方にまで視線を広げられることに因る。

ただし矢萩は、これに続いて、すぐに次のような文章も書いている。

まだ目も見えずにいる生まれて間もない赤ん坊が、小さな手で周囲のものに触れたり掴んだりすることで、冷たい、暖かい、熱い、固い、柔らかい、すべすべしている、粗い、痛い等を触覚を通して、身の回りの世界と最初の交歓をする。その時期を過ぎて目が見え始めると情報の量は格段に多くなり、触覚と視覚の両方で得られる情報に依って世界の認識は一変してしまう。

このとおり、視覚の特別性をいう文章ではあるが、触覚の世界認知の重要性も併せて語られている。これを基に、矢萩は、「視覚を通して語って来たことと、触覚を駆使して対象を把握することを意味する〝触知〟という言葉が加わった、「視触」という考え方を呈示できるのではないだろうか。」と議論を進めるのである。

これは、今ここで考えようとしていることについて、重要なヒントを与えてくれる。触感は、他の五官、すなわち聴覚や嗅覚、および味覚とは違い、視覚とともに、ものの形や、その外延に強く関わる。

身体の輪郭や境界は、目で見る像がそうであるように、空気と接している部分、すなわち皮膚という表面である。これは、身体感覚としても同様であり、身体を意識する際に、我々の意識が向かうのは、内臓など不可視の部分ではなく、まずもって、表面としての皮膚であり、せいぜい、包み込むことのできる掌までの厚さである。

この意味で、握手は、特別な意味を持つといえる。それは、皮膚と皮膚との接触であると同時に、ある一定の厚みを持った接触として、身体同士の親和の度が大きい。抱擁もまた、この延長線上で捉えることのできる行為である。

握手は、この厚みの度合いにより、力強いものともなり、また皮膚感覚に集中されるような、繊細なものともなりうる行為である。そしてその接触の強さ加減と反比例して、そこに一瞬生じる想像力の豊かさが、接触の内包を豊かにする。

「志賀寺上人の恋」（『文藝春秋』昭和二九年一〇月）に描かれた究極の接触としての手と手の触れあいは、その精神的な意味合いの前に、身体的な想像力の背景を持つ。

ここで検討したいテーマは、このような、精神性や思想に還元される前の、身体的接触の意味合いについてである。これまでも指摘のあるとおり、「志賀寺上人の恋」は、御息所という高貴な女性との恋である点において、三島の「恋重荷」（『群像』昭和二四年一月）や戯曲「綾の鼓」（『中央公論』昭和二六年一月）、さらには、それらの原典となったそれぞれ同名の謡曲『恋重荷』や『綾の鼓』などとの共通性が認められる。しかし、その身分違いの恋のテーマは、精神性にのみ還元されるべきものなのであろうか。

二、『志賀寺上人の恋』における接触の意味

志賀寺上人が、京極の御息所を御所に訪ねる「志賀寺上人の恋」の結末部は以下のとおりである。

> そのとき、暁闇にとざされた御簾の下から、雪のやうな手がすこしさし出された。
> 志賀寺の上人は、恋するものの手を両手で押しいただいた。そしてそれを額にあて、頬にあてた。
> 京極の御息所は、自分の手にさはる冷たい異様な手を感じた。そのうちにその手が熱いものにしとどに濡れた。御息所は、他人の涙に濡れたわが手を気味のわるいものに感じた。
> しかし白みかけた空の色が、御簾をとほしてさし入つて来たのを感じたときに、貴婦人は、篤い信仰の心から、世にもたふとい霊感に突然搏たれた。わが手に触れてゐるこの見知らぬ手は、仏の御手にちがひないと思はれた

のである。

先に見た矢萩は、次のように述べている。

身体にはおびただしい数の感覚器がある。けれども視覚を除くと、触覚が驚くべき割合で情報収集の役割を果たしていることを知る。触覚は接触感をもたらし、その接触感を通した空間把握には、大枠で二つの方向性が考えられる。まず一つは、自分の身体が対象になっているものに直接接触して、その対象の存在を知ることが挙げられる。（略）

接触感をもとにした空間把握に付いて語る上で、更に触れる必要があるのは、自分の身体が対象物に直接接触しない非接触で空間を捉えることであり、そのことを擬似接触感を感じる状態と呼べる。

志賀寺の上人は、御簾により、御息所を見ることを遮られている。御息所もまた、上人を直視しているわけではない。このような条件下、上人は直接接触の機会を得たが、御息所はその直接接触を、初めは「気味のわるいものに」感じている。これは、ものとしての手の感触である。しかしながら、やがてその手を、「仏の御手にちがひない」と思い、浄土が約束されるなら、という条件付きではあるが、「上人の恋をうけ入れてもよい」と思い、「この仏の手を持つた男が、御簾をあげてくれ、と頼むのを待つた」のである。この場合の上人の手は、現実の手でありながら、現実の手ではない。御息所の想像力が、この手を、「仏の手」という別物に変換したからである。御息所は、上人の手を介して、仏と手をつなごうとしている。この時、接触は別の位相へと変化する。

接触とは、直接接触のものでも、想像力によって、その接触度合いを変化しうるものである。あたかもそれは、満員電車の中で知人と隣り合わせたり、医者が恋人を触診するような場合である。そこに、普段感じない接触感覚が生じることは容易に想像できる。

三、『太平記』から三島がずらしたもの

ところで、作品冒頭にも触れられているとおり、この話は、『太平記』巻第三十七に出典をもつ。『日本古典文学大系』第三六巻（岩波書店、昭和三七年一〇月）の本文（底本慶長八年刊古活字本）は、「〇身子声聞、一角仙人、志賀寺上人事」と、煩悩に関わる身子、一角仙人、志賀寺上人の三人をまとめ、尾張左衛門佐すなわち斯波氏頼の出家遁世とその道心を語るに比較対象として用いているが、このうち身子の部分には、実に興味深い挿話が書かれている。それは、天竺の声聞すなわち仏弟子である身子が、六波羅蜜を行おうとした際、その六つの行のうち、かぎりなく布施を行う檀波羅蜜（檀那波羅蜜）を修めるため、隣国からやってきた婆羅門の求めるものを次々布施するが、婆羅門はなお飽き足らず、「同ハ汝ガ眼ヲ穿テ、我ニ与ヘヨ。」と求める。身子はこれにも悲しみなが

らも行の成就のために応えて、「自ラ二眼ヲ抜テ、婆羅門ニゾ与ヘケル」が、婆羅門は、「肉眼ハ被抜テ後、濆《キタナ》キ物成ケリ。我何ノ用ニカ可立。」と、「地ニ抛テ、蹂躙シテゾ捨タリケル」ので、ついに身子も怒り、以下のような結末を得る。

「人ノ五体ノ内ニハ、眼ニスギタル物ナシ。是程用ニモナキ眼ヲ乞取テ、結句地ニ抛ツル事ノ無念サヨ。」ト一念瞋恚ノ心ヲ発シ、ヨリ、菩提ノ行ヲ退シカバ、サシモ功ヲ積タリシ六波羅蜜ノ行一時ニ破レテ、破戒ノ声聞トゾ成ニケル。

この破戒については、評価をいったん措くとして、ここからは、喪ったものが、最も大切な「眼」であるがゆえの怒りが書かれていることは重要である。

一角仙人も含め、この三者の煩悩と破戒については、むしろ庶民的感覚からは理解しやすいものばかりである。発心修行がいかにも成り難いものであることを示して、左衛門佐入道の心と比較する意図はわかるが、一方で、これら三者への同情のあり方次第では、発心自体が非難の対象ともなり得る。

『太平記』の志賀寺の上人と京極の御息所の関係性については、物語の枠組からも、志賀寺の上人の煩悩に焦点があり、御息所の心の動きは、志賀寺の上人を迷わした罪に集約されており、極楽浄土への執着は、三島のものほど書かれていない。あくまでそれは、以下の通り、御息所が、自らの後世の罪を懼れるが故のものである。

御息所御簾ノ内ヨリ遙ニ御覧ゼラレテ、是ハ如何様志賀ノ花見ノ帰ルサニ、目ヲ見合セタリシ聖ニテヤヲハスラン。我故ニ迷ハヾ、後世ノ罪誰ガ身ノ上ニカ可留。ヨソナガラ露許ノ言ノ葉ニ情ヲカケバ、慰ム心モコソアレト思召テ、「上人是へ。」ト被召ケレバ、ハナ〳〵トフルヒテ、中門ノ御簾ノ前ニ跪テ、申出タル事モナク、サメ〳〵トゾ泣給ヒケル。御息所ハ偽リナラヌ気色ノ程、哀ニモ又恐ロシクモ思食ケレバ、雪ノ如クナル御手ヲ、御簾ノ内ヨリ少シ指出サセ給ヒタルニ、上人御手ニ取付テ、

初春ノ初ネノ今日ノ玉箒手ニ取カラニユラグ玉ノ緒
ト読レケレバ、聴テ御息所取アヘズ、
極楽ノ玉ノ台ノ蓮葉ニ我ヲイザナヘユラグ玉ノ緒
トアソバサレテ、聖ノ心ヲゾ慰メ給ヒケル。

この、御息所の歌の「極楽」から、連想を得て、三島の物語は作り上げられたのであろうが、この場面を読む限り、三島が描くような御息所の「浄土」の美しい景色と、そこに立つ美しい自らの像との自己愛的共演への憧れは認められない。

それと引き替えに、『太平記』の志賀寺の上人は、煩悩に負けたみすぼらしさが強調されるのに対し、三島の「志賀寺上人の恋」における上人は、最後の最後において、もう一度、御息所より優位に立ったかの如くである。御息所は、幻想の中で、御簾の内へ上人を招き上げることまで予想し、御簾を

あげることを頼む言葉を待つが、以下のような場面がこれに続く。

志賀寺の上人は、しかし何も言はず、何も願はなかつた。御息所の手をしつかりと握つてゐた年老いた手は、やがてほどかれた。雪のやうな手は、曙の光りの中に残された。

上人は立去つた。御息所は冷たい心になつた。

数日ののち、志賀寺上人がその草庵で入寂したといふ噂が届いた。京極の御息所は美しい経巻の数々を納経した。それは無量寿経、法華経、華厳経などのありがたい経文である。

ここには、両者の決定的なずれとともに、上人に代わっての、作者からの御息所の思い上がりへのしっぺ返しが書かれているともとれよう。

『太平記』の志賀寺の上人は、御息所の手に「取付テ」、そのことにひたすら感動している。しかし、御息所は、上人の心を慰めることばかり考えている。これに比すれば、三島の「志賀寺上人の恋」の上人の手を、御息所が、「仏の手」と見たことには、その接触自体に、より重きを置いていることがわかる。

ここでまた矢萩の言葉を引こう。矢萩は次のようにも書く。

意識的、無意識的であれ、自分の身体と「他者」との距離を、人間は自ずと調停している。見知らぬ人間が、何のことわりもなく急に自分の身体に触れてきたなら身震いすることにもなるだろうし、逆に、恋人同士であれば、身体が触れてもお互いその状況を受け入れられる。これ等の例は、人間と人間の隙間に注目し、計測可能な距離を語っている。

要するに、接触とは、物理的な事実を超え、想像力をもⅿ含み込んだ、別の距離感を意識させるものとしても機能する。三島が書こうとしたものも、上人と御息所の距離感に関わっている。そしてそれは、決して精神的なものだけに還元されるものではなく、身体性と融合した距離感なのである。

ふと目が合ったことから始まった二人の物語は、手の触れあいによって、成就もし、終焉も迎えたのである。この視覚から触覚への変遷は、視覚重視の発想とはやや違う可能性を見せてくれる。すなわち、視覚の世界ではいかにも不分明であったものが、触覚によって、それぞれの文脈の中で理解され、確認されているのである。特に上人においては、視覚によって始まった迷いが、触覚によって払拭された物語とも考えられるのである。これは、認識における身体性の勝利とも言えるかもしれない。

四、認識における触覚の関与

「月澹荘綺譚」（『文藝春秋』昭和四〇年一月）という短編がある。この短編にも、視覚の要素が印象的に書き込まれている。

この物語は、勝造という老人が、かつてここに住んでいた、大沢侯爵家の二代目照茂と、その夫人を回想するという枠組みを持つ。時間は、照茂の生前に遡る。

「勝造さん、いつかあなたに訊きたいと思つてゐたことがあるの。ここへ来てから、私は何だか……」と夫人は一寸絶句した。「……何だか、たえず誰かに見られてゐるやうな気がする。殿様にさう申上げても、笑つて取り合つて下さらないの」

この、夫人が感じている、誰かに見られているような感覚は、君江という村娘を登場させる契機ともなるが、視覚要素自体に読者の注目を集める役割をも果たす点で重要である。

照茂は、後に、誰かに殺害されてしまう。勝造は、君江がその犯人であると推察する。理由は、照茂が結婚前に、君江に対して行った、次のような「獣のやうな振舞」にある。ただし、実際の「振舞」の行為者は、勝造である。

殿様はあの澄んだお目で、体をかがめて、必死に抗ふ君江の顔へできるだけ顔を近づけて眺めておいでした。君江もさういふ殿様に気づいてゐたと思ひますが、私はあばれる娘の両腕をしつかり押へてゐましたから、多少とも殿様に危害を加へるやうなことはなく、つまり、いつものごとく、殿様は安全な場所から、しかも安全で一等近い場所から、娘の顔をじつと見つめてをられたのであります。

勝造はこのことを、殿様の死後、夫人に告白したわけである。加えて、なぜそれが娘であることがわかったのかと問うこの物語の語り手、すなわち「私」にも、次のような確信の理由を語る。

「それはすぐにわかりました」と老人は断定的に、はじめて示す神経質なきびしさを語気にこめて、言つた。「少くとも私にはすぐにわかりました。殿様の屍体からは両眼がゑぐられて、そのうつろに夏茱萸の実がぎつしり詰め込んであつたのです」

殿様こと照茂は、確かに「見る」人である。しかしここには、もう一つ興味深い情報が書かれている。それは、殿様は常に「安全な場所から、しかも安全で一等近い場所から、」娘の顔を見つめていたという事実である。この、触れるか触れないかのぎりぎりの場所が、一番近く、見やすい場所である。この距離感こそは、矢萩のいう「非接触」ではあるが、「擬似接触」感をもたらすところの距離感であろう。ここには、もはや、実際の接触非接触を超えた、距離感の近接が認められるのである。三島が書いたのは、視覚による非接触の認識というより、非接触でありながら、実現される接触感覚にあったのではないだろうか。

作品にはもう一つ残酷な事実が書き込まれている。この殿様の持つ距離感が、夫人との間にも応用されていた点である。夫人は勝造に、次のように告白する。

私たち夫婦は、結婚以来、只の一度も、夫婦の契りをしたことはなかつたんです。殿様は、……あなたも御承知のとほり、ただ……何と言つたらいいか、ただ、すみずみまで、熱心に御覧になるだけでした」

「月澹荘綺譚」の発表から八ヶ月後に、「春の雪」の連載が始まっている。この時期に限らず、三島の小説には、視覚の要素の強調表現が見て取れるが、その一方で、「志賀寺上人の恋」に認められるような触覚の関与もまた見て取れる。勝造に弄ばれた君江は、勝造という行為者に恨みを向けるのではなく、殿様という「見る」だけの人物に向けた。このことは、「見る」ことの残酷さとともに、それが実際の肉体的接触をも超えるという否定的契機を以て描かれていることから、それが触ることの代替行為であることををも、読者に再認識させる。三島の描く視覚には、拭い去りがたい身体的感覚との類比が含み込まれている。

三島の視覚観を考えるためには、触覚観への考察の裏打ちが必要なのではなかろうか。三島にとって認識とは、見ること、すなわち視覚的な営為によってのみもたらされるものではなく、たとえ擬似接触であろうと、とにかく触ること、すなわち触覚的営為によっても、追認されるべきものだったと考えられるのである。

（追手門学院大学教授）

ミシマ万華鏡

池野美穂

いわゆる「オタク文化」が少しずつ認められてきた中で、最近よく目にする作品がある。『文豪ストレイドッグス』（平成二十五年一月〜連載中、朝霧カフカ原作、春河35漫画、角川書店）である。本作は、太宰治や中島敦といった、実際に活躍していた作家の作風やイメージを擬人化し、キャラクターに変容させて漫画化したもので、作家の名前を使ってはいるものの、年代などは一切考慮されず、実在の作家とは全くの別物である。（太宰治が常に自殺を試みている、というような、世間一般にありふれたイメージは引用されている。）ストーリーも、それぞれのキャラクターが特殊能力をもっており、探偵事務所を開いていて……という、実際の作家や作品世界とは全く異なる展開をしている。本作は、すでにコミックスでは九巻まで刊行され、平成二十八年の春からはアニメ化もされる予定の人気作なのだが、三島由紀夫は今のところ登場しない。なるほど、三島の作風や生き方を抽出し、そのイメージを再び擬人化することはさほど困難なことはない。一方で、著作権の問題も関係するのではないか、とも考えられる。そもそも、本来実在していた人物を再び「擬人化」する、ということ自体がナンセンスなのだが、改めて作り出されるキャラクターに人気が出、その作家の作品が読まれるのであれば、こうした流れもさほど悪くないのだろうか。

ノスタルジアからの回復——三島由紀夫「急停車」への一視点——

山中剛史

0. ノスタルジアの位相

昭和四十年七月に刊行された作品集『三熊野詣』の「あとがき」で、作者は収録作について〈過去は耀き、現在は死灰に化してゐる。「希望は過去にしかない」のである〉と解説し、〈私はもちろんかういふ哲学を遵奉してゐるわけではない〉と続けながらも、〈私にかういふ作品群を書かせたのは、時代精神のどんな微妙な部分であるのか？　ミーディアムはしばしば自分に憑いた神の顔を知らないのである〉と述べている。[1] 韜晦しながらも、ここにはしかし、作者自身自らの内に知らぬ間に胚胎したニヒリズムに自覚的になりつつあるようなさまが滲み出ているように思われる。

現在に価値を見出せず、過去にのみ価値を見出すというのはノスタルジアだが、しかし右での「希望は過去にしかない」という言葉が示すものは、ただ懐古的な心理というものではない。十六世紀に外国傭兵の懐郷の念を示す言葉として誕生したノスタルジアという言葉の現在の定義の一つを示しておけば、〈現在もしくは差し迫った状況に対するなんらかの否定的な感情を背景にして、生きられた過去を肯定的な響きをもって呼び起こすこと〉[2]とされている。だがこうした定義を見ても、ノスタルジアという言葉には多様なニュアンスがつきまとっており、過去の肯定によるアイデンティティ再確認や現在の事態好転を期す過去の肯定といった場合ばかりでなく、ただただ憂愁へと人を追いやる場合もあるのであって、時としてノスタルジアは単純な過去と現在の二元論であることを超えて、その状態にある主体をメランコリーの泥沼へと誘致する可能性を秘めている。

それというのも、自らの過去への憧憬が募れば募るほど、過去は不可逆であり、あり得べき理想の過去からいままたますます遠ざかる現在との距離を意識せざるを得ず、距離の意識はいや増して過去の美化と追慕を促進させるといったように、それは極めて時間的な逆説の側面を持つ。その場合、主体は過去と現在に引き裂かれ、現在に在るにもかかわらず現在に在ることの意味を喪失し心ここにあらずの状態となるほかなく、しかも現在への失望から事態の悪化を横目にそれに立ちゆく術もないままいまここに在ることに身を任せ、そうである現況をそうとしてやり過ごすままに在るとなれば、それは過去と現在のはざまに堕ちて在る正に生ける屍とでもいうべき状態に陥らざるを得ない。生ける屍とはつまり、時間のはざまに堕ちて在ることを黙認することである。かくて〈デカダンスの本質は、滅亡する主体の自己肯定〉[3]だとすれば、いわばある種のノスタルジアの嵩じた果てに、こうしたデカダンスに陥ることもあるというわけである。

右のようなデカダンスを孕み込む生ける屍の状態や生の感覚の喪失など、ニヒリズムは三島文学を通底するテーマのひとつであるが、冒頭に記した『三熊野詣』刊行の十年以上前に発表された短篇「急停車」（「中央公論」昭28・6）にて、三島はノスタルジアによって過去と現在に引き裂かれた人間のありさまを既に小説として世に問うていた。

この短編は、第三次世界大戦の危機とその回避の過程のなかでいわば重篤なノスタルジアの果てに自らがいま在ることそれ自体の意味を失っていく主人公杉雄が、偶然居合わせた交通事故の体験によって日常を回復するというもので、作品の時代設定も雑誌発表とほぼリアルタイムで時事的事象がふんだんに盛り込まれている。小説とはフィクションの鏡を通して現在の社会なり人間なりをそのまま反映させるものであり、こうしたアクチュアリティにこそ作者による時代なり社会なりへと対峙する姿勢があるわけだが、その意味でも「急停車」はニヒリズム研究たる「鏡子の家」（昭34・9）の主題をある面から先取りした萌芽があるといえよう。

従来「急停車」は、佐渡谷重信のいうように〈平和な時代に凶ごとを待つ杉雄が事故によって解放された〉作品であり、そこには〈三島の昭和二〇年代の浪漫的気分〉[4]があると捉えられてきた。が、「急停車」に描かれているのは、過去と現在という対比から導き出されるロマンチックな状況変革への待望とは些か異なるものであるように思われる。確かに、世界大戦勃発を夢見て期待する主人公が描かれるが、先述したように、ノスタルジアに罹患した者は過去の顕現を待望しながら、それが決して実現されることがないのを知っている。だからこそ、主体は現在ここに在ることの意味を喪失し、なす術もなくデカダンスへいたるほかなかった。

そうであるなら、〈事故によって解放された〉ものとは、ただノスタルジア的デカダンスからの解放以上の何事かを含んでいるのではないか。そもそも何故に事故の体験が生の回復となるのか。従来真正面から考察対象となることがなかった「急停車」だが、ノスタルジアというものが時に生の実感を喪失させ、否応もなく人をニヒリズムに引きずり込むことを描くサンプルとして、「急停車」における杉雄の在り方は示唆に富む。本稿では、「急停車」における生の感覚の喪失と回復をノスタルジアという時間性の角度から捉え直し、「金閣寺」「鏡子の家」以前の三島作品におけるニヒリズムを改めて考えるための予備的考察としたい。

1．戦後社会のアイロニー

先にも触れたように、「急停車」は極めてリアルタイムな設定の小説である。物語の時間設定は昭和二十八年三月二十日から四月三日までの二週間、初出末尾には擱筆した四月二十八日の日付が記され、五月初旬には初出誌は書店に並んだ(5)。物語内では、朝鮮戦争下である当時の社会的トピック、七月開戦説や、同年三月七日のスターリン死去および三十一日の休戦へ向けての周恩来声明、翌日のモロトフ外相による周声明支持のニュース、それらによる第三次世界大戦回避の見通しから当時〈戦後最大の暴落〉といわれた株価暴落(6)、三月十四日のバカヤロー解散による四月十九日の衆議院選挙のための選挙運動といった時事的背景が点綴されている。

主人公である好田杉雄は、昭和二十二年秋に東大法学部卒業後、繊維会社に就職するも糸へン暴落の煽りを受け首となり(7)、都内に下宿住まいをしながら郷里兵庫の親から仕送りをもらいつつ、銀座の西洋陶器店主人から電気スタンドのデザインを任されている。兵庫の郷里や父親の意向での法学部入学そして大学の卒業年度など、現在から見れば杉雄の造形はそのまま作者のプロフィールと重なる部分も少なくなく、また回想される杉雄の高座海軍工廠での過去は、三島の他作品や自身の回想エッセイにも出てくるものがほぼそのままの形で使われており、現在からすると杉雄はあり得たかもしれない作者の仮構された分身にも見えてくる(8)。分身を通した時評的性質こそ、本作が〈作者の現代文明批評(9)〉と評される所以だろう。

杉雄は寝室の甘い夢を飾るこんなにやけた桃色のスタンドよりも、もつと痛烈に甘い、もつとおいしいボンボンみたいなものを知つてゐた。それは戦争である。正確に言へば、戦争の思ひ出である。

杉雄の現在のなかでいま在る私を私として釣り支えるものこそ過去、その戦争体験であった。〈年月の経過と共に、追憶が甘味を増した〉と自覚されているように、それは戦時中から継続してあるものというわけではない。ノスタルジアとは過去ではなくあくまで過去を意識する現在を基点とする体験である。〈思ひ出〉である以上、それは現在との距離のなかで現在が味気ない分ますます充実した〈甘い〉ものとなる。

といって、杉雄の現在は健康体であり、東大卒で仕送りもある上に結婚を予定する恋人もある。戦時中も、艦載機による空襲体験があるとはいえ、外地や空襲下において激烈な残虐や悲惨をくぐり抜けたわけでもなければ肉体的精神的障害を負ったわけでもない。だがこうした恵まれた現況にありながらも、世界大戦の危機が遠のけば遠のくほど空虚感に充たされ自己喪失寸前にまでいたる。こうしたアイロニーをめぐって、例えば中川成美は次のように述べている(10)。

注目すべきは作品内の二週間ばかりの時間に組み込まれ

た政治動向が、東西対立の危うい バランスに立脚した戦後世界体制の虚妄を暴く道具立てとして使われている点である。これが一挙に戦時下へのノスタルジックな執着へと至る主人公は、戦争の精神的外傷によって社会的弱者となった多くの元日本兵士たちのアイロニカルなパロディーとなって、戦後日本から外縁化される〈不気味な異者〉を表象する。

なるほど中川のいう元兵士たちのパロディという見立てに頷くにしても、それが激戦地での極限体験であろうが内地の勤労動員生活であろうが、同じく戦争体験という過去によって現在に浮上する生の希薄感という時間的でもあり実存的でもある生の問題がここにあることを見逃すわけにはいかない。一見何不自由ない杉雄の現在が抱える空虚感こそが、アイロニカルな、その紛れもない不可視の表出であって、却って何不自由ない状況がそれを覆い隠すことで自分でもそれと分からぬ空虚感はより一層際立たされることになる。では、杉雄にとって現在を虚しくさせる過去であるところの戦争とは一体何であったのか。

2.「甘い」戦争

杉雄にとっての戦争体験は回想される海軍工廠での勤労動員生活である。三島年譜を繰れば、赤紙と即日帰郷を経た昭和二十年五月から終戦直前まで海軍高座工廠にて過ごしている。ここでの体験は、既に「仮面の告白」や「若人よ蘇れ」でも活用され、ほか「終末感からの出発」や「私の遍歴時代」「わが思春期」等のエッセイでも言及されているもので、作者自身、既に〈現在の作者の精神的母胎〉、〈動員学徒の精神生活は、爾後の作者の作品に色濃く翳を投げてゐる〉（「本書について（「若人よ蘇れ」）」昭29・11）とも述べていた。更に後年、「私の遍歴時代」（昭38・1〜5）では次のようにも語っている。

> いずれは死ぬと思ひながら、命は惜しく、警報が鳴るたびに、そのまま寝てすごす豪胆な友だちもゐるのに、いつも書きかけの原稿を抱えて、じめじめした防空壕の中へ逃げ込んだ。（中略）
> かういふ日々に、私が幸福だつたことは多分確かである。就職の心配もなければ、試験の心配さえなく、わづかながら食物も与へられ、未来に関して自分の責任の及ぶ範囲が皆無であるから、生活的に幸福であつたことはもちろん、文学的にも幸福であつた。

高座工廠での三島については、前掲した作品以外にも、東大法学部の同期で三島と同じく中島飛行機から高座工廠へも動員していた島田亨の証言や当時の動員学生の記録からおおよそ推測出来る。それらよれば、生活は比較的に恵まれたものであったようだ。無論その一方で、艦載機による空襲は始終あり、作中にも描かれたように逃げ遅れた者が機銃掃射の犠牲となったこともあったという[11]。

杉雄が体験した具体的な戦争とは、作者と同じくこの空襲くらいであろう。作中では、〈血の記憶〉として重傷者に触れているが、杉雄の回想に死者は一人も描かれることはなかった。そこでは、具体的な死が問題となっているのではない。問題となっているのは死ではなく死の観念、更にいえば死の観念による生の緊張であった。

『……一瞬ののち、でなくても三十分ののちには、存在がのこらずその相貌を変へるかもしれないと常住感じてゐたあの感情の緊張だつた。一刻のちには死ぬかもしれない。しかも今は健康で若くて全的に生きてゐる。かう感じることの、目くるめくやうな感じは、何て甘かつたらう！　あれはまるで阿片だ。悪習だ。一度あの味を知ると、ほかのあらゆる生活が耐へがたくなつてしまふんだ』（傍点引用者）

戦争の〈思ひ出〉を甘美なものとしている原因とは、死と滅亡の確実な予感のなかでいま若々しく健康であることの不思議、その〈目くるめくやうな感じ〉であった。換言するなら、死の滅亡と心身の健康との落差を同時に感じる二重写しのなかで、己の存在がいま在ることそれ自体が奇蹟のような充実を伴っていたという事実性、これである。

戦争末期の投げやり、サボタージュ、不満、無秩序、……かういふものの中には、明らかに戦後の社会的無秩序の準備と予感があつたが、それが戦後の無秩序と比べて美しかつたのは、無秩序自体もやがて滅び去るにちがひないといふ予感が、たえず重複してゐたからである。

死や破滅が確実であるからこそ、そこに未来への期待はなく、常に終末感を突きつけられたいま在ることしかない。だから、〈はじめから幻滅の可能性のないかういふ青春〉という本文での物言いは、遠くない確実な死を意識することによって改めていまこうして在ることを自ら引き受けることなのであり、その限りで、のんべんだらりとした、来し方の忘却と行く末の予期に占められた現在という時間でのあり方からの脱却でもあったといえよう。

杉雄にとってスタンドの仕事といえば、〈甘つちよろい、子供だましの、単調な仕事〉であり、他方、結婚を申し込まれたが乗り気ではない杉雄に、〈戦争がないと、ロマンチックになれないなんて、ずゐぶん不便だわね〉と皮肉を吐く恋人は作中名前すら語られない。現在が色褪せていることからの回復は、いまの仕事や恋愛の行く末にはない。おそらくそれらの先には、いま現在から予期された変わり映えのない未来しかあるまい。現在の味気なさや空虚感の進行において、改めて過去の生の緊張と〈目くるめくやうな感じ〉が再発見され甘美な〈思ひ出〉として蘇る時、この時こそ、杉雄にノスタルジアが作動する。

可もなく不可もなくただ何となく日々が過ぎゆき、私が私としていまここに在ることの実感が薄れていけばいくほど、本来は現在もそうあるべきであった筈であるところの過去の充実は現在の損失分として意識されることになり、破滅の覚悟に充ちたそれゆえにこそまた充実した甘い過去という亡霊が現在を支配するにいたる。無論、過去の再生はあり得ない。だからこそ、杉雄は過去と同じく自らに死の意識を先駆的に促すものとしての第三次世界大戦が勃発することを待望するのである。従って杉雄にとって来るべき第三次大戦とは、不可逆性を前提とした上でのいわば〝新しい過去〟としての戦争だったのだともいえよう。

　とはいえ、空想される〝新しい過去〟とは人工廃墟と同じく多分にフィクショナルなもの、即ちノスタルジアがもたらした現在否定の仮構的過去、というよりはロマンチックな想像力の羽ばたきの産物に過ぎまい[12]。杉雄とて、とうに〈想像力の好餌〉である〈デマゴギイの甘さ〉を知り抜いていた。待望する第三次大戦が勃発したところで、杉雄がかつてのような生の充実を得ることが出来るようになるかといえばそれは不可能というほかなく、〈思ひ出〉はあくまで甘く彩色された限定的な体験でしかない。

　しかし、そもそも杉雄の希求する生の充実とは、戦争によってしか得ることの出来ないものであったのか。

3. 存在の不確かさ

現実に〈いま世間では何年か先に第三次世界大戦は必至だという常識のようなものがある〉といわれていた当時[13]、四月になってほぼ確実となった第三次大戦の回避は、作中においても、戦争の空想によって仕事の霊感を得てきた杉雄にとって、仕事を放棄させ、〈生きる目的がなくなつてしまひ、霊感の源が涸れ果てたやうに感じ〉にさせる事態であった。

　『戦争が起らないとすると、ひよつとすると、俺は一生こんなスタンドを作りつづけなければならないかもしれないぞ。一寸ばかり良心的で、一寸ばかり芸術的な、この洒落れた身綺麗な手仕事に、一生縛りつけられることになるかもしれないぞ』

戦争の可能性が失せた以上、そこからこの先予期される単調な毎日は、〈目くるめくやうな感じ〉を過去体験した杉雄にとって、世界から意味を剥落させ、生の実感を失わせる不安でしかない。だが本作のラストでは、杉雄は交通事故との遭遇によってこうした不安から解放され生の回復をなしている。事故といっても杉雄は傍観者でしかなく、はねられた子供も死んではいない。「交通戦争」前夜の昭和二十八年当時、戦後最大の輪禍といわれたほど[14]交通事故増加は社会問題化しており、こうした事故も取り立てて非日常的出来事であったわけでもない。では、このような日常の中での死者も出していない事故の遭遇体験が、なぜ杉雄の自己喪失を救うことになったのか。その場面は次のようなものである。

「これが急停車のあとだな」

と誰かが言つた。

道路の中央より左寄りに、アスファルトの一ヶ所めり込んだところがあつた。浅いめり込みである。タイヤの模様が、二三寸、明瞭に刻まれてゐる。

これを見ると、杉雄は俄に重荷から解き放たれたやうな気持になつた。心は和やかになつて、誰の肩をも叩きたい気になつた。

杉雄は、事故の体験というより正確には事故車が急停車した際のタイヤ痕を見て〈重荷から解き放たれたやうな気持〉になっている。うっかりとそう捉えてしまいそうになるが、杉雄は、戦時中にあった生を緊張させる死の観念の代替物として戦後の日常社会における新たな死の可能性としての交通事故を見た、というわけではない。あくまで、変形したアスファルトのめり込み、その物質的な変形をきっかけに解放感を得ているのである。では物質の変形とは杉雄にとって何を意味していたのか。

物質の変形という意味で改めて想起されるのは、物語中盤で何気なく語られるアパートの壁の染みや戦時中に見た疎開のために道端で売られていた桐箪笥のエピソードである。

『あれは全く箪笥だつた』と杉雄は思つた。『明日は灰になるかもしれないが、むしろ、明日は灰になることがわかつてゐただけに、あれは正真正銘の箪笥だつた。箪笥は道ばたの莚の上で初夏の陽を浴びてゐた。桐の柾目は美しく落着いて、この箪笥の純良な原料をはつきりと日ざしになかに誇示してゐた。ああいふ明瞭な物質を人間は好かないのだ。あれは生活の中に置くには危険すぎるんだ。もつとあいまいな、図太い存在、一個の永続性のある家具…さういふものに対してだけ世間は金を払ふらしい』

衣服の収納という目的のための道具として使用される箪笥は、戦時という非日常下で合目的的な意味を失ってただ邪魔なオブジェと成り果てるほかない。空襲で灰になることを前にして、普段は気にも留められない原料やらその柾目やらが迫り出してくる。道具的意味を失い箪笥は改めて箪笥という〈明瞭な物質〉として、いうなればその存在を剥き出しにするのである。

剥き出しにされた存在としての箪笥とは、杉雄によれば、日常生活において危険な、非永続的なものである。この非永続性は杉雄のいう壁の染みという永続的なものと対になっている。杉雄は、自分のアパートの壁の染みについて、擦っても落ちないような〈自分の周囲の存在の確かさが気に入らない〉と述べていた。つまり落ちない染みは、存在が不確かな桐箪笥の逆である。そしてまた、スタンド作りをする己は

〈永続性におびやかされながら、永続性に手を貸す〉ことを遂行している自己矛盾であるとも述べていた。第三次大戦での空襲によって、杉雄の作ったスタンドが家々で燃えさかるさまを空想することがスタンド作りの際に〈創造力を湧き出〉させる源泉であったことを考えれば、杉雄がいうところの自己矛盾は明らかであろう。

つまるところ、右の〈永続性〉つまり〈存在の確かさ〉と対置されるところの〈明瞭な物質〉というものが、破滅を控えた非永続性であり存在の不確かさであるなら、それは戦時中に杉雄が体験した〈目くるめくやうな感じ〉とほぼ同質の在り方といえるであろう。してみれば、タイヤ痕は単に物質の変形であるのみならず、杉雄にとっては存在の不確かさ、非永続性を意味することになる。つまり、杉雄が生の喪失感を回復するのは、永続的日常のなかで物質の変形に存在の非永続性という意味を見たからなのであり、そのことによって、過去に囚われた現在と予期される灰色の未来という時間での在り方とは別の時間的基軸の感触を得たからなのである。

4. 意味の回復

三度いえば、過去は再現しない。だから第三次大戦の勃発という未来への期待は、どのみち裏切られる杉雄の空想に過ぎなかった。予期された永続的な未来へ向かう中で、なす術もなくいま在るように在ることを黙認し、なすがままにこれからの日々を過ごすなら、おそらく杉雄は過去に捕らわれつつ己自身がいま在ることの意味を失い、果ては無に直面するほかなかったであろう。杉雄が望んだのは、ただロマンチックな空想の実現ではなく、過去には確かに感じられた、いまここに在ることの存在感の回復、その時間的な在り方自体の意味の転換であったのである。

だからタイヤ痕は、杉雄にとっていわば戦時中に見た桐箪笥の再来、事故の痕跡という事実を超えて自らに迫ってくる存在の非永続性という意味の開示でもあったといえよう。ハイデガー流にいえば、それは忘却される過去と予期される未来という時間での在り方から脱却し、常に既にいま現在ここに在ることの〈目くるめくやうな感じ〉の回復、そして同時に、繰り返しやがて到来する死に向けて自身在ることの意味を更新することでもあるだろう。[15] リニアな時間軸から脱し、いま在ることの意味が更新されることで、過去と現在という二元論的ノスタルジアから杉雄は解放されたのである。

「急停車」に描かれた杉雄という存在を通して示されたのは、朝鮮戦争特需に沸く世相とは裏腹にデカダンスを孕みこんでいくノスタルジアの誘惑であり、また、時間性のなかで常に存在の意味を問わずにはおれない人間のひとつの在り方であったといえよう。

（大学非常勤講師）

註1　『三熊野詣』収録作は、「三熊野詣」「月澹荘綺譚」「孔

雀」「朝の純愛」。

2 フレッド・デーヴィス（間場寿一他訳）『ノスタルジアの社会学』（世界思想社、平2・3）、27頁。

3 澁澤龍彦「ヨーロッパのデカダンス」（「批評」昭43・6）、22頁。

4 佐渡谷重信「急停車」（長谷川泉他編『三島由紀夫事典』明治書院、昭51・1）、113頁。

5 「中央公論」が現在と同じく前月十日発売であれば、初出の六月号は五月十日に店頭に並んだ筈である。

6 無署名「ス首相の重体、相場に響く」（「毎日新聞」昭28・3・6）、3面。この約一月後、和平会談再開により株価の一層の暴落を招いた。

7 この暴落は、明治以来の三大暴落の一つといわれた昭和二十六年春のそれであろう。

8 「作家の二十四時」（昭31・3）の記述から、おそらく陶器店の造形も執筆当時作者と親交のあった銀座三丁目の陶器店・陶桃苑がモデルと推測される。陶桃苑については拙稿「「禁色」の中の禁色」（「三島由紀夫研究」平20・1）参照。

9 山本健吉「鑑賞」（臼井吉見編『日本短篇文学全集17』筑摩書房、昭42・12）、284頁。

10 中川成美「急停車」（松本徹他編『三島由紀夫事典』勉誠社、平12・11）、87頁。

11 島田亨『三島由紀夫解釈』（西田書店、平7・9）第二章および原孫一郎「学徒動員の記録」（大和市役所管理部庶務課編『高座海軍工廠関係資料集』同課、平7・3所収）参照。これら証言のなかには、三島は昼間ゴロゴロし、盛んに来たラブレターの返事をせっせと書いていた、また三島に招待され宿舎の部屋で酒を飲んだというものすらある。

12 十八世紀ロマン主義時代に、廃墟がもちきたらす仮構された過去の情緒を味わうためにしばしば新築の人工廃墟が作られた。クリストファー・ウッドワード（森夏樹訳）『廃墟論』（青土社、平15・12）参照。

13 本社記者座談会「第三次世界大戦は起るか」（「週刊朝日」昭28・1・4）、22頁。

14 無署名「輪禍・戦後最高へ」（「読売新聞」昭28・7・17）、7面。また、無署名「静かになった銀座」（「読売新聞」昭28・9・6、6面）によれば、「急停車」でのように、銀座でのタクシーによる事故が急増したため、昭和二十八年九月より警察予備隊を動員した「銀座交通規制」が実施された。

15 杉雄のノスタルジアからの回復を考えるにあたって、ハイデガーが『存在と時間』で展開した議論を念頭においた。杉雄のいう永続性というものが、ハイデガーの〈非本来的時間〉での時間であるとすれば、道具連関から離れた桐箪笥の存在のように、死への先駆的決意性によって再編される〈本来的時間〉という異なる位相での在り方を、非永続的な存在の不確かさ、即ち〈目くるめくやうな感じ〉として位置づけることが出来ると考えたからである。

三島由紀夫「日曜日」の〈斬首〉と戦後〈天皇小説〉

大木志門

1　暗い日曜日

三島由紀夫「日曜日」（昭和二五〔一九五〇〕・七「中央公論文芸特集号」）は不気味な余韻を残す短編である。財務省金融局に務める若い恋人の幸男と秀子は、毎週決まって日曜日にデートを楽しむことから同僚たちに「日曜日」とあだ名されている。そんな二人がいつも通りある日曜に湖畔の行楽地で逢瀬を楽しんだ帰路、混雑する電車のホームから押し出され列車に轢かれて命を落とす。そして主のいなくなった役所の椅子を眺めて同僚たちは「ごらん！日曜日は死んでしまつた」と囁きあうのである。

特に知られているのがその轢死の描写である。

> 腕を組んでゐたので、一人で死ぬことは困難であつた。幸男が顛落し、斜めに秀子が引きずられて落ちた。ここでもまた何らかの恩寵が作用して、列車の車輪は、うまく並べられた二人の頸を正確に轢いた。そこで惨事におどろいて車輪が後退をはじめると、恋人同士の首は砂利の上にきれいに並んでゐた。みんなはこの手品に感服し、運転手のふしぎな腕前を讃美したい気持になつた。

ブラックユーモアと言うにはあまりにグロテスクであるが、三島自身は「美しい魂が現実から必ず蒙る危機」を描いた「作者の詩人的告白」で「私の二十代の詩人の一面を担」う作品とする[1]、また『自己改造の試み』[2]では、森鷗外の文体模倣の試みであったとしている。この「作者自身一〇ヶ月ほど勤務した大蔵省銀行局での経験を生かした」「エスプリに富んだ短編」[3]を正面から扱った先行研究は少ないが、菅原洋一氏[4]は、「作品の結末は、いわば、昭和二十年当時、満二十歳になっている作者の熱烈な憧憬の成就である」として、遠からぬ死を覚悟し「一作一作を遺作のつもりで書いてゐた」[5]三島の、「二十歳を生の絶頂点として夭折することの至福を語った」作品と論じている。小林和子氏[6]は「作者の詩人的告白」という自注を重視し、若い二人が悲惨な死を遂げても「世界の秩序」は変わらない物語を「役人として生きる平凡なサラリーマン人生に別れを告げ、小市民的幸福を否定」し「芸術家としての人生を本格的に歩み出した三島自身の決意」を描いたと作家論的に読み替えている。

たしかに昭和二十年代の三島は「岬にての物語」（昭和二二）、「盗賊」（昭和二三）、「真夏の死」（昭和二七）など突如到来する死をくり返し描いている。これは「夭折の美学」（「林房雄論」[7]）、「終末観の美学」（「私の遍歴時代」）と理解されており、先の菅原論のように「日曜日」をこの流れに位置づけることは自然である。しかし、本作には三島の私的な死の美学にはとどまらぬ不穏さが纏わりついているように感じられるのだ。そしてそれは先に引用した轢死の場面に関係するのではないか。本論はこの「日曜日」の不穏さの根源を、昭和二十年代の三島の作品群と同時代の文脈から浮かび上がらせようとする試みである。

2　斬首の光景

本作の特徴として、若い二人の運命の日曜日に「一九五〇年四月十六日」という具体的な日付が与えられていることはよく指摘されるが、その「前日の土曜」は、彼らの所属する文書課が「司令部関係へ提出する書類の作成で多忙をきはめた」と占領下であることが強調され、仕事を済ませて来訪した行楽先では湖畔に鳴り響く「正午のサイレン」に「空襲の記憶」が呼び出され「いたるところで女の悲鳴が起つた」と描写される。欠かさず日曜日の行動を守る幸男と秀子は、作中でティツィアーノ・ヴェチェッリオ「聖母昇天」（一五一八）の「昇天する聖母の踏まへてゐるかがやく雲を、一心に支えてゐる大ぜいの童形の天使」にたとえられている。これは二人が昇天する結末の伏線であるとともに、その聖母マリアの昇天日は八月十五日であり、すなわち作品にはわが国の戦後という時代性が強く刻印されている。

また本作の掉尾を飾る鉄道事故というモチーフには、前年二十四年七月の国鉄総裁・下山定則の轢死体が発見された事件があることは間違いない[8]。しかし、不謹慎に聞こえるかも知れないが、だとすれば、なぜ三島は二人を下山事件のようなバラバラの轢死体にしなかったのであろうか。「何等かの恩寵」によって正確に切断され、「手品」のごとく「砂利の上に並んでゐた」恋人たちの首の描写に、作者は何を込めたのであろう。

わが国の近代小説で轢死が印象的に登場する作品はと、これも悪趣味に問えば、田山花袋「少女病」（明治四〇・五「太陽」）を挙げる者は多いのではないか。中年期を迎えながら小説家として立つことが叶わず、味気ない会社員生活の中で電車内の少女たちを眺める（だけでなく時には尾行さえする）ことを唯一の楽しみにしている男が、仕事帰りのラッシュで甲武線（中央線）の車外に投げ出されて落命する。いわゆる「腰弁」生活の憂鬱を描いた「少女病」は、同年の島崎藤村「並木」（六「文芸倶楽部」）などと並び、自然主義文学前期の好短編であるとともにサラリーマン小説の先駆でもあり、その背景には明治の日本社会のライフスタイルの変化が存在している。この近代的かつ普遍的なテーマは形を変えながら戦後の庄野潤三「プールサイド小景」（昭和二九・一二「群像」）などで反復されるが、その意味で、休日の予定を「それがともかくも彼らに護ることが可能であり、また原則上護ることが許されてゐる唯一つのもの」と解説する「日曜日」も、戦後にますます強固な形で回帰したサラリーマン社会（＝会社中心社会）をアイロニカルに描いた作と言えなくもない。

また、斬首という要素に目を転ずれば、芥川龍之介のその名も「首が落ちた話」（大正七・一「新潮」）があり、これは『聊斎志異』中の一話を材源として、日清戦争で日本騎兵に首を切断された清国人を主人公に、人生の「あてにならなさ」を主題にした短編である。しかし斬首された主人公の後悔と哀しみの語りが半ば以上を占める本作は、「日曜日」とは逆に、引き延ばされた死の様相を描いていると言うべきだ。

では三島に最も親しい斬首文学と言えば、自ずとオスカー・ワイルドの戯曲『サロメ』（一八九一）の名が挙がるであろう。三島が「十一、二歳のころ」に「本屋で、岩波文庫のワイルドの『サロメ』を見」て「ビァスレエの挿絵がいたく私を魅し」「家へかへつて読んで、雷に打たれたやうに感じた」と書く[9]作品である。大正期に松井須磨子の当たり役として人気を呼び、昭和三十五年には三島自ら演出した本作は、預言者ヨカナーン（ヨハネ）の斬首された頭部を持つ王女サロメの姿で知られる。その初期の紹介者は森鷗外であり、鷗外文体を模倣したという「日曜日」と図らずもつながっている。三島は「日曜日」と同年に発表した「オスカア・ワイルド論」（四「改造文芸」）でこの「自殺と斬首と扼殺と近親相姦と嫉妬と夥しい宝石の型録《カタログ》とから成る戯曲」への愛着を語っている。ちなみに彼がワイルドの影響下に学習院時代に書いた戯曲「東の博士たち」（昭和一四・三「学習院雑誌」）には、ヘロデ王が「神の子」の誕生を伝える千人長を斬首刑に処す場面が登場している[10]。

この『サロメ』の図像に言及しながらジュリア・クリステヴァが美術評論『斬首の光景』[11]で言うように、近代芸術における斬首の表象は、フランス革命における王制の打倒とギロチンによる処刑の記憶と密接に結びついている。一七九三年にコンコルド広場でルイ十六世とマリー・アントワネットが相次いで断頭台の露と消え、続くロベスピエールの恐怖政治期に多くの者が処刑されたことで、「赤と黒、ギロチンの記憶は、フランス史とその文学的系譜の中に迂回しつつ存在しつづけている」のだ。代議士で解剖学者のジョゼフ＝イニャス・ギヨタンにより考案された、死刑囚を苦しませず即時に絶命させるという意味で[12]「人道主義的」であり、また身分や階級に関わらず執行されるという意味で「民主主義的」なこの装置について、ダニエル・ジェルールド[13]は、それが「大衆と芸術家の意識に及ぼ」した痕跡を渉猟し、ヴィクトル・ユーゴー、ゲオルグ・ビューヒナー、ワシントン・アーヴィング、アレクサンドル・デュマ（大デュマ）、バルザック、スタンダール、ドストエフスキー、チャールズ・ディケンズ、ヴィリエ・ド・リラダン、エミール・ゾラらフランスに留まらない欧米諸国のギロチン文学の数々を紹介している。ワイルド『サロメ』の時代設定はずっと古いが、やはりその作者の脳裏には時代の転換を告げる斬首の記憶が存在していたのである。[14]

　あるいは本作「日曜日」のラストについては、切断された頭部が写真週刊誌に顕わに掲載された三島自身の最期が二重写しになる。[15] しかし三島の斬首はあくまでも切腹の付随的行為（介錯）に過ぎず、ラディゲ、コンスタン、ワイルド、ポー、ボードレールなどに受肉されたこの時期の三島文学には、革命と断罪という欧米的な斬首のイメージが貼りついているように思われる。そして、そこには晩年にくり返し問題にされる日本の王制、すなわち天皇制の問題が見え隠れする、と言えば本作の禍々しさはいや増すであろうか。

3　戦後「天皇小説」と「日曜日」

　昭和二十年代は、近代文学史上初めて、「天皇」という素材が脚光を浴びた時代であった。昭和二十一年一月の昭和天皇の「人間宣言」の二ヶ月後にプロレタリア作家の平林たい子が「文学にとって好き題材」（「天皇の小説」）と述べ、のち自ら「昭憲皇太后」（昭和二三）を著したように、敗戦による民主化によって、これまで不可侵であった存在を描出することが可能となった。渡部直己『不敬文学論序説』[16]は、この状況を終戦が「同時代の小説家に天皇を解禁」（傍点は原文通り、以下同）し、二十年代から三十年代半ばにかけて、反天皇的なものから親天皇的なものまで「大なり小なり通俗的な天皇小説が再三発表され」たと総括している。松浦総三『天皇とマスコミ』（青木書店、昭和五〇）から抜粋すれば、室伏高信『日本の天皇』（昭和二二）、中野重治『五勺の酒』（二二）、長田幹彦『小説天皇』（二四）火野葦平『天皇組合』（二五）、今日出海『天皇の帽子』（二五）、尾崎士郎『天皇機関説』（二六）、大宅壮一『実録・天皇記』（二七）、入江三郎『天皇の食卓』（二七）、坂口安吾『保久呂天皇』（三〇）、藤島泰輔『孤独の人』（三二）、小山いと子『皇后さま』（三四）など多くの「天皇小説」が発表され、中でも『孤独の人』と『皇后さま』はベストセラーになり多くの読者を得ることになった。

　そしてその極点で発表されたのが深沢七郎「風流夢譚」（昭和三五・一二「中央公論」）である。主人公の夢の中という設定ながら、天皇夫妻と皇太子夫妻が斬首され、「行儀よく寝ころん」だ後者の首なし死体が描写される問題作は、翌年二月に右翼少年による嶋中社長宅襲撃事件を呼んだ。この年は大江健三郎「セブン・ティーン」（一、二「文学界」）などの筆禍事件が重なり、以後皇室への言論が萎縮、「天皇小説」の流行の終焉を告げる画期となった。三島は「風流夢譚」のゲラを読んで感心し、中和剤として自作の「憂国」（昭和三六・一「中央公論」）と併載することを編集者の井出孫六に進言し、その結果自身も右翼から狙われたが[17]、同作とその九年前に発表された「日曜日」は斬首のモチーフで呼応している。

また、こちらは特に問題とならなかったが、この時期の突出した「天皇小説」として吉屋信子「嫗の幻想」（昭和二九・八「文藝春秋」）がある。当時の信子は戦前の通俗長編とは異なる、鏡花風の幻想を戦後風俗に落とし込んだ短編中間小説を盛んに発表しており、本作はその一つである。作者自身とおぼしき主人公が疎開中に出会った老婆を戦後に再訪すると、老婆は天皇が「日本の人民の命を助け、前線の兵士を残らず無事に帰してくれ」というマッカーサー宛の遺書を残し毒を飲み自決したと主人公に物語るというのが本作のあらすじである。日清戦争後の国民の「がっかり」した気分を揶い上げた国木田独歩「号外」（明治三九・八「新古文林」）と対比しながら、「一日も早く忘れたい」にも関わらず回帰する「今度の戦争」の記憶を描いた本作は、川崎賢子氏の言うように[18]「幻想」の中であるが、「そうありえたかもしれない歴史、そうあるべきであったかもしれない歴史」、すなわち問われることがなかった天皇の戦争責任を問題にした「当時の進歩的文脈への顧慮がうかがわれる」作品である。信子は戦時中、昭和十三年から十六年にかけて満ソ国境や蘭印・仏印へ赴いて現地報告・従軍記を執筆し、昭和十七年五月の日本文学報国会発足の際には女流文学部委員長に就任するなど、戦争協力的な活動に率先して従事した。ゆえに本作執筆の動機は、過去の自身の行為を反省してのものかと想像される。

しかし本作発表前年の座談会「吉田首相を囲んでの午後」（昭二八・三「婦人公論」[19]）では「私ずいぶんいろいろ考えて、戦争はいやだったのですけれど、再軍備やむをえないと思うんですの。日本じゃ平和論とか絶対軍備反対とかいえば何か知識人のように思われるので虚心から申しますが、私はそうは思わない」と述べ、「自分の息子を喜んで国の楯に捧げることに誇りを感じなければ……」と発言する信子は、基本的に愛国的・保守的な感性の持ち主であった。のち昭和二十二年に皇籍離脱した梨本宮妃伊都子の日記を元に『香取夫人の生涯』（新潮社、昭和三七）を出版するが、この題材に興味を持った理由として、菊池幽芳の自伝に、かつて幽芳が留学のために渡仏する船に伊都子が同船しており、『己が罪』の愛読者である彼女に面会を求められたという記述を「『まあすてき』と思ったから」と書く信子でもある[20]。むしろそこには皇室という超越性への無邪気な憧憬が看取されるのだ。よって「嫗の幻想」は単純な天皇批判の作ではなく、信頼していたがゆえに裏切られた思い、いわば尊皇ゆえの不敬が表現されていると見るべきである。前掲の川崎氏は「戦中派の忠義は、戦後の象徴天皇制のもとでは不敬にも似る。その意味では両義的」とし「右とも左とも一概に片づけることのできない、なかなかに手ごわいテキスト」と指摘している。

　この吉屋信子と三島については、すでに田中美代子氏が、三島が「徳川の夫人たち」（昭和四一）を愛読していたことや、皇室への関心、鏡花文学への傾倒など「関心のおもむくところ」の「相互浸透」を指摘している。[21] さらに言えば、その根幹には「媼の幻想」と同型の、尊皇と不敬に反転する超越性への感応が共有されているのではないだろうか。もちろん、この程度の類似を以て「日曜日」を同時代の「天皇小説」群に並べるのは無理があるし、作中の二人が深沢七郎作品のように昭和天皇夫妻あるいは皇太子夫妻を表していると言いたいのでもない。この時期の昭和天皇夫妻を若い恋人に喩えることは無理があるし、その比喩にふさわしい皇太子夫妻の成婚は昭和三十四年で本作よりずっと後である。とはいえ、本作と「天皇」の問題は、やはり同時代の三島作品の中でゆるやかに連接しているように思われる。

4　三島由紀夫の「天皇小説」

　三島由紀夫が正面から「天皇」を問題にし始めるのは「憂国」（昭和三六・一「中央公論」）、「十日の菊」（昭和三六・一二「文学界」）、「英霊の声」（昭和四一・六「文藝」）など、昭和三十年代になってからであるが、彼が二十年代にもいくつかの「天皇小説」を書いていることは知られている。

　まず「日曜日」と同年の発表である「花山院」（昭和二五・一「婦人朝日」）は『大鏡』の花山院の退位の一節を下敷きにしている。安倍晴明を主人公に、寵愛する女御を失った花山帝が十九歳で出家しようとするのを、晴明はあえて制止せず、藤原道兼の策略に任せて帝を退位させる。本作には、「現在の晴明ブームの背後にある、平安王朝を舞台にした超能力とオカルティズムの世界」を「先取りし」た新しさとともに、三島自身の敗戦を経過して「すべてを受諾し、断念を生きること」の覚悟を描いた「青春小説」という評価がある。[22] 同時に、天皇を政治から引き離すことで保存しようとする晴明の行為は、三島の後年の「文化的天皇」を思わせる。

　より象徴的な作品はその三年前に発表された「軽王子と衣通姫」（昭和二二・四「群像」）である。本作は古代の『古事記』と『日本書紀』の允恭天皇記を下敷きにした物語で、皇太子である軽王子と、皇后の妹で天皇の側室にあたる衣通姫（王子の叔母）との悲恋がベースとなる。天皇の死後、皇位に就くことを拒否した軽王子は、代わりに即位した弟の穴穂皇子によって伊予に流刑される。それを追って衣通姫も伊予に渡るが、朝廷への叛乱をたきつける石木に毒を呑まされ、それを追って王子も剣で喉を突き自害する。原田香織氏[23]は「神話的世界へと連なる天皇制の問題、神人分離・皇位継承と王権、禁忌の愛、そこに絡むエロスとタナトス、そして輪廻転生へと発展する」晩年までの「三島作品の主要テーマ」が勢揃いした重要作とする。小埜裕二氏[24]は三島が「日本文学小史」

（昭和四四・八、四五・六「群像」）でこの物語を「神人分離の悲劇の例として取り上げている」ことを指摘し、「太平洋戦争時の神人共存の状態が、敗戦後、とくに天皇によってなされた人間宣言（神人分離）によって崩壊したことが作品に投影されている」と読む。また本作には「現実的な天皇像」ではなく「三島の内なる浪曼的な天皇像」が描かれているとし、戦後の象徴天皇制に対する不満と、晩年の「〈文化意志〉としての天皇」の萌芽を指摘している。小林和子氏[25]は小埜論文を継承しつつ「人間宣言をした天皇に失望し、さりとて王子達のように恋に死ぬこともかなわず、この醜悪なる戦後社会を生きていかねばならなかった」三島の、喪に服して九十歳まで生きた作中の「皇后のように生きていく決意」を読み取っている。すなわちこの二作には、いずれも古典を下敷きに、浪漫的な古代天皇存在への憧憬が表現されていることに特徴があるが、そのことは翻って作品の現在における天皇存在を否定することでもあるという、尊王と不敬が入り混じっているのだ。

5　「一般」にして「特殊」なる身体

ここで「日曜日」の幸男と秀子の二人の姿を思い出してみたい。たとえば幸男の「紺のズボンに茶いろのスウェーター」で「Yシャツは白」、秀子の「格子のスカートに水いろのカーディガン」に「子供のやうな大柄のソックス」、また二人とも「肩から水筒を提げ、簡素なボストンバッグ」と「白い運動靴」を履いた服装は、語り手により「二人の主人公の服装の特徴を述べたものではな」く、「春たけた日曜の早朝に、某駅でおのがじし相手を待つてゐる若い人たちの全部が推測されねばならない」とその無個性／典型性がわざわざ注釈される。

これに対し秀子は「時々あたし、あなたと一緒に大へんな大げさな陰謀をめぐらしてゐるやうな気がする」として「あたしとあなたは、世界の秩序を支へてゐる小さい妖精の恋人同志のやうな気がするの。世界がまだ壊れないでゐるのは、あたしたちのお蔭のやうな気がするの」と、不思議な実感を幸男に語る。それを証明するかのように語り手は、彼らの訪れる湖を「神秘的な日光の下に」「神秘的な色調を帯びて見渡された」と描写し、「得がたい日曜日の朝の吉兆」を言祝ぐのである。そして「万障繰り合はせて守るべき何ものか」である日曜日の予定を、緑は山や林や野原、藍色は海や湖、薄茶は野球、黒は映画と塗り分ける幸男のいつもの行動は、まさに神のように世界を守護する行為にさえ見えてくるのだ。

しかし二人の後から湖をめがけて「はしたない流行歌をうたひながら上がつて来る男女」たちも「やはり幸男や秀子と同様」のどこにでもいる恋人たちであり、幸男たちははじめその勢いに圧倒されて「自分たちの静かな領域」を「一行が狙つて攪乱に来たのだと想像」するが、そうでないことに気づくとおとなしく「野外の饗宴の中に」混じり「苦い喜びを味ふにいた」る。そして一斉に帰路に向かう「黙りこくつて、疲労困憊して、ぞろぞろと足を引きずつて歩いてゐる群衆は、どこから来てどこへ行くのだらう」と思いながら、しかし「自分たちもあの群衆と同様の疲れた悲しげな顔をしてゐるのではないかしら」と感ずるのである。そして実際に彼らがありふれた群衆の一員でしかなかったことは、二人がいなくなってからも「事務は遅延なく進行し、太陽は東からのぼり、火曜日のあとには水曜日があり」、日常は変わらず継続されることからも明白である。

とはいえ以上のことを、自由な世の中を謳歌する戦後の若者たちの思い上がりと、それに対する懲罰と捉えるべきであろうか。そうではない。彼らはたしかに凡庸な恋人たちだが、凡庸であると同時にたしかに「世界の秩序を支へてゐる」存在でもあるのだ。すなわち二人はありふれた存在でありながら、いやそれゆえに特別な存在でもあるという、一般性と特殊性を兼ね備えた者として造形されているのだ。それはまさしく人間＝国民にしてその統合の象徴でもある、戦後の象徴天皇のことではないのか。

なお前掲の小林論(26)は、団長の企みで興奮剤を打たれた馬から転落して死ぬ少年に続いて、綱渡りの少女が落下し観衆の眼前で死んでゆく「サーカス」（昭和二三・一「進路」）に、団長が少年を「王子」と呼ぶことから「軽王子と衣通姫」との関連を指摘している。しかし同作はまた、衆人の中の恋人たちの死と、団長の台詞「ともあれサーカスは終わったんだ」から、「日曜日は死んでしまった！」と閉められる本作との類似をも感じさせる。このように、昭和二十年代の三島の複数の短編はモチーフがつながりあっており、そこには戦後に生き延びてしまった三島自身の悔恨と、同じように生き延びて「人間」となった神々の影が落ちているのである。そして奥野健男による「小市民的幸福への悪意のためにだけ書かれたと言っても良い作品」（『三島由紀夫論』昭和二九・三「文学界」）という古典的評価のある「日曜日」について言えば、若者たちの断首の光景によって戦後的なるものを象徴的に切断したと一応は解釈可能だが、しかしその意味は、斬首される存在に三島における「天皇」を代入することで多義的に現れるように思われる。

（山梨大学准教授）

注
1　『三島由紀夫作品集5』あとがき、新潮社、昭和二九
2　昭和三一・七「文学界」
3　小坂部元秀『三島由紀夫事典』、明治書院、昭和五一
4　「『日曜日』という秩序」、昭和六三・三「立正大学国語国文」
5　『私の遍歴時代』、昭和三八・一～五「東京新聞」
6　「三島由紀夫『日曜日』雑感」、平成二四・三「茨城女子短期大学紀要」

7　昭和三八・二「新潮」
8　注6の小林論に指摘あり
9　「ラディゲに憑かれて―私の読書遍歴」、昭和三一・二・二〇「日本読書新聞」
10　高田一樹「支配をめぐる葛藤としての詩劇―三島由紀夫と『サロメ』」、平成二一・三「比較文学年誌」
11　塚本昌則・星埜守之訳、みすず書房、平成一七
12　それまで斬首は貴族階級のみに認められた特権であった。
13　『ギロチン 死と革命のフォークロア』、金澤智訳、青弓社、平成九
14　前掲ジェルールドはフロベール、ユイスマンス、ラフォルグらと並べ、十九世紀のデカダンス文学において、ユーディットやサロメなど「首を狩る『悪魔のような』女のイメージに取り憑かれた」作家として紹介している。
15　たとえば前掲小林論は「図らずも三島の壮絶な最期も想起され、常に予言的であった三島らしい作品」とする。
16　平成一一、太田出版。引用はちくま文庫版（平成一八）より。
17　そのため三島は自身の圧力で同作が掲載されたという噂を打ち消すため「『風流夢譚』の推薦者ではない」との声明を出している（昭和三六・二・二七「週刊新潮」）。
18　「成熟した読者のための吉屋信子」講談社文藝文庫『鬼火・底のぬけた柄杓』解説、平成一五
19　出席者は信子、吉田茂に加え、西崎緑、木暮実千代ら。
20　「梨本伊都子の日記」、『私の見た美人たち』収録、読売新聞社、昭和四四
21　「吉屋信子と三島由起夫」、平成二四・六「三島由紀夫研究」
22　山内由紀人「『花山院』と安倍晴明」、平成一四・一一「国文学」
23　「『軽王子と衣通姫』論」、平成二七・三「三島由紀夫研究」
24　「『軽王子と衣通姫』論―神人分離と戦後」、平成三・六「イミタチオ」
25　「三島由紀夫『軽王子と衣通姫』試論」、平成一三・二「茨城女子短期大学紀要」
26　注25に同じ

懸隔甚だしき恋の方へ
——三島由紀夫「恋重荷」論——

田村景子

1

「それはまるで柔軟な鎧のやうであつた」という、三島由紀夫ならではの華麗で逆説的な比喩表現で始まる短篇小説「恋重荷」（一九四九年一月）は、物語いっぱいにそうした逆説的な比喩、文句をちりばめつつ進み——結末に至るや、まるで一挙に謎が解かれ、物語にかかっていた霧が晴れるような場面へ到達する。恋という出来事の生成、展開を、巧みな趣向で追うミステリー仕立ての作品といえよう。

あたかも物語内での恋の体験が、背景にある謡曲「恋重荷」を退け、現代という時空でまったく新たな「恋重荷」を創出するように。あるいは、背景にある謡曲「恋重荷」を、思い切って変形、改変し、現代という時空において、新たな世界を共同で創り出すかのように。

大学生の夏衛、友人の康親、康親の許嫁で夏衛に心惹かれる礼子の三人が繰り広げる恋の三角関係が決定的な結末を迎えないまま——礼子への恋を反芻しつつ夏衛は、物語の結末で、こんな連想と感慨にとらわれる。

その日のゼミナールは太平記の輪講で、S教授の好きな志賀寺の上人の物語が選ばれた。それは中世の恋物語の中でもたぐひまれな美しいものだつた。その物語の類似から、突然夏衛は、『恋重荷』といふ謡曲のあつたことを、去年の菊の季節に礼子に会つたとき舞台で演じられてゐた能はそれであつたことを、思ひ出した。この中世風ないたましい恋の苦行と死の物語には、「これこそ恋の重荷よ、なんぼううつくしき荷にてあるぞ」とか、「重荷なりとも逢ふまでの、恋の持夫にならうよ」とかいふ一心な文句が綴られてゐたやうに思はれた。

記憶にあやまりがなければ、舞台に持ち出された恋重荷は、綾羅錦繍で美しく包まれた荷であつた。しかしそれは礼子の紫縮緬の総絞りやきらびやかな朱珍の帯の記憶ではないかと思ひ返された。

夏衛のこうした古典への連想ときらびやかなものをめぐる感慨は、しかし、後に三島自身のいくらか否定的な見方にさらされることになった。小説「恋重荷」が再録された『詩を書く少年』（一九五六年六月）の「おくがき」には次のような言葉がみえる。「『志賀寺上人の恋』と『恋重荷』は、同じ主題を扱つたものであるが、私は古典のかういふ扱ひ方があまり巧みでない。さういふ扱ひ方で私が些少の成功を収めたのは戯曲の分野であつて、『近代能楽集』を読んでいただければ十分である」。

小説への古典の翻案より、戯曲への古典の翻案がうまくいつた、と三島は自負する。ではそれと比べられた小説「恋重荷」は、はたして失敗作なのか。小説「志賀寺上人の恋」（一九五四年一〇月）が三島の生前しばしば再録されたのに、小説「恋重荷」はわずか四回にとどまる。また、三島が「些少の成功」と肯定した『近代能楽集』中、戯曲「綾の鼓」（一九五一年一月）の原曲は、小説「恋重荷」の翻案元である謡曲「恋重荷」と同じく、謡曲「綾の太鼓」の改作曲「綾鼓」とされる。[1]だとすれば、「同じ主題」を扱いながら戯曲「綾の鼓」に劣る作品と、三島は小説「恋重荷」をみなしていたことになるのか。三島のいう古典の「扱い方」において、小説「恋重荷」および小説「志賀寺上人の恋」（一九五四年一〇月、太平記第三十七巻の一節の翻案）は、『近代能楽集』の諸戯曲といかなる違いがあるのか。

戯曲「邯鄲」（一九五〇年一〇月）から『近代能楽集』シリーズがはじまる前夜、ほんの一足先に試みられた、謡曲「恋重荷」の翻案としての小説「恋重荷」を、謡曲との比較、さらには『近代能楽集』に収められた戯曲と比べつつ辿り、その特質をあきらかにしたい。[2]

2

謡曲「恋重荷」は、世阿弥の『三道』に「恋の重荷、昔、綾の太鼓也」（『日本古典文学大系』）とあり、『世子六十以後申楽談儀』にも演じ方に関する言及があることから、古曲である謡曲「綾の太鼓」を世阿弥が改作したとみられている。観世流と金春流の演目である。

白河院の御所に、菊の世話係として山科の荘司という身分の低い老いた男（詞章では必ずしもはっきりしないものの、尉の面をつけるため老人と考えてよい）がいた。女御の姿を目にして恋に落ちた山科の荘司は、掃除もままならない。恋を聞き知った官人は、女御の言葉として、美しく飾った荷を持って御所の庭を百度も千度も回るなら会おうと伝える。身分違いの恋が叶うと、喜び勇んで荷を持とうとする荘司だが、持ち上げることは出来ない。美しい布に包まれた一見軽そうな荷は、荘司の恋を諦めさせるための重荷だった。奮闘する荘司は、ついに「よしや恋ひ死なん。報はばそれぞ人心、乱れ恋になして、思ひ知らせ申さん」と呪いの言葉を残し、死んでしまう。同情して庭に下りた女御の前に、「一念無量の鬼」となった荘司の死霊があらわれ、女御の誠のない約束を責め、巌のごとき重荷が持てるものか「さて懲りたまへや、懲り給へ」と恨み言を連ねる。が、女御を責めるうちに落ち着きを取り戻し、「恋路の闇に迷ふとも。路弔はば其恨は、霜か雪か霰か、つひには跡も消えぬべしや、これまでぞ姫小松の。葉守の神となりて、千代の影を守らん」と、女御の守り神となることを約束して消え去るのだった[3]。

この曲の主題について、『謡曲大観　第二巻』[4]では「賤しい老人が高貴の御方を恋し」た「懸隔の甚だしい恋」、また、『日本古典文学大系　謡曲上』では「男の恋の妄執を描く。卑賤な老人が及ばぬ高貴な女性を恋するという筋の設定で、恋する者の期待、不安、嘆き、怒り、恨みといった心理を、短い中にかなり巧みに描きこんでいる」と詳細に記される。

恋の重荷とは恋の苦しさの喩えであり、これが、けっして及ばぬ恋、「懸隔の甚だしい恋」すなわち限りなく不可能に近い恋ともなれば苦悩は極まり、重荷もまた限りなく重く、人が持ち上げるのを拒むものとなる。しかも、恋するのは老人である。重荷は老人の前にほとんど絶対的に立ち塞がる壁ともなる。

不可能な恋には、まず甚しい身分差が、加えて年齢差がかかわる。そんな二つの壁を突破しようとし、ついに叶わず狂い死ぬ男の恋の妄執において、男の高齢を強調する場合と、身分差を強調する場合とがある[5]。が、やはりこの曲では二つの不可能性を重ねることで現世で果たせぬ思いを強調するのが重要で、だからこそ男は来世で思いを昇華し「葉守の神」となるのである。

謡曲「恋重荷」と同じく「綾の太鼓」を改作したらしい謡曲「綾鼓」は、三島が戯曲「綾の鼓」の翻案対象にしたもので、やはり卑賤な老人が高貴な女性を恋するドラマである。謡曲「恋重荷」では巌の重荷が老人の前に立ち塞がるのに対し、謡曲「綾鼓」では、綾の布が張られた（打てども鳴らない）鼓が老人を弄ぶ。

三島が小説としては翻案対象に謡曲「恋重荷」を選び、戯曲としては謡曲「綾鼓」を選んだ理由は、おそらく、舞台上の俳優の動作に関係していよう。重荷を持ち上げられぬ静的なそれに比べて、鳴らぬ鼓を必死で叩き続ける動作は空しいドラマをみごとに可視化しうる。実際、戯曲「綾の鼓」では、老人は鳴らぬ鼓を生きて叩き続けるばかりか、死んでもさらに叩き、止めてもなお叩くことを女に求められる。叩くという動作を謡曲以上に強調し、舞台での劇的効果を狙っている。逆にいえば、三島が小説の翻案対象に謡曲「綾鼓」を選ばず謡曲「恋重荷」を選択したのは、重荷を持ち上げようとして持ち上げられぬ静的な動作に複雑な心理をこめやすいと考えたからだろう。小説「恋重荷」の構想は、『近代能楽集』の戯曲「邯鄲」の次に来る戯曲「綾の鼓」の構想とほぼ同時だった可能性が高い。

3

「それはまるで柔軟な鎧のやうであつた」と始まった小説

「恋重荷」には、しかし、謡曲「恋重荷」を翻案したとは思えぬ世界があらわれる。八つの改変に注目しよう。

まず、時代は中世から現代に改変されている。『近代能楽集』の「あとがき」で、三島は「露はな形而上学的主題などを、そのまま現代に生かすために、シテュエーションのはうを現代化した」と記すが、小説「恋重荷」においても、シテュエーションのはうよりこの小説で、「シテュエーションのはうを現代化」するという『近代能楽集』の方法は実現されたといってよい(6)。ただし、現代とはいえ、終戦直後の今が舞台にしては、『近代能楽集』シリーズの作品に溢れる戦後の猥雑さ(7)は希薄である。ここには戦後だけでなく、時空を切断する戦争の痕跡すらない。いわば無時代的な空間が切れ目なく連続しているように思われる。それが三島の戦後にたいする居心地の悪さをあらわしているのだとしたら、意識した反時代的な今の設定ということになろう。むしろ、それが戦後という時代への突っこんだ介入を阻むと思えたとき、『近代能楽集』シリーズの執拗な戦後描写があらわれたのかもしれない。

第二の改変は、「懸隔の甚だしい恋」における身分差がすっかり取り払われていることである。今は東京と京都で暮らす大学生の夏衛と康親、康親の婚約者の礼子は、その文化的趣味からすればかなりの上流階級に属し、それぞれの家への自由な行き来などからも、ほぼ同階層と考えられる。

第三の改変は、「懸隔の甚だしい恋」における年齢差の消去である。若い三人はほぼ同世代であり、高齢者は登場しない。

第四の改変は、「懸隔の甚だしい恋」が、一対一の男と女の間のしかも男からの一方的な恋狂いであったのに対し、ここでは、一人の女と二人の男がつくりだす恋の三角関係となったこと。しかも三人それぞれの恋心が明らかにされる点に、特徴がある。

第五の改変は、「懸隔の恋」ゆえの恋の苦しさの象徴であり、さらにいえば恋の成就の不可能性の象徴である「恋重荷」が、まずは礼子を包む和服、次に和服にひそむ針にまで縮減されることにある。堂々たる重荷に、一本の針、加えて、実際にあるかないかも曖昧な針という極端な対置は、その極端さゆえに意識的な選択といえよう。

こうして謡曲「恋重荷」の「懸隔の甚だしい恋」がそのままでは成り立たぬ時、第六の改変すなわち不可能な恋をめぐる男の狂死はなくなり、第七の改変である死んでなお慕る男の女への恨みもむろんなく、第八の改変としての、死んだのち男が怨みを反転させ来世で「葉守の神」になることもないのは、いずれも当然といわねばならない。謡曲「恋重荷」が用意していた当時の仏教的規範に沿った大団円は、出番を失うしかない。

八つの改変を改めて眺め渡せば、身分差と年齢差による「懸隔の甚だしい恋」という謡曲「恋思荷」の主題に対し、小説「恋重荷」では主題を成り立たせていた条件がすっかり消失してしまっていること、それゆえ「恋重荷」自体が可視的には消えていることがはっきりする。この点に関する限り、三島自身の「主題などを、そのまま現代に生かす」という見方は成り立ちにくい。

とはいえこれは、謡曲「恋重荷」からの翻案であることをあらかじめ知った者の認識といえる。物語は消失を確認するように展開するのではなく、消失が前提であるような地点から出発している。それが、夏衛と礼子と康親の恋の舞台なのである。

4

謡曲「恋重荷」から小説「恋重荷」への八つの改変は、謡曲「恋重荷」の主題及びモチーフ（要素）を、現代においてはすでに不可能なものとして消去するためになされたのではない。むしろ主題を現代においてこそ実現するために、いったんはまっさらにせざるをえなかった。今検討してきたとおり、改変が元のありかたをわずかにずらすというレベルではなく、ほとんど正反対にしていることからそれがわかる。

謡曲「恋重荷」から始まるのではなく、謡曲「恋重荷」にあった「懸隔の甚だしい恋」の発見とそれへの希求が、このまっさらな舞台ではじまるのだ。謡曲「恋重荷」でおきる出来事はここで、真逆のかたちではじまり、その出来事の現代的再生へと向かう。謡曲「恋重荷」のほとんど空無に近く思える舞台こそが、謡曲「恋重荷」の主題「懸隔の甚しい恋」を現代に少しずつたぐりよせる舞台となる。

実際、物語には、「恋の苦しみ」はもちろん、「苦しい」や「重い」や「老い」といった謡曲「恋重荷」にあらわれるモチーフが異なる文脈においてふんだんにちりばめられ、新たな「甚だしき懸隔」を創りだそうとする。

小説「恋重荷」では、恋ゆえに重荷がもたらされるのではなく、重荷なくして本当の恋もないのであり、夏衛、礼子はもとより、康親にとってもまた懸隔の消失した場でなお「懸隔の甚しい恋」だけが本当の恋なのである。夏衛と礼子は意識的に康親は無意識的に「懸隔の甚しい恋」を求め、それぞれ自ら苦しみを背負おうとする。

それはすでに冒頭の場面からはっきりと示されている。

「まるで柔軟な鎧のやう」に千羽鶴を刺繍した鴇色紋綸子の中振袖に、ふくらすずめに結んだ袋帯を締めた礼子は、夏衛に訴える。「苦しくて、苦しくて、拷問に会つてゐるみたいだことよ」。鎧のような和服の中でこんな「苦しみ」に喘ぐ礼子に夏衛は強く魅せられる。テニスを楽しむ夏のショーツ姿や、冬のスキー服のズボン姿からは感じられない礼子がそこに出現していた。肉体むき出しの礼子より「十重二十重の鎧」によって隔てられた礼子の方が印象が強いのである。晴れ着の礼子は、夏衛を昨秋に観能の席で見た和服姿の礼子へさしむける。「それまでさして格別の感じをもてなかった礼子に、夏衛がはじめて或る力を感じたのは、それが和服の彼女を見た最初の機会であったからかもしれなかった」。「懸隔」だけが創りだす魅惑に夏衛は敏感である。しかも、夏衛が和服の礼子を見て恋心を抱いてからまだ数か月しかたっていない。じつに急速な接近といわねばならない。

　振袖姿の礼子を前に言葉少なになりがちな夏衛を、礼子は不安に感じる。夏衛の大学生にしては「老成したところ」が、許嫁の康親の若々しさより、「壊れやすい不安定なもの」にみえるのである。この逆説的な見方はじつに興味深い。一般には、「老成」または「老い」は成熟と老練と安定につながる。しかし、若者と老人の間に壮年をはさめば、壮年が社会の秩序を担うのに対し、秩序の入り口と出口に配された若者と老人はともに秩序の中心からは遠い存在であろう。無茶をやってのけるのはけっして若者だけの特権ではなく、かえって後のなさを自覚した老人のほうがその無茶がいっそう甚だしく、切羽詰まったものと化すのではあるまいか。

　礼子の夏衛観は、謡曲「恋重荷」の年齢差の恋への新鮮な解釈にもなっていよう。老人にもかかわらず、ではなく、老人だからこそ捨て身の恋を敢行した、と。さらに身分差でもまた、下賤な者にもかかわらず畏れ多くも、ではなく、失うものは何もない下賤な者だからこそ、女御への狂気にも似た恋の跳躍が可能になったのだ、と。翻案元へのたんなる従属ではなく、翻案元への新たな介入こそ「翻案」なるものの醍醐味と三島は考えていたに違いない。

5

「老成」した危険な夏衛が、和服の「手に負えないような輝きの堆積」に欲望を高められ、「輝く堆積」を抱きしめた瞬間――、礼子は背中に鋭い痛みを感じる。そして、「針」が背縫のところに入っていると訴えた礼子の言葉を、夏衛はまっすぐに信じて手を離した。夏衛にとって「輝く堆積」は、一本の針によっていっそう不可能な彼方へと遠ざけられる。

　びくともしない重荷に対し、同じ「懸隔」を演出する一本の針という逆説の極致ともいうべきアイデアはこの短篇の中核をなす趣向（恋の重荷は一本の針に宿る、一本の針に宿れぬものは恋の重荷にあらず）だが、一本の針は同時に礼子の痛みへの想像力を夏衛から引き出すとすれば、一本の針によって創られた「懸隔」が礼子という他者性の認知へとのびていくさまがみてとれよう。一本の針が礼子の言葉にすぎぬのではなく、他者である礼子の言葉だからこそ、夏衛は信じたのである。

　このことは、礼子がただちに想起した康親の、一本の針へのまったく異なる対応から明らかにされる。かつて級友[8]が礼子に教えた針による男性撃退法は、礼子をごく当たり前のように抱きしめようとする康親には、「嘘」を交えたおなじみの恋の駆け引きでしかない。一本の針という虚構は礼子にとって、康親の野放図な蹂躙すなわち礼子の自律性の無視をはねのける起死回生の発条であった。その一か月後、康親から「もっと極端な行為」を教えられた礼子に、予期していた感動はなく、ここでも、「礼子の体に備はつた微妙な逆説」をわきまえぬ康親との関係への無気力さばかりが残る。康親と別れると決めたのはこの無気力さゆえだった。

礼子もまた「懸隔」を、「懸隔」がはらむ逆説を欲していたのである。「懸隔」を他者性の認知にまでとどかせた夏衛の礼子の針への信頼が、康親とのあざやかな対比により、礼子に強い感情を呼び起こしたのも不思議ではない。「彼を愛してゐるといふ意識が、乳房のやうに、彼女自身の肉体に溶けこんだ重さになつて胸にのしかかつて来はしないかと思はれた」。

「懸隔」によって互いを認め恋を昂進させることにおいて、夏衛と礼子が結びつき、その強い関係が、康親を退けたのである。

東京駅で康親を迎えた夏衛は、康親の中に芽生えつつある苦しみを感じとった。苦しみからいつも遁走してばかりいた康親は、礼子からの別れの手紙により、否応なく「懸隔」の確認を迫られ、今まで感じたことのない苦しみに直面していた。その苦しみの表情を目のあたりにして夏衛は、みずからの恋の苦しみの始まりへ差しもどされる。再び古びた能楽堂が記憶に蘇り、和服姿の礼子がいっそう鮮明に浮かびあがる。「夏衛を魅したのは、すべてに重々しすぎる、輝やきすぎる或るもの、いはばそこに在る一種の息苦しい不均整なのだつた」。この美しき「懸隔」の著しい過剰さこそが魅惑の源泉であり、恋の苦しみの始まりだった。

和服の礼子を見た能楽堂の記憶が、物語の進行につれて、はっきりするとともに重々しさを増していくのがわかる。

昨日の針をめぐるいきさつを「短い蹉跌に盛られた甘美な印象の夥しさ」に促されつつ語る夏衛に、康親は「手なんだよ。それが彼女の、毎度の手なんだ。ああやつて男の気を引かうといふ嘘なんだ」と言うが、夏衛は真偽がどうであれ「針の痛みを本当だと信ずる力」は自分にあり、康親にはないと確信するのだった。

かくして、夏衛の連想と感慨が記され、能楽堂で観た「恋重荷」があざやかに呼び起こされ、「これこそ恋の重荷よ、なんぼううつくしき荷にてあるぞ」とか、「重荷なりとも逢ふまでの、恋の持夫にならうよ」といった「一心な文句」へ夏衛の心が傾く結末がくる。夏衛の能楽堂での記憶は、和服の礼子を初めて見たその時から、謡曲「恋重荷」の「いたましい恋の苦行と死の物語」に浸されていたことになる。

謡曲「恋重荷」の「懸隔」の条件が身分差、年齢差の両方において消失してしまった、いわば「若い戦後」というすべてが平準化していく時代にあわせてスタートした物語は、次第に新たな「懸隔」を浮かびあがらせ、「懸隔」を認めつつ結びつこうとする夏衛と礼子の姿をうつしだす。

しかし、この物語の結末は、けっしてハッピーエンドではない。夏衛にとって礼子をめぐる恋の苦しみ、苦行はまだ始まったばかりである。夏衛を思いうかべつつ独り言つ「私はあの人を愛してゐる」という言葉を、ほとんど無意味に近いとうけとめ礼子の思いは彷徨う。そして、針の一件を夏衛から聞き礼子が未だに自分を愛していると固く信じる康親はたちまち、礼子を失うという苦しみから脱け出して、礼子の家に向かう。

三人の三角関係は確実に一つの小さな山を越えたとはいえ、これからいくつの山を越えるか知れない。そして「死の物語」が三人に襲いかからぬとはけっして断言できない。とはいえ、現代版「懸隔の甚だしい恋」がここに出現し、謡曲「恋重荷」と拮抗するまでに成長したことだけは確かといわねばならない。

6

再び、三島由紀夫の言葉に戻ろう。「『志賀寺上人の恋』と『恋重荷』は、同じ主題を扱つたものであるが、私は古典のかういふ扱ひ方があまり巧みでない。さういふ扱ひ方で私が些少の成功を収めたのは戯曲の分野であつて、『近代能楽集』を読んでいただければ十分である」。

小説「恋重荷」の発表は一九四九年一月、小説「志賀寺上人の恋」の発表は一九五四年一〇月。『近代能楽集』シリーズの第一作・戯曲「邯鄲」の発表は一九五〇年一〇月、第二作・戯曲「綾の鼓」は一九五一年一月、第三作・戯曲「卒塔婆小町」は一九五二年一月、第四作・戯曲「葵上」は一九五四年一月、第五作・戯曲「班女」は一九五五年一月である。とすれば、三島にとって成功を収めたとみなされる『近代能楽集』（前期）の試みは、謡曲の翻案作品で小説の「恋重荷」と、古典は古典でも太平記の一節の翻案作品で小説の「志賀寺上人の恋」との間にほぼ収まることになる。三島の出来不出来意識は、作品そのものにかかわるとともに、ちょうどこの時期、小説の発表を続けつつ、「火宅」（一九四八年一一月）、「愛の不安」（一九四九年二月）、「灯台」（一九四九年五月）と念願の戯曲をたてつづけに発表し始めていた当時の三島の、戯曲と小説とのジャンル意識にも関わっていたと思われる。

小説「志賀寺上人の恋」の冒頭で、語り手の「私」は、太平記第三十七巻の「志賀寺上人の恋のごく簡潔な記述」について「その独特な恋の情緒よりも、その単純な心理的事実に興味があつた」と述べる。実際、中世を舞台とする物語にあらわれるのは、恋愛と信仰の相克が上人の内面で繰り広げる極度に切迫した心理劇である。

小説「恋重荷」と小説「志賀寺上人の恋」を比べると、「同じ主題を扱つたもの」とはいえ、前者が現代に舞台を移しているのに対し、後者は中世が舞台になっている。また、翻案元とのプロット及びストーリーの異同では、前者はほぼ真逆に改変されており、後者では翻案元と変わりがない。これにならって『近代能楽集』シリーズの諸作品を示すなら、舞台は現代に移され、プロット及びストーリーはほぼ翻案元どおりである。

小説「恋重荷」と最も近い戯曲「綾の鼓」でより詳しく比べれば、第一に、ともに舞台を現代に移してはいるものの、「綾の鼓」がすべてを相対化してしまう戦後という時代を繰り返し前景化するのに対し、「恋重荷」では戦後という時代は特に意識されていない。第二に謡曲における身分差については、「綾の鼓」がそれを踏襲し（女御から華子へ、しかし華子を途中で反転させる）、「恋重荷」では踏襲しないばかりかすっかり取り払われている。第三に謡曲における年齢差では、「綾の鼓」が踏襲し、「恋重荷」ではこれまた取り払われる。

こうしてみれば、小説「恋重荷」の特異性がわかる。他の翻案戯曲作品が「主題」ばかりかプロット及びストーリーを踏襲した上で現代化しているのに対し、小説「恋重荷」は、プロット及びストーリーを踏襲せず、それらに基づく「主題」もいったん廃棄したうえで、新たに「主題」を生成させようとしている。

小説「恋重荷」は、謡曲「恋重荷」の翻案というより、新たな解釈を施しつつ謡曲の「主題」を現代に立ち上げようとする野心作といえようか。しかし、そうであればこそ、この野心的な方法は一回しか使えない。斬新な挑戦は、そうであればそうであるだけ、たちまち陳腐化してしまう。小説にすることで逆説的な比喩表現を駆使した微細な心理劇は描けたものの、舞台芸術のための謡曲の翻案は、やはり戯曲の方がしっくりくる。

こうして、『近代能楽集』シリーズの始まる前夜に発表された小説「恋重荷」は、つづく戯曲「邯鄲」や戯曲「綾の鼓」の前で、作者三島由紀夫の中では影を薄くしていく。逆にいえば、小説「恋重荷」の野心的な試みがあってこそ『近代能楽集』シリーズの方法が三島の中で定まったということでもある。

だとしたら、「懸隔の甚だしい恋」へと自ら向かう三人三様の行き方を細微な切迫性を重ねて見事にとらえたこの試みは、独立した短篇小説としてもっと評価されてもいいのではあるまいか。

（和光大学専任講師）

＊三島由紀夫のテクストの引用は、小説「恋重荷」を含めすべて『決定版　三島由紀夫全集』（全四十二巻・補巻・別巻　新潮社、二〇〇〇年〜二〇〇六年）からとする。

注1　謡曲「綾の太鼓」に関する詳細な記録はないが、古曲「綾の太鼓」から謡曲「綾鼓」と謡曲「恋重荷」がそれぞ

れ改作されたとみられ、とくに後者は『三道』や『申楽談儀』などから世阿弥の改作と考えられている。佐成謙太郎『謡曲大観』（明治書院、一九三〇〜三一年）以降の主要な能本から、最新の西野春雄・羽田昶編『新版 能・狂言事典』（平凡社、二〇一一年）まで一貫する成果をふまえ本稿では、「綾鼓」と「恋重荷」を「同じ主題」を扱う同系列の謡曲とみなす。

2 小説「恋重荷」については、従来単独で研究対象になったことはなく、事典類の記述があるのみである。長谷川泉・武田勝彦編『三島由紀夫事典』（明治書院、一九七六年）で越次倶子は、謡曲からの翻案を「言葉だけかりてきたに過ぎない感がある」等かなり否定的に記し、松本徹・佐藤秀明・井上隆史編『三島由紀夫事典』（勉誠出版、二〇〇〇年）で馬場重行は、「よく親しんでいた能の世界を吸収した上で、なお〈青年期のシニシズム〉にそれを反転させて描いてみせた処にこそ、作者の企みがあった」とまとめている。

3 引用は、横道萬里雄・表章校注『日本古典文学大系40 謡曲集上』（岩波書店、一九六〇年）。

4 佐成謙太郎『謡曲大観 第二巻』（明治書院、一九三〇年）

5 近年では、たとえば佐伯順子は『「愛」と「性」の文化史』（角川選書、二〇〇八年）で、謡曲「恋重荷」と謡曲「綾鼓」とをあげ、「高齢期の人間の恋心を正面から主題にしている点が注目される」と書き、また梅原猛は『うつぼ舟Ⅳ 世阿弥の恋』（角川学芸出版、二〇一二年）で、賤しい老人の高貴な女性に対する恋を描く「綾鼓」「恋重荷」ともに、「恋は貴賤を隔てぬもの」という思想の持ち主世阿弥ならではの挑戦的な作品とする。

6 三島由紀夫による最も早い謡曲翻案作品といえる「夜の車」（一九四四年八月、後の「中世に於ける一殺人常習者の遺せる哲学的日記の抜萃」）は、謡曲「松風」をふまえたうえで中世に似た空想的世界を舞台とした。

7 拙著『三島由紀夫と能楽『近代能楽集』、または堕地獄者のパラダイス』（勉誠出版、二〇一二年）の各論で検討した。

8 女学校時代の礼子に針による男性撃退法を教えた級友は「老成《ませ》た」と記され、夏衛の「老成した」とは区別されている。この小説では、世間知に長けたことを見せびらかすのが「老成た」だとすれば、「老成」とは世間知を知ったうえでそれを容易に突破しかねない「不安定さ」「危険さ」をはらむものとされている。

三島由紀夫の『癩王のテラス』――ナーガとは何か――

岡山典弘

はじめに

『癩王のテラス』が、ほぼ四十年ぶりに舞台で甦る。大がかりな装置を必要とし、病が登場することもあって、昭和四十四年の帝国劇場、四十九年の日生劇場以来、本格上演が途絶えていた。

『癩王のテラス』は、三島由紀夫にとって最後の新劇の戯曲である。当然そこには、死を前にした三島の人生観や芸術観が色濃く盛られて、後世に向けた三島のメッセージが託されているように思われる。

事実、自決前の三島は、自宅三階のサンルームの壁龕に、翻訳された自己の作品と三島の裸体像『恒』と『癩王のテラス』のステージモデルの三つを並べて、「僕の生涯の総計がこれだ」と語ったという。

『癩王のテラス』は、十二世紀末のカンボジヤを舞台にしたジャヤ・ヴァルマン七世王の物語である。敬虔な仏教徒であるとともに、勇猛な戦士で美貌の王は、蛇神（ナーガ）への「絶対の愛」に心をとらわれていた。占城王国を征服し凱旋した王は、壮麗な寺院の建立を命じる。しかしその日、王の腕に赤い支那薔薇の花びらのような痣があらわれる。一年後、癩を病んだ王は、大伽藍の完成だけを望みとしていた。第一王妃は、蛇神（ナーガ）から王の愛を奪うために焔のなかに身を投じる。翌年、癩は王の目をも蝕み、王太后は王のもとを去る。さらに一年後、バイヨン寺院がついに完成する。王は、最後までつき従った第二王妃を去らせて、バイヨンとただ一人対面するのであった。

『癩王のテラス』の主題は、「絶対の探求」である。「絶対の愛」としての蛇神（ナーガ）の娘、「絶対の信仰」としてのバイヨン。この二つだけが、王にとっては必要だった。三島は自作解説で、「絶対の信仰」としてのバイヨンが、芸術家の人生における芸術作品の比喩であることを明らかにしている。

一方、三島が自らを託したジャヤ・ヴァルマン七世――癩王が「絶対の愛」を捧げた蛇神（ナーガ）とは、いったい何であるのか。三島にとって、蛇神（ナーガ）とは、いったい何を意味するものなのか。それらを、遺作『豊饒の海』とも関連づけながら探ってみたい。

一、蛇神（ナーガ）伝説

クメール族と蛇神（ナーガ）、両者の関係は深い。

『癩王のテラス』では、第一幕第二場において、王の寵愛を競う第一王妃と第二王妃との間で、蛇神（ナーガ）の来歴が語られる。

> 遥か昔、印度の王子カウンディンヤが、カンボジヤに渡来して浜辺を歩むうちに、月の潮から現われた美しい娘に心を奪われ、それを蛇神の娘ナーギーと知りつつ契りを結んだ。これによって、クメール族の「月」の王朝、夜ごとにのぼる顕かな月の静けさ、荘厳さ、清らかさ、慈悲、そして憂鬱、……あらゆる高貴な気質をそなえた王朝が栄えた。
>
> この都を侵した蛮族も、おそれて近づかなかつたあの塔の頂きの部屋。あそこへは王様しか入れません。あの闇のなかで、目には見えない蛇神（ナーギー）と、王様がどうやつて契りを結ばれるのか、誰も知りはしません。
>
> （『癩王のテラス』）

三島は、奇怪な蛇神（ナーガ）伝説を、どこから知り得たのであろうか。

『癩王のテラス』第三幕第一場のト書きには、「グイ・ポレ、エヴリーヌ・マスペロ共著、大岩誠、浅見篤共訳、『カンボジア民俗誌』の記述をそのまま借用する」とあり、三島が、同書を主要な参考文献にしたことは間違いない。

また三島は、「批評」同人・宗谷真爾の『アンコール文明論』の書評を発表しており、宗谷の記述を参照したことも確かであろう。さらに戯曲の細部に目を配ると、三島は、十四世紀に元の周達観が著した『真臘風土記』を読んでいたものと思われる。

> 王が浜辺にさしかかると、潮が砂洲に及んでゐた。仕様ことなく夜になつてそのあたりを通りかかると、若いナーギーが波間から現れ、王に寄りそつた。その美しさに魅せられた王はナーギーと契りを結んだ。かうして久しくこの国を治めた強大な王国が誕生した。「月」朝のアンコール王朝の発祥も亦是と同じ伝説を持つ。
>
> クメール族の王が夜中に出かけて塔のなかで蛇と契りを結んだといふ（大岩誠、浅見篤訳『カンボヂァ民俗誌』[1]）

ヤソヴァルマン即ち癩王は、森のなかで蛇を殺したとき、生き血を浴びたことが斑紋癩の病因となり、またピメアナカ宮殿には、不老不死の蛇姫ナーギーがいて、毎夜の伽を代々の王に命じ、一日たりとも欠かすときは禍をもたらしたという伝説があり、たしかにアンコールは、その名が示すとおり蛇神とともに栄え、かつ滅亡していったのである。

やがてアンコール一帯にレプラが蔓延し、アンコール文明の頂点に立ったジャヤヴァルマン七世も、一説によればレプラだったという。（宗谷真爾『アンコール文明論[2]』）

宮殿の金塔には、国王が夜になるとその下に臥す。塔の中に九頭の蛇の精霊がいて、これこそ一国の土地の主である。女の姿になって、毎日夜になるとあらわれる。国王はそこでまずこれと同寝して交わり、たといその妻であってもまた決して中に入らない。（周達観『真臘風土記[3]』）

三島は、昭和四十年にガンボジヤを訪れた。プノンペンの空港では、文化人類学者の青木保と偶然にゆきあい、「三日くらいいたのかな。そしたら毎日どこかで会う[4]」ことになったという。現地で三島は、アンコール・ワットやアンコール・トムを探訪した。

『癩王のテラス』には、ガンボジヤ取材の成果が生かされるとともに、蛇神（ナーガ）伝説をはじめ、『カンボヂァ民俗誌』や『真臘風土記』に拠った地誌や民俗が丁寧に書き込まれている。

棕櫚、砂糖椰子、ココ椰子、野生のバナナ、マンゴー等の生いしげる森。囮の雌を使った魚狗の捕獲。独木舟。象に乗った行軍。月の礼拝。火王の剣。占星術師と祈祷師。踊り子。魚狗の羽根、象牙、犀の角、蜜蝋、樹脂、雌黄、鼈甲などの物産。

三島の小説は、壮大な虚構の物語を展開するため、細部のリアリティを重視するが、『癩王のテラス』においても同様である。

一方で三島は奔放な想像力を駆使して、史実を大胆に改変した。

『真臘風土記』によると、国主は五人の妻を持つ。表御殿に一人、四方に四人である。側女のたぐいは、三千人から五千人に及んだという。しかし作劇上の制約もあって、三島はこれを第一王妃と第二王妃の二人に集約した。第一王妃のインドラデーヴィを華やかで嫉妬深い女、第二王妃のラージェンドラデーヴィを清らかで誠実な女として造形している。

史実では、ジャヤ・ヴァルマン七世の第一王妃と第二王妃は姉妹である。第一王妃は、ジャヤラージャデーヴィーであった。彼女は、チャンパ遠征による王の不在で、深い悲しみにくれた。王宮遺跡の碑文には、涙に濡れてシータ（『ラーマーヤナ』の主人公ラーマの妃）のように夫の帰りを祈請し、果ては仏教に救いを見出したことが記されている。「欣求スベキ最愛ノモノハ仏陀ト観ジ、ヤサシキ尊者ノミチビキニ従イ、責苦ノ業火ト苦悩ノ海ノアイダヲ渡ル」。

この第一王妃は早逝して、王は姉のインドラデーヴィーを娶って第二王妃とする。彼女は哲学に精通して、「学ヲ喜ビトスル子女ニハ知識ノ態ニテ甘露ノゴトク王ノ慈悲ヲ広メタリ」。第二王妃は、王宮遺跡の碑文を完璧なサンスクリットで書き残した[5]。

また『癩王のテラス』で、王太后のチューダーマニは、宰相と通じて癩王を亡き者にしようとして失敗し、支那の大官・劉萬福夫妻とともに南宋へと旅立つ。しかしジャヤ・ヴァルマン七世は、一一八六年に母の供養のため菩提寺タ・プロームを建立しており、十三世紀初頭にバイヨン寺院が完成したとき、王太后はこの世に存在していない。国王暗殺計画はもとより、南宋への出立など、すべて三島の創作である。

二、蛇神（ナーガ）と乳海攪拌

宮殿の金塔における王と蛇神（ナーガ）との奇怪な同衾。異類婚姻譚であり、神と王との交歓でもある蛇神（ナーガ）伝説は、三島の創作意欲をいたく刺激したと思われる。

　来たな。恥かしがらんでよい。いとしいナーガよ。私のいつも若い花嫁よ。ここへ上がつてこい。……美しい、滑らかな、かがやく緑の、大海の潮から生まれたおまへ。その潮で私を巻いてくれ。……おまえこそは慰めだ。この世でただ一人の女、私と共にゐることだけで喜びに打ち慄へる女だ。……ナーガよ。そんなに焔の舌で私の身を灼くな。おお、ナーガよ。そんなに喜びで咽喉を鳴らすな。……いとしい、清らかな、やさしいナーガよ。冷たい緑の鱗の波で私を巻き、今夜も無限の沖へ、悲しみも怒りも、苦しみも憂ひもない、大海原の果ての国へまで連れて行つてくれ。（『癩王のテラス』）

カンボジヤ人は、「ネアック・スラエ」（稲田の民）である。[6]古来より彼らは、稲作に関わる神々を崇めたが、村を守る精霊の一つが蛇神（ナーガ）であった。ナーガは、「龍」と漢訳されるが、本来はコブラを指し、超自然的な力を持っていて雨、雲、雹を司る神である。

北インドのマトゥラ地方には、四世紀から六世紀にかけてのグプタ美術の蛇神（ナーガ）の彫刻が残されている。カンボジヤ南部のプノンダ美術様式は、このグプタ美術がカンボジヤ版に翻案された可能性があるという。アンコール朝がとりいれた神王信仰は、ヒンドゥー教に土着の守護精霊を巻き込んだもので、本来的にはカンボジヤの原文化であり、土着の祭儀に近いものであった。[7]

アンコール遺跡は、蛇神（ナーガ）の姿に満ちている。三島が描いたバイヨンは、アンコール・トム都城の中央に位置する。アンコール・トムの城門前の環濠に架けられた橋には、蛇の胴体を綱にして乳海を攪拌している五十四体のデーヴァとアスラの立像が立ち並んでいる。

　中央の山―大陸であるバイヨンは、二重の濠によって代表される宇宙の大海によって堂々と取り囲まれることになった。濠は軸となる壇上の参道によってつながれ、よく知られたその手すりはヴィシュヌ神の化身がナーガを引っぱっている様をかたどっている。これは乳海攪拌のなかに都市全体が巻き込まれてゆく様をあらわしている。（スメート・ジュムサイ『水の神ナーガ』[8]）

アンコール・ワットの回廊には、乳海攪拌の場面がより具体的に彫られている。デーヴァとアスラが不老不死の甘露を得るため、大亀クールマに大蛇ヴァースキを巻きつけて互いに引っ張りあって乳海を攪拌し、海中から太陽、月、吉祥天、宝珠が出てきて、最後に甘露が現われる。デーヴァとアスラは甘露を奪い合い、畢竟、デーヴァの手に帰する。これは、ヒンドゥー神話をカンボジア版に脚色したものである。

さらにアンコール遺跡では、七つ頭の蛇神（ナーガ）に守護された仏陀の像がいくつも見られる。

『暁の寺』の執筆に当って三島は、マッソン・ウルセル、ルイーズ・モランの『インドの神話』を参考文献としている。同書には、ヒンドゥー教の天地創造神話として乳海攪拌の話が紹介されており[9]、蛇神（ナーガ）は、三島にとって馴染のある存在であった。

……おまへは同情も知らぬ。嫉妬も知らぬ。ただ愛、ただやはらかな海の無量の愛で、私を癒す。……ナーガよ。こんな私が、どうしてそれほどにもお前にとつては慰めなのか。……ナーガよ。……そんなに牧の笛のやうに、舌を高鳴らせて喘がぬがいい。なぜそれほどに喜びに溺れる？　ナーガよ。私が怖くないのか。忌はしくはないのか。いつまでも乙女のしなやかな頸筋を光らすナーガよ。私の久遠の花嫁。……やさしい、やさしい、やさしいナーガよ。（『癩王のテラス』）

三島は、蛇神（ナーガ）を官能的で色鮮やかな筆致で描いた。

これは、『暁の寺』の結末の「真紅に煙る花をつけた鳳凰木の樹下にゐた。……侍女が駆けつけたとき、ジン・ジャンはコブラに腿を咬まれて倒れてゐた」や、『サド侯爵夫人』の「あなた方は薔薇を見れば美しいと仰言り、蛇を見れば気味がわるいと仰言る。あなた方は御存知ないんです、薔薇と蛇が親しい友達で、夜になればお互ひに姿を変へ、蛇が頬を赤らめ、薔薇が鱗を光らす世界を」という記述にも通じる。

さらに遡ると、『近代能楽集』のうち『道成寺』を経て、少年期の三島に大きな影響を与えた郡虎彦の『道成寺』に描かれた「三つの鬼女全く同じ形相にて並びつく這ひたれば、左の肩よりいと長きくろ髪、石段の上に流れ横はる[10]」という夢魔のような世界に通じているのかもしれない。

三、蛇神（ナーガ）が意味するもの

蛇信仰とは、何を意味しているのか。

日本の古い社の祭神の起源・原像を探ると、伊勢神宮、賀茂、稲荷、諏訪などの大社をはじめ、ほとんどの場合そのゆきつく先にあるものは、祖霊としての蛇神である。

蛇信仰は、一説によればエジプトを起源として世界各地に及び、東はインド、極東、太平洋諸島を経てアメリカに達したといわれ、西はアフリカ、ギリシアから、ヨーロッパに至ったとされる。この伝播の道程のなかに日本列島も含まれていることから、わが国で蛇信仰が顕著なのは当然のことである。[11]

民俗学の吉野裕子によると、蛇が祖霊・祖先神として信仰された根源的、かつ基本的な要因は、次の三つに帰せられるという。

（一）外形が男根相似（生命の源としての種の保持者）

（二）脱皮による生命の更新（永遠の生命体）

（三）一撃にして敵を倒す毒の強さ（無敵の強さ）

男性美に強く憧れ、永遠の生命を願い、武道の錬成によって無敵の強さを求めた三島は、祖霊としての蛇に着目した。その契機となったのは、記紀ではあるまいか。三島は、倭建命を主人公とする『青垣山の物語』の創作に取り組むなど、少年期から記紀に親しんでいた。『豊饒の海』と『日本文学小史』を執筆するに当たり、改めて記紀を読み返したことは確かなように思われる。

倭迹迹日百襲姫命、大物主神の妻と為る。（略）

倭迹迹姫命、心の裏に密に異ぶ。明くるを待ちて櫛笥を見れば、遂に美麗しき小蛇有り。其の長さ大さ衣紐の如し。則ち驚きて叫啼ぶ。時に大神恥ぢて、忽に人の形と化りたまふ。其の妻に謂りて曰はく。「汝、忍びずして吾に羞せつ。吾還りて汝に羞せむ」とのたまふ。仍りて大虚を践みて、御諸山に登ります。爰に倭迹迹姫命仰ぎ見て、悔いて急居。則ち箸に陰を撞きて薨りましぬ。

（『日本書紀』[12]）

『日本書紀』に記された三輪山伝承である。

倭迹迹日百襲姫命の死の状況は、「箸に陰を撞きて」という異常なものであった。このことは重視されるべきである。吉野裕子は、「箸は蛇を象るものとされていたから、箸で陰をついたということは、蛇巫は現実に蛇と交合する真似事をした、という事実の暗喩とも受け取られる」と論じている。原始蛇信仰神事の現場には、現代では考えられないような残酷な所業も当然あったはずで、その際に〝事故〟によって巫女が死亡することもままあったに相違ない。

ここで聯想するのは、前述した『暁の寺』の結末部分である。

侍女の話では、ジン・ジャンは一人で庭へ出てゐた。真紅に煙る花をつけた鳳凰木の樹下にゐた。誰も庭にはゐなかつた筈なのに、そのあたりから、ジン・ジャンの笑うふ声がきこえた。遠くこれを聴いた侍女は、姫が一人で笑つてゐるのををかしく思つた。それは澄んだ幼らしい笑ひ声で、青い日ざかりの空の下で弾けた。笑ひが止んで、やや間があつて、鋭い悲鳴に変つた。侍女が駈けつけたとき、ジン・ジャンはコブラに腿を咬まれて倒れてゐた。（『暁の寺』）

果してジン・ジャンは、一人で庭へ出ていたのであろうか。

いや、ジン・ジャンは、一人ではなかった。真紅に煙る花をつけた鳳凰木の樹下で、男神と逢っていた。澄んだ笑い声が、男神との語らいに彩りをそえた。そしてジン・ジャンは、蛇巫としての神事――蛇神（コブラ）との交合の際に〝事故〟によって命を落とした。このように解釈しては、深読みが過ぎるであろうか。

『癩王のテラス』のナーガ（蛇神）は、女神である。『日本書紀』の大物主神（蛇神）は、男神である。辻褄があわないようにも思える。

周知のとおり蛇は、フロイトによれば陽根の象徴とされている。日本神話における八俣遠呂智は確かに陽根として描かれているが、一方で、竜宮・浦島伝説における龍神の正体は女神である。

蛇のイメージは、実はヘルマフロディトス（男女両性）である。ガストン・バシュラールは、白鳥にそれを発見した。白い肌の女体である白鳥が、ミケランジェロの「白鳥」にみられるように、長い頸がリンガ（陽根）となって表現されることもある。[13]蛇神（ナーガ）は、戦いの神として男になり、シヴァ神の妻として女になる。直截にいえば、アンドロギュヌスのような両性具有の神である。

『豊饒の海』は、『奔馬』（三輪山の蛇神）から『暁の寺』（タイのコブラ）へと展開する。そして蛇のイメージが両性具有であることは、『奔馬』の飯沼勲が『暁の寺』のジン・ジャンに転生する「『豊饒の海』を、壮大なアンドロギュヌスの物語として、読み解くことの可能性を示唆するのではあるまいか。

おわりに

三島には、地球を取り巻く巨きな蛇の環が見えはじめた。すべての対極性を、われとわが尾を嚥みつづけることによって鎮める蛇。すべての相反性に対する嘲笑を響かせている最終の巨大な蛇。『豊饒の海』に取り組む三島には、その姿が見えはじめた。

そして遂に三島は、ウロボロスを目の当たりにする。

> そのとき私は蛇を見たのだ。
> 地球を取り巻いてゐる白い雲の、つながりつながつて自らの尾を嚥んでゐる、巨大といふも愚かな蛇の姿を。
> （『太陽と鉄』）

相反するものはその極致において似通い、お互いにもっとも遠く隔たったものは、ますます遠ざかることによって相近づく。ウロボロスは、この秘儀を説いている。肉体と精神とは、この地球からやや離れ、白い雲の蛇の環が地球をめぐって繋がる、それよりもさらに高方において繋がる。『癩王のテラス』の第三幕第二場で、バイヨンを前にして対峙する肉体と精神とは、地球を取り巻くウロボロスによって繋がっていたのだ。

肉体　精神は滅ぶ、一つの王国のやうに。
精神　滅ぶのは肉体だ。……精神は、……不死だ。
（『癩王のテラス』）

ミルチャ・エリアーデは、『永遠回帰の神話』などで、蛇をめぐる宇宙観を論じた。蛇はカオス（混沌）の象徴であり、蛇を統御することはコスモス（秩序）の確立を意味する。[14]形なきものから形あるものへと転移するのは、創造であり、創作である。

三島の刻苦勉励の半生を顧みると、その文学的営為は、巨大な蛇との格闘の軌跡のようにも思えてくる。

精神　バイヨン……私の、……私の、バイヨン。（『癩王のテラス』）

三宅一郎によると、バイヨンとは、「気高い天上の塔」の意であるという。宗谷真爾は、「バイヨンBayonとは〈納骨堂〉の意味である」としている。いずれの意味も暗示的である。

『癩王のテラス』は、三島がアンコール・トムを訪れ、熱帯の日の下に黙然と座している若き癩王の美しい彫像を見たときから、三島の心のなかで、この戯曲の構想はたちまち成ったという。中央公論社から刊行された単行本には、岩宮武二が撮影した「癩王の像」の写真が付されている。

しかし、この彫像は「癩王の像」ではない。最新の研究では、尻部に刻まれた碑文から、裁判を司る地獄の神ダルマラージャ・ヤマ天、すなわち「閻魔大王の像」であることが判明している。[15]さらに「閻魔大王の像」が安置されていた「癩王のテラス」は、王を荼毘にふす場所でもあった。

納骨堂としてのバイヨン。実は「閻魔大王の像」である「癩王の像」。王を荼毘にふす場所としての「癩王のテラス」。これら死の影の濃いクメール美術に感応した三島は、深く死に魅せられていたとしか思えない。

虹を蛇の姿と見る観念は、わが国でも明確に跡づけることができる。

ニコライ・ネフスキーは、「天の蛇としての虹の観念」において、宮古島に着目した。宮古島では、地上の蛇に対して、虹を天の蛇と見ていたのである。類例は、インド、マライ、中国、アメリカなど、世界各地に認められるという。[16]

虹は、蛇の霊的な姿であり、死者は人間の霊的な姿である。北欧神話『エッダ』では、虹は死者が天上へと昇ってゆく橋とされている。自決を前にした三島は、蛇神（ナーガ）を描くことによって、自らが天上へと昇る虹の橋を架けたようにも思える。

蛇は、吉野裕子が論じたように脱皮によって生命を更新し、「永遠の生命」を象徴している。

肉体　俺はふたたびこの国を領く。青春こそ不滅、肉体こそ不死なのだ。（『癩王のテラス』）

三島の肉声が、ここまで響いてくるような台詞である。

昭和四十五年十一月二十六日――自裁の翌日、三島の部屋から一枚の遺書風のメモが発見されたという。

「限りある命ならば永遠に生きていたい……」

ありあまる才能に恵まれ、名声の地獄のなかで、真に生きること、すなわち不死への道を、真剣に考え、敢えて実行したのが、市ヶ谷の事件であった。⑰

「青春こそ不滅、肉体こそ不死なのだ」

三島は、死と再生による永遠の生命を希求し、その切実な願いを、不老不死の存在である蛇神（ナーガ）に籠めたのではあるまいか。

〝先王〟北大路欣也の音吐朗々たる台詞は、ＬＰレコードとなって残っている。赤坂ＡＣＴシアターの三月の舞台では、宮本亜門の演出により、〝新王〟鈴木亮平がどのような口跡を披露するのか期待したい。

（三島由紀夫研究家）

【参考文献】

①『カンボヂァ民俗誌』グイ・ポレ、エヴリーヌ・マスペロ／大岩誠、浅見篤訳　生活社　一九四四

②『アンコール文明論』宗谷真爾　紀伊國屋書店　一九六九

③『真臘風土記』周達観／和田久徳訳注　平凡社　一九八九

④「『暁の寺』そしてアジア」青木保 vs 田中優子（「國文學」一九九〇・二）

⑤『アンコール遺跡』ジョルジュ・セデス／三宅一郎訳　連合出版　一九九〇

⑥『アンコール・ワット』石澤良昭　講談社　一九九六

⑦『アンコール・王たちの物語』石澤良昭　日本放送出版協会　二〇〇五

⑧『水の神ナーガ』スメート・ジュムサイ／西村幸夫訳　鹿島出版会　一九九二

⑨『インドの神話』マッソン・ウルセル、ルイーズ・モラン／美田稔　みすず書房　一九五九

⑩『道成寺』郡虎彦（『郡虎彦英文戯曲翻訳全集』横島昇訳　未知谷　二〇〇三）

⑪『山の神』吉野裕子　講談社　二〇〇八

⑫『日本書紀』（『日本古典文学大系』岩波書店　一九六八）

⑬『水と夢』ガストン・バシュラール／小浜敏郎訳　国文社　一九六九

⑭『永遠回帰の神話』ミルチャ・エリアーデ　／堀一郎訳　未来社　一九六三

⑮『アンコールワット展』石澤良昭監修　岡田文化財団　二〇〇九

⑯『蛇の宇宙誌』小島瓔禮編著　東京美術　一九九一

⑰「心の劇」中村光夫（「三島由紀夫全集カタログ」新潮社　一九七三）

果たし得ていない「約束」四十五年

松本　徹

没後四十五年ともなると、三島由紀夫に対する意識も変化するのは当然だろう。あの事件の衝撃を心に刻んだ人々は年々減り、直接には知らず、聞くなり読むなりした人たちが半数、あるいは半数を超えたかもしれない。当時、学生であった楯の会員たちにしても、それぞれの人生を歩み、会社勤めをした場合は定年を迎えている。変化が起こるのは当然である。

その一方、三島が最後に訴えた憲法改正は、ようやく政治日程に上る状況になっている。なおも一部には反対の声が高いものの、中国の対外拡張政策やパリのテロ事件を初めとする一連の出来事が、防衛上、根本的な対応策を取るべく迫っている。その点で三島は、いまなおひどくキナ臭い存在だといわなくてはならない。

ただし、作品そのものは、依然として多くの読者を持ち、戯曲の上演は、国の内外で絶えることがなく、今や海外においても傑出した選り抜きの作家として遇されるようになっている。そうした状況を受けて、国際シンポジウムが平成二十七年十一月、東京（東大・駒場と青山学院）で三日間にわたって開かれた。

国際シンポジウム

国内からはドナルド・キーン氏を初め三島と交友のあった方々が思いのほか多く顔を見せ、研究者も研究領域を越えて参集、海外からはドイツ、イギリス、アメリカ、韓国などから（フランスからはパリのテロ事件により急遽来日中止）出席、盛大な会となった。初日の会場が、全学連の学生たちと三島が討論した九百番教室であったことも、意義深く思われた。

もっとも初の国際シンポジウムとあって、総花的で盛り沢山、残念ながら討議による深まりはなかったが、三島由紀夫の問いかける問題が、世界各地でそれぞれ問題とされ、取り組まれていることが知られた。また、国内でも若い研究者がさまざまな取り組みをしていることも明らかになった。こうしたことが少なからぬ意義を持ったはずである。その詳しいことは、別稿で井上隆史が報告する。

筆者は第一日目、講演の皮切り役を果たした後、三日間は会場の片隅に座っていたが、海外の一部の発表者、あるいは海外思想に拠点を置く場合、当の国内状況によって問題設定を行うケースが少なくないことに気づかされた。例えばホモセクシャルの問題をアメリカ人が取り上げると、イデオロギー的色彩を帯びる場合がある。母国では人権問題、社会問題であるのにとどまらず、政治的かつ司法上の問題ともなっているのが現状だから、当然なのである。

　またヨーロッパでは、パリのテロ事件を切っ掛けに、これまで「カミカゼ」の語で扱われて来た、その語の源の神風特攻隊を初めとして、三島の市ヶ谷での自決も、恐怖すべきテロ行為と一括して扱われる様相を呈して来ている気配である。これまでは古代ローマの哲学者キケロの自殺との類縁性から、畏敬の念さえ込めて語られていたはずなのだが、変わったと承知する必要がありそうである。

　これは三島の存在が世界化している現われにほかならないが、国内の研究者にはなかなか気づきにくい事柄である。

　この他にも国際学会ならではの、教えられることが多々あったと思う。講演、発表した方々を初め、企画、立案、そして会場の設営、運営などに係った多くの方々のご苦労に、お礼を申し上げたい。

全体像を見ようと

　その他、例年に増して内容のある催しが、憂国忌の当日を中心にして開かれた。三島作の戯曲の上演も相次いだが、いわゆる二次創作と呼ばれる営為も目についた。そのなか、黛敏郎作曲、クラウス・H・ヘンネベルク台本のドイツオペラ『金閣寺』（下野竜也指揮、神奈川県民ホール）が、多分、国内で三度目の上演ながら、注目された。三島にとってオペラは、果たし得なかった夢であったのである。黛の曲は迫力に富み、圧倒的であった。ただし、その反面、これがオペラか、と疑問を抱かせる面があったし、黛による字幕の訳文が日本語になりきっておらず、鑑賞の障害になっている恐れがある。このオペラを日本でよりよく享受されるようにするためには、一段の努力が必要だろう。

　細江英公『薔薇刑』の二十一世紀版が刊行された。三島は自らモデルとなって写真を撮ることに、特別な意味を見出していただけに、四度も版を改めた細江氏の営為が注目された。

　山名湖畔の三島由紀夫文学館では、例年の通り夏には『近代能楽集』のリーディング（新国立劇場演劇芸術監督・宮田慶子さんらの演出）、秋には村松英子さんを招いてレイクサロンを催したが、五月から特別展示「終戦前後の三島由紀夫――東大・大蔵省時代」（本年五月一五日まで）を開催した。開館当初に収蔵した青少年期の膨大な資料を整理、ようやく実現したもので、珍しい生資料を多く展示、この時期の三島の生活の隈々が浮かびあがるように工夫した。

　その他にも取り上げるべきことがあったと思うが、筆者の手には余るので、筆者自身の現時点でのささやかな営為について述べさせて貰うことにする。

事々しく書くのも気恥ずかしいが、小著『三島由紀夫の生と死』鼎書房を刊行した。四六判、二百三十余頁の、文字通りの小著だが、出来る限り簡潔、読みやすく、コンパクトで、三島の全体像に及ぶ本を出すのが年来の望みであった。勿論、その目的が達成されているかどうか読者の判定に待たなくてはならないが、東京を離れた大阪の地で衝撃を受けてから四十五年、曲がりなりにも果たしたことに、いささか荷を降ろした思いでいる。多分、この四十五年という年月の経過が、ある程度まで整理をつけるのを可能にしたのであろう。

もっとも五年前、NHKカルチャーラジオ文学の世界「三島由紀夫を読み解く」を担当、テキストを執筆したことも役立った。なにしろ顔を見ることのできない聴取者に向け（この講座は教室が設けられ、受講希望のひとがいてくれたが）話したのだが、三島にあまり関心のない人々に対しても、さほど誤りのない三島の全体像を、言葉だけで簡明に提示する必要を強く感じさせられた。

そこで研究者の立場から不可欠と思われる事柄であっても思い切って省略、ポイントポイントを押さえるに留めるよう努めた。例えば、幼少期の文章や詩はほんど取り上げなかった。この時期の作品は十分な完成度に達していないため、多くの説明、時には立ち入った解釈が必要となる。それを避けるためである。

そして、全体を捉えるためには、書くことへと三島を突き動かしたのが何か、それが如何なる軌跡を描いて進んで行ったか、そのあたりに焦点を絞るように努めた。

その突き動かしたものの一つが性であるが、異性愛とか同性愛とかの枠組みに囚われず、底に生動するものを明らかにするとともに、主体的な係り方を問題にしたつもりである。性別は所与の条件であるものの、いわゆる本能の枠には収まらず、少なくとも男にとっては自ら選び取り、自ら決定しなくてはならないと捉えるのが肝要であり、この問題意識を呼び起したのが、ほかならぬ三島であったと考える。また、そう捉えるからこそ、性を問題にし、考究し、論じる意味があるはずである。

それとともに、三島の基本的な思考の型として、ザインとゾルレンを対立させ、かつ、常にゾルレンを先行させる。そのことがわが国では珍しくメタフィジカルな問題と取り組み、観念小説を生み出すことになったと思われる。

こうした三島の在り方は、昭和の時代の動きと深く係る。誕生が昭和の始まる前年であり、その年に世界史的にも屈指の出版隆盛期が始まり、この事態の伸展とともに成長、東西文明の成果を存分に吸収した。これが驚異的な知識をもたらしたのだ。

次いで戦時下に青春を迎え、二十歳で死を覚悟しなければならなくなり、そこにおいて文学的営為にひたすら集中した。

このことが不断に死を意識し、死の側からもこの生を見ることを可能にしたし、旺盛な創作活動を用意したと見られる。

そうして、敗戦・占領下において文学的出発を果たしたのだが、このことが文学と政治、世界の中での日本について徹底的に考える基となった。この時期、わずか九ケ月だったが、大蔵省事務官として勤務したことも、少なからぬ意味を持ったと思われる。晩年、憲法改正を訴え、行動に出ることになるのには、ここに源があるようだ。

次いで経済高度成長と情報化社会の到来、そして海外への進出期を迎えたが、その渦の中に三島は身を置き、ある面では体現するかたちになった。

こういうふうに大きく変動する昭和の歴史がもたらす事態を、三島は己が身に深く受け止め、かつ、正面から向き合い、時には強烈な否定を突きつけ創作活動を展開、目覚ましい成果を挙げたのだが、最後には死の淵へ自ら身を投じることとなった……。

こうした昭和史との関わりは、拙著において前半はある程度まで言及したものの、後半になるとほとんど触れずに終わった。それというのも最晩年の政治活動は、作家活動が導き出したものであるとの基本認識を持ち、そちらの叙述を優先させたためであることをお断りしておきたい。

もう一点、ライフワークと称した『豊饒の海』の基本的骨組みの唯識論に基づく輪廻転生だが、その輪廻がわが国でこれまで考えられてきたものとは異質である。その点を十分に考えなかった恨みがある。当初の計画では最終巻の最後において、救済がもたらされるはずであったのが変更され、現行のようになったが、そのためこのあたりが十分に描き込まれたか、いささか疑問が残る。なにしろ自決を決行する日を一年ほど先に定めた上で、作品の構想を組み直し、その上で書く順序も前後させ、完成を急いだのである。その最後、月修寺で聡子と本多が向き合うのだが、聡子は解脱して輪廻を離れようとしており、本多は今の生を終え、この先、さらなる輪廻の輪へ入って行こうとしているのだ。そのように在り方を異にした二人が、言葉をかわし、分かれていく。そこにおいて解脱・救済は相対化され、作品の重点は、輪廻を繰り返す在り方へと移り、『天人五衰』の巻頭の存在の出現を不断に用意している「海」の場面、また、全四巻の始まりに戻るとするのが自然な読みであろう。

ここにおいて、三島が至りついた宗教観が問題になるが、それはこれからの課題である。

このように宿題を幾つとなく残しながら、曲がりなりにも全体像なり全生涯を描いてみると、これまで前提として来た幾つかの事柄の真偽、あるいは軽重の置き方など、再検討する必要があるように思われて来た。

シンポジウムの会場でも考えさせられたことであるが、三島理解のうえで今や通念となっている事柄の幾つかが、とくに若い研究者や海外の研究者の間では、安易に受け入れられ、拡大解釈にも及んでいる気配があるように思った。多分、それらの幾つかは、今後は、根本的に検討し直す必要があるだろうと思う。例えば伝記的事実に関しても、これまでの研究によってかなりところまで明らかにされているものの、それらが不動とは限るまい。たとえ明らかな事実であっても、その意味を考えるためには、前後関係、時代背景などと突き合せる必要があり、そのためには一層注意深い攻究、検証と、想像力を働かせることが求められると思う。

最後に訪れた絶望

拙著について多く語りすぎたが、いま、改めて思うようになった文章の一つに、よく取り上げられる「果たし得てゐない約束――私の中の二十五年」（産経新聞、昭和45年7月7日）がある。いまさら引用するまでもないと思うが、その冒頭、

「私の中の二十五年間を考へると、その空虚に今さらびつくりする。私はほとんど『生きた』とはいへない。鼻をつまみながら通りすぎたのだ。」

この激しいものの言いように、いまなお驚かされるが、二十五年とは、言うまでもなく敗戦による終戦からの年月である。そして、この年の秋には自決する行動に出た。それだけに最期へ至る重要なステップを示す文章だと考えられるが、この時点で、なぜ、このような思いを表明したのか。三島にとってこの二十五年はそのまま、作家として出発、地位を築くばかりか、卓越した作家として驚異的な仕事を重ね、海外においても高い評価を獲得するに至った年月である。そうであるのにもかかわらず、「鼻をつまみながら通りすぎた」とは、何事であろう。親身に読み継いで来た読者であればあるほど、裏切られた、と思うのではないか。多分、そうした読者を思いやる余裕を三島は失い、いまや生理的レベルに達した嫌悪感に駆られて、自らの長年にわたる営為を全面的に否定したのだ。何が、そうまでさせたのか。

つづけて、

「二十五年前に私が憎んだものは、多少形を変へはしたが、今もあひかはらずしぶとく生き永らへてゐる。生き永らへてゐるどころか、おどろくべき繁殖力で日本中に完全に浸透してしまつた。それは戦後民主主義とそこから生ずる偽善といふおそるべきバチルスである。／こんな偽善と詐術は、アメリカの占領と共に終はるだらう、と考へてゐた私はずいぶん甘かつた。おどろくべきことには、日本人は自ら進んで、それを自分の体質とすることを選んだのである。政治も、経済も、社会も、文化ですら。」

バチルスとは、最近ではあまり聞かないが、黴菌Ｂａｚｉｌｌｕｓ（独語）に基づいて巷間でよく用いられるようになった言葉である。正確には杆菌、辞書に拠れば棒状または円筒形の細菌の総称で、枯草菌、根粒菌、腸内細菌、結核菌の

類で、なかでも結核はかってわが国の国民病とされ、伝染性が強いため恐れられ、罹病者は隔離された。このような恐るべき黴菌に比すべきものとして「偽善」を捉え、その発生源が戦後民主主義であると特定し、嫌悪したのだ。いや、怖気を振るい、恐怖したと言ってよい。なにしろ人間も文化も犯し、腐らせ、破壊するというのだから。

　このような戦後民主主義の捉え方はどうであろう。バチルスの発生源どころか、正義そのものとするのが、もしかしたら今日の一般的な見方かもしれない。

　しかし、本来の民主主義と戦後民主主義は厳しく区別されるべきだろう。民主主義の本来の理念は、戦前の日本においても、或る程度、理解され、受け入れられ、戦争が本格的に始まるまでは、進展の方向にあったとみるのが公平かもしれない。

　ところが敗戦後となると、どうか。アメリカ占領軍が日本国を徹底的に破壊し、隷属化し、反抗することのないよう根本から組み直すため、最も有効な「思想」であり、政治システムであるとして持ち込み、活用したのが、民主主義だったのである。占領軍には日本理解が基本的に欠如していたし、彼らの考える民主主義そのものがアメリカ製の恐ろしく抽象的観念であったという事情もあったようだが、そのため占領目的遂行の手段として、軍事力をもって強制したのである。この事実は揺るがない。三島は、大蔵省の官僚として身をもって体験したのである。当然、こうすることは、民主主義の基本理念に反し、民主主義自体を破壊することになろう。そうなると占領軍は考えなかったのだろうか。一部の者は気づいていたのかもしれないが、知らぬふりをして、啓蒙的親切心なり正義感を前面に出して、いわゆる民主主義化を推し進めたのだ。

　そこにおいて、民主主義が変質、本質と似ても似つかぬ、嘘偽りの、不誠実極まる、すなわち「偽善」そのものと化したのは当然だろう。そこから「偽善」というバチルスがほしいままに増殖、瀰漫し、戦後日本社会全体を汚染する事態となった。それが三島の認識であつた。

　そうなると、もはや民主主義だけでなく、平和主義、人道主義、平等主義などなども「偽善」によって蝕まれるし、さらには、善意、誠意、正義といった真当な徳目自体さえも犯されるようになる。

　偽善と言うバチルス。偽善の毒は、こうしてわが国の総身に回るようになったのである。講和条約が発効、占領は終わったが、その時に清算するべきであったのに拘わらず、そうしなかった。そして、一段と身内に食い入らせるままとした。いや、進んで「自分の体質」とすることを選んだ、と三島は見る。

　このような見方を、三島は当初から採っていたわけではない。「否定してきた戦後民主主義の時代二十五年間を、否定しながらそこから利得を得、のうのうと暮らして来た」と、後年になって自らの処し方を振り返って言う。さっきも言ったように、作家としての地位を築き、活動し、多くの成果を世に問い、それに相応する社会的地位も名誉も経済的利益も得て来たのだ。時代を精一杯生きようと努め、ある程度成功すれば、そうなるはずである。が、そのことが「私の久しい心の傷になつてゐる」と言う。そして、いまや激しい自己嫌悪に囚われる……。

そのところで、こう言う、こうした根底的な「否定により、批判により、私は何事かを約束して来た筈だ」と。被占領下に始まった現在の体制を否定、批判することは、それだけにとどまらず、「重要な約束」をすることとなったはずだとするのである。

そこからさらに一歩進めて、いまやその約束を果たさなくてはならない。その時が来ている、と考える。必ずしも「約束」すると揚言したわけではないが、否定、批判した以上は、約束したと同じはず――こうした考え方をする政治家なり言論人がいるだろうか？　彼らこそ、そう考え対処すべきだが、そうはしない。ところが三島は、こうして敢えて実行を自らの課題とするのだ。

ただし、この文章自体には、乱れがある。冒頭から引用した「日本人は自ら進んで、それを自分の体質としたのである……」までは、言うべきことを一気に言ってのけようとする烈しさに貫かれているが、その後、滞る。昭和三十二年ごろ――『金閣寺』を書きあげるころに当たる――までは、「大人しい芸術至上主義者」だと思われていたが、実際は「ただ冷笑してゐた」と過去を振り返り、その「自分の冷笑・自分のシニシズムに対してこそ戦はなければならない、と感じるやうになつた」と言い出す。が、そこから先へは進まず、話柄はあちらこちらへと跳ぶ。先へ進みかねている気配である。

そしていきなり、「それより気にかかるのは、私が果たして「約束」を果たしてきたか、といふことで」と書き、その約束を果たしていないという思いに「日夜責められる」と言う。しかし、そこからまた、先へ進むわけではない。

次々とさまざまな話柄を持ち出すものの、その端緒ばかりに留まって、先へと進まないのである。そして、こう閉じられる、

「私はこれからの日本に大して希望をつなぐことができない。このまま行つたら『日本』はなくなつてしまふのではないかといふ感を日ましに深くする。日本はなくなつて、その代はりに、無機的な、からつぽな、ニュートラルな、中間色の、富裕な、抜目がない、或る経済的大国が極東の一角に残るのであらう。それでもいいと思つてゐる人たちと、私は口をきく気にもなれなくなつてゐるのである。」

三島は、この時点ですでに死ぬことを決めていた。そのことは明らかである。しかし、その上で、何らかの約束をした

はずで、それを果たさなくてはならないが、それは何であるのか、改めて考え、かつ、それを言おうと幾度もしながら、口に出すのを思いとどまった気配である。それが文章の乱れとなったと思われる。

今では、その口に出そうとしたことが何か、明らかだろう。偽善の源と指示したものを打ち砕くための行動に出ることで、「檄」で明示したとおり、市ヶ谷へ赴き憲法の改正を訴えることであった。ただし、この時点ではまだそうと決めておらず、あれこれと考える段階だったのかもしれない。いや、すでに決めていたはずだが明言するのが躊躇われた……。

ところでこの憲法改正を訴え、三島が自らの命は投げ出したこと自体に、ひどくそぐわない印象を持った人が多かったのではなかろうか。わたし自身もそうであった。文学と政治は別次元のはずで、決して直結することがないと考えていたし、政治そのものを軽くも見ていた。それに加えマッカーサー憲法などと呼ばれる憲法自体、まともに問題にする価値があるとは考えていなかった。

敗戦後、そうして現実から逃避していたという面があつたかもしれない。しかし、敗戦後の日本の在り方を問題にし、批判を深めていけば、戦後民主主義、そして、平和主義、国際主義を現代日本の基盤として占領軍が軍事力でもって据えた憲法が浮かび上がってくるのは避けられない。繰り返すまでもなく、このことがわれわれのなすこと一切を「偽善」と「詐術」にしてしまうからである。

しかし、命を掛けた行動の標的として見定めたところで、悩ましい事態が明らかになる。すなわち、打ち砕くべき手立てが当時にあっては現実に見つからない。これから先、数年先でも、憲法改正の実現の可能性はない。

その絶望感がこの文章には強く、激しく流れている。「鼻をつまみながら」と言ひ、バチルスと言うのも、それ故であろう。

ただし、この段階で踏みとどまっていることが出来たなら、まだしもよかった。が、そうすることは、自分自身が嘘偽りの約束をして、居直り続けるに等しいことになる、と考えることになった。偽善というバチリスを、自分が振り撒き続けることになる、とも。こう思わずにおれぬところへ追い込まれたのだ。こうなると「鼻をつまみながら通りすぎる」と言うだけですまなくなる。

ここにおいて三島が強く覚えたのは、どういうことだったろう。もはやこれ以上、自分は日本語を書くことができない、ということだったのではないか。

今日の日本に対する絶望的な思いと、ある「約束」の実行を明言しょうとしながら、言い切れずにあれこれを言い、生理的嫌悪感に襲われて、「口をきく気にもなれなくなつてゐる」と吐き捨てるように言ったが、じつはそのとおり口がきけない、小学生の頃から書き出して四十五歳になりながら、いまや自ら筆にする言葉という言葉が、いずれも嘘っぱちの、虚ろなものとなってしまい、書き記すことが出来ない……。

そうして残るところ、書きかけの作品の完成にだけ集中した。

没後四十五年のいま、三島が抱えた絶望を、そこまで追って考えなくてはならないような気持になっている。

（文芸評論家）

ミシマ万華鏡

山中剛史

昨年の三島没後四十五周年では例年の如く三島関連書が幾つも刊行されたが、四十五周年というばかりではなく、かたや日本で最初の大々的な国際シンポジウム開催ということもあったであろうし、また一方で、現今の国際情勢を巡る政治状況や世論もあり三島の提起したナショナリズムが改めて注目されていたということもあったかもしれないが、十一月二十五日当日の新聞における三島関連記事は、例年に比べて多かった印象がある。

証言や資料の発掘の記事としては、ドナルド・キーン宛の新発見書簡（「毎日新聞」11・25）は、「鏡子の家」創作過程を伝えるもの。他方、無名の一般人からの政治状況をめぐる問いかけに応えた三島の葉書をカラー写真で報じたのは「下野新聞」（同）。それに加えて、三島が最晩年に自らの彫刻像を依頼した彫刻家・吉野毅氏へのインタビュー（「東京新聞」同）も、今までほとんど注目されてこなかった三島の裸体像についての貴重な証言だろう。

また、三島の戯曲「あやめ」を昭和三十五年にラジオ・オペラとして放送したテープの発見のニュース（「朝日新聞」他11・17）も興味深かった。直接三島がこのラジオ・オペラにタッチしたわけではないが、案外こうした当時のテープやフィルムは残存していないもので、往時の作品受容やアダプテーションを考える上で貴重な資料である（翌月CD「戦後作曲家発掘集成」として発売）。

「国際三島由紀夫シンポジウム２０１５」を終えて

井上隆史

ベケット研究で知られる友人の田尻芳樹氏から、駒場の東京大学で国際的な三島シンポジウムを開催したい、という話があったのは、二〇一二年のことだった。駒場で、というのには意味がある。一九六九年に三島は駒場９００番教室で全共闘と討論しているからだ。そして田尻氏は「三島研究を掻き回したい」と強調した。

三島研究は他の作家に比べると盛んだが、縦横の繋がり、もしくは対決は充分とは言えない。国内の研究と海外の研究、三島と親交のあった人物による三島論と自決後世代の三島論、小説家や評論家による考察と大学研究者の考察、いわゆる進歩派の議論と保守系の論者の議論……。これら多くの論考が、それぞれの枠内に収まってしまって、接触することが乏しいのである。そもそも、三島由紀夫その人が多面体だが、各面ごとに研究が分割されており、三島という存在を総合的に捉えるのが容易でないということもある。

これではいけない。互いの三島論を隔てている壁を一度解体し、世界観や立論の相違点を明らかにして、そこから新たな研究が生まれる場を用意すること。「掻き回したい」とは、

そういう趣旨だろう。私はただちに賛同した。そして、フランス思想（特にラカン）研究の福田大輔氏、英文学の遠藤不比人氏、日本文学の久保田裕子氏、山中剛史氏、黒岩裕市氏の七名で実行委員会を設立。白百合女子大学、青山学院大学との共催、三島由紀夫文学館他の後援を得て、日本初の三島国際シンポが開催されることになった。

準備を始めると次々に課題が浮上したが、なかでも、開催予定日とした十一月十四、十五日がラカン派（École de la Cause Freudienne）のシンポジウムと重なり、エリック・ローラン氏の来日が困難になったのには頭を抱えた。しかし、他の要因も働き、それならば彼も参加できるように二十二日に第三日目を青山学院で開催しよう、ということになった。

今、全プログラムを終了し、「掻き回したい」という目的は、期待以上に果たされたと考えている。英米独や韓国など内外から三十人余りの登壇者を得て、聴衆は延べ八百人超。連日の満席で、その様子は新聞やネットでも詳しく報じられた。公式ホームページ掲載のプログラムを次に掲げる。

２０１５年11月14日（土）
東京大学駒場Ｉキャンパス講堂

開会挨拶　田尻芳樹（東京大学）

基調講演
松本　徹（三島由紀夫文学館館長）：東西の古典を踏まえて
イルメラ　日地谷＝キルシュネライト（ベルリン自由大学）：
「世界文学」を視野に入れて
ドナルド・キーン：三島由紀夫と私

特別講演
平野啓一郎：行動までの距離
芥　正彦：原爆／天皇　そして三島由紀夫と東大全共闘
高橋睦郎：ありし、あらまほしかりし三島由紀夫

パネルディスカッション　21世紀文学としての『豊饒の海』
スーザン・J・ネイピア（タフツ大学）：
近代との対決―三島由紀夫と宮崎駿における美学と怒り
四方田犬彦（比較文化・映画研究家）：『天人五衰』ふたたび
デニス・ウォシュバーン（ダートマス大学）：
最初のポスト・モダニスト？　三島由紀夫における崇高の美学
井上隆史（白百合女子大学）：全体小説と世界文学

２０１５年11月15日（日）
東京大学駒場Ｉキャンパス18号館ホール

セッションⅠ　三島由紀夫と保守思想
南　相旭（仁川大学）：三島由紀夫と金芝河における「生命」
梶尾文武（神戸大学）：
三島由紀夫における天皇概念の外部性と革命性

特別講演
竹本忠雄（文芸評論家）：
幻花《マヤ》の旅人たち―アンドレ・マルローと三島由紀夫の出逢い
中村哲郎（演劇評論家）：衝撃と新生―伝統からの福音

セッションⅡ　21世紀に三島文学を読む
久保田裕子（福岡教育大学）：
『豊饒の海』に描かれたアジアをめぐる表象
有元伸子（広島大学）：三島由紀夫へ、三島由紀夫から―アダプテーション、ジェンダー、クィア
武内佳代（日本大学）：三島由紀夫と女性誌

特別講演
キース・ヴィンセント（ボストン大学）：
同時代人としての三島由紀夫とゴア・ヴィダル
ダミアン・フラナガン（作家・評論家）：
誰が三島由紀夫を殺したのか

セッションⅢ　三島由紀夫と情動の問題
田尻芳樹（東京大学）：三島由紀夫と日常性のトラウマ
田中裕介（青山学院大学）：
戦後保守主義へのアフェクション―三島由紀夫と吉田健一
遠藤不比人（成蹊大学）：
モダニズム的崇高と三島由紀夫―風景と情動をめぐって

２０１５年11月22日（日）
青山学院アスタジオ地下多目的ホール

パネルディスカッション　ラカンVSミシマ
エリック・ローラン（精神分析家）：Mishima avec Joyce
佐々木孝次（精神分析家）：文字と天皇―三島における二つの貢ぎ物
原　和之（東京大学）：救済の二つの時間―三島を用いてラカンを
井上隆史（白百合女子大学）：もし、二人が出会っていたら……

特別講演
広瀬大介（青山学院大学）：
池辺晋一郎―オペラ『鹿鳴館』に見る「言葉」と「音楽」
ジェイムズ・レイサイド（慶応義塾大学）：
三島とラシーヌ―『サド侯爵夫人』その他
宮本亜門：
三島由紀夫という演劇的人生―『金閣寺』『ライ王のテラス』から
細江英公：21世紀の『薔薇刑』

統括講演
三輪太郎（作家）：
三島とカラジッチ、あるいは文学と政治の「間」
山中剛史（文芸評論家）：
〝三島由紀夫〟の肖像―イメージの展開と変容
佐藤秀明（近畿大学）：三島由紀夫の「思想」と「生活」

閉会挨拶　松本　徹（三島由紀夫文学館館長）

三島を知る世代として、ドナルド・キーン氏が三島との出会いや滞米中の若き三島の様子をユーモアを交えて活写すれば、高橋睦郎氏は三島を苦しめた根源的な存在感の稀薄について語って聴衆の魂を震撼させた。全共闘の一人として三島と激論した芥正彦氏が９００番教室の演壇に駆け上がる姿は四十六年前の映像と同じ迫力に満ち、平野啓一郎氏、宮本亜門氏、英国の作家ダミアン・フラナガン氏、ボストン大学のキース・ヴィンセント氏ら三島没後に活動を開始した内外の著名な講演者も、あらゆる角度から三島に肉薄した。小説『憂国者たち』上梓間もない三輪太郎氏は三島の政治性に新たな視点から斬り込み、各国に広がるイメージとしての三島像の変容を解析した山中剛史氏とともに、新世代の三島論の両極をなした。保守思想のセッションでは、新進気鋭の文芸評論家である浜崎洋介氏にも積極的に議論に加わっていただいた。

課題が残ったとすれば、討論時間を充分に取れなかったこと。アーサー・ウェイリー以来四番目の『源氏物語』英訳を完成したばかりのデニス・ウォシュバーン氏、宮崎駿の研究で名高いスーザン・ネイピア氏を迎え、四方田犬彦と私も参加した『豊饒の海』セッションでは、互いの発言を受け止め、展開しようとする前に時間切れとなってしまった。

そういう悔いはあるが、生誕九〇年没後四五年という時期に実現しうる最高水準のシンポジウムだった。その内容は水声社から書籍化の予定だが、ここで三点書き添えておきたい。

第一に、本企画のお手本は、二〇一〇年にベルリンで開催された三島シンポジウムだが、その主宰者イルメラ・日地谷＝キルシュネライト氏を今回お招きして重厚かつ視野の広い講演に接することができたのは、大きな喜びだった。さらに遡り、一九七一年のパリ憂国忌を主宰した竹本忠雄氏の参加も得た。そこから数えて、今回は三回目の国際シンポジウムになるとの思いが私にはある。

第二に、そういう歴史の重みが、個人の生の一瞬に凝縮することがある。三島の影響を受けた多くの若者が、自裁後、脱力と無為に陥り、しかし自分は歌舞伎の恵みによって、今日まで生きることができたと語る中村哲郎氏が涙に声を詰まらせた時、聴衆はみな、まさにその凝縮の瞬間に立ち会った思いで息をのんだのだった。

第三に、十四日の朝、私は平野氏からパリのテロのことを教えられた。シンポジウムの場ですぐに対応することができなかったが、しかし、よりよき生の追求が、反西洋的な共同体の物語とニヒリズムという磁場に引き寄せられる点において、それは三島と無縁でない筈である。では、両者に差異があるとすれば（いや、明らかに差異はあるのだが）、精神分析はそれをどう捉えるのか。急遽来日中止となったローラン氏はビデオメッセージを送ってくれたが、彼も同じ問題意識を持っていたように思う。考えてみれば、それは、もともと私がラカンに問いたかったことの核心でもあった。この重い課題から、もう私たちは逃げることができない。

今回浮き彫りになった様々なテーマを確かに受け止め次代へとつないでゆくことが私たちの使命であるとの思いを、いま新たにしている。

（白百合女子大学教授）

追記　シンポジウムを取り上げた主な報道を掲げる。

産経新聞（11月23日）／三島由紀夫　生誕90年・没後45年　問い続ける戦後日本

読売新聞（11月24日）／没後45年国際シンポで関係者ら　生身の三島　貴重な証言も

東京新聞（12月21日夕刊、大波小波）／国際化すすむ三島文学

福井新聞（12月24日、他＝共同通信配信）／死を基点　実像に迫る

日本経済新聞（12月26日）／三島由紀夫の混沌に挑む

鼎談

「こころで聴く三島由紀夫Ⅳ」アフタートーク

近代能楽集「道成寺」をめぐって

■出席者　宮田慶子・松本　徹・佐藤秀明（司会）
■平成27年7月11日
■於・山中湖村公民館

三島由紀夫文学館主催「こころで聴く三島由紀夫Ⅳ」が、平成二十七年七月十一、十二の両日、山中村公民館で開かれた。

第一日目は、川口典成の講演「三島の戦後と『近代能楽集』」の後、リーディング「熊野」を監修・和田喜夫、演出・小林拓夫、出演・白玉さゆり、小木珠実、栗山寿恵子、望野哲也、小林拓生。

第二日は、リーディング「道成寺」を演出・宮田慶子、出演・嵯川哲朗、川口高志、山崎薫、峰崎亮介、荒巻まりの、坂川慶成、滝沢花野、長澤洋。引き続いて「アフタートーク「道成寺」をめぐって」を、宮田慶子（新国立劇場演劇芸術監督・演出家）、松本徹（三島由紀夫文学館館長）、佐藤秀明（近畿大学教授・三島由紀夫文学館研究員）でおこなった。

佐藤　最初にご紹介申し上げます。舞台一番上手におられますのが新国立劇場の演劇芸術監督で、今日の演出をなさいました、演出家の宮田慶子さんです。次いで、三島由紀夫文学館長の松本徹さんです。私は、三島由紀夫文学館の研究員をしております、近畿大学の佐藤秀明と申します。よろしくお願い致します。それから客席には、昨日、「三島由紀夫の戦後と『近代能楽集』」のテーマでお話頂いた川口典成さん、

左より，佐藤秀明氏，松本　徹氏，宮田慶子氏

■プロフィール

宮田慶子（みやた　けいこ）

演出家、新国立劇場演劇部門芸術監督。

昭和三二年（一九五七）東京生れ。学習院大学国文学科を中退、青年座研究所を経て、青年座に入団。「セイムタイム・ネクストイヤー」で平成二年文化庁芸術祭賞、「MOTHER」で平成六年紀伊国屋演劇賞個人賞、「ディアー・ライアー」で平成一〇年度芸術選奨新人賞を受けるなど、受賞多数。オペラ「沈黙」を手掛けるなど幅広く活躍、三島作品は「朱雀家の滅亡」を平成一九年と二三年の二回演出。

リーディングで「熊野」を演出なさいました小林拓生さんもいらっしゃいます。後ほどお話をうかがいたいと思っております。また、会場からもご意見、ご質問を頂けたらと思っておりますので、よろしくお願い致します。

まず、宮田さんにお訊ねしたいのですが、ひどく厄介な戯曲だろうと、わたしなどは思うんですけど、演出なさって、一番苦労された点だとか、印象深い場面などからお話し頂ければと思うのですが。

■本当に難しい

宮田　本日は本当にありがとうございました。そうですね。

今日始まる前に館長からお話頂きましたが、このリーディングは四回目になりまして、初年度が「弱法師」、翌年が「葵上」、昨年が「邯鄲」、そして今年は「道成寺」というふうに続けさせていただいております。いや、本当に難しかったんですよ！　これ！　勿論、わたくしは『近代能楽集』がとっても好きで、どの作品もよく読んでますし、若い子たちとよくお勉強会の時の教材にさせて頂いてもいるんですが、何せまぁ……、今日は若い者が随分出させて頂いていますが、なかなか手強く、とてもとても若さだけでは乗り切れない作品ばかりなんですね。その言葉の美しさも、現代人のわれわれには、耳にすることが少なくなってしまったものが多くございますし。ハードルが高い。今日の「道成寺」は、最初に館長が能と歌舞伎のお話をなさいましたが、古くからの圧倒的な人気演目です。しかし、三島さんがお書きになった『近代能楽集』は、大分内容が違いますね。お能では鐘ですが、『近代能楽集』では、中に入るとテニスコートってほどではないけれど、運動は十分に出来て、鏡が四方に貼ってあって、着替えも出来るという巨大な箪笥になっていて、それを古道具屋で売りたてるという、とっても飛躍した設定です。一体どこが原作との同一点だろう、何をもとに三島さんがこう想像力をお膨らませになったんだろうとか。そんなことを考えながら、合致するものと、跳んでるものと色々あるんです。その辺が楽しくもあり、苦しくもあり……、といった感じでやらして頂きました。いろんな作品の中でも、哲学の色が強く、観念がしっかりしていながら、世俗的なものも取り込まれていて。そこで清姫に当たる清子の在り様は何だろう、鏡に映る己の姿を見た時、人はどう思うだろうなども考えました。鏡を題材とした観念的な話と両方を含んでいるので、この辺の匙加減が、いざ表現しようと思うととても悩みどころでした。

佐藤　古典との比較について少しお話をしていかなくてはならないようです。松本さんは古典を題材にして、各地を歩いて小説を書いてもう何冊も本を出している人ですから、松本さんにお願いしたいところですが、それは置いといて、まずは、リーディングの感想をお話し頂けますか。

松本　「道成寺」は、たしか三島の生存中は上演されることがありませんでしたね。ですから、上演回数はあんまり多くないんですけれども、幾つか観ております。例えば初演（昭和54年6月、国立劇場）ですが、芥川比呂志さんが演出したんですが、でかい箪笥がどんと舞台に出たんです。それを見た瞬間、この芝居は駄目だと思いましたね（笑）。実際、その通りこの舞台は散々たるものだったと思います。だいたいね、この箪笥を現実に舞台に出したら駄目なんですね。唯一成功したのが身振りで箪笥を表現したお芝居で、これには納得しました。そういう意味で今日のリーディングという形でやったのは、正解だったなという感じです。実はですね、何回か読むたびに「道成寺」という作品が僕の中では段々重くなって、面倒くさくて、よくわからない芝居になってくるんです。そのピークに達したのが、この舞台を拝見する前だったんです。ところがこのリーディングを拝見して、それがスーッと綺麗に解けましたね。見事な舞台だと思いました。どこがどう見事だったというのは後でゆっくり申しあげるとして、まずはそれだけ。いや、宮田さんていう演出家はこういうふうにやるのかと痛切に思い知らされました。（会場：拍手）

■巨大な箪笥という難問

佐藤　そこで伺いたいのですが、宮田さん。今日はリーディングでしたけれど、もしこれを劇場で演出なさる時、箪笥は出さざるをえないんじゃないでしょうか。

宮田　うーん、どうでしょうね。でも、先ほどお話ししたように得体のしれない箪笥ですしね。そうなると、この不思議な世界を遊んで頂くためには、やはりお客様の想像力の中の箪笥を追っかけて頂いた方が多分よいんじゃないか……。じゃあ具体的にどうするんだというのが非常に難しいとこですね。どうするんでしょうね、枠だけにするのか、ドラエモンのポケットみたいに、中に入ると見えなくなるみたいなのがよいんですけどね。

松本　少し前、渋谷のブンカムラでしたか、三島さんの『わが友ヒットラー』を上演した時は、可動式の大きな鏡を二面か三面出しましたね。

宮田　そうですね。

松本　あれはいいアイディアだなぁと、僕は思ったんですが。

宮田　演出家たちもよく鏡は使ったりするんですが、実はこれほど厄介な大道具はなくてですね、置く角度によってはお客様のお顔が、そのまま舞台に映ってしまったり（笑）。それから、ちょっと斜めにすると天井からの照明を全部拾うんですよ。だから鏡を使うと、だいたい演出家はリハーサルの間中、客席中を走りまわりますね。どっかからへんなものが映り込んでるんじゃないかって。それが映っちゃうともう、意味が変わって来ちゃいますよね。面白いんですが、本当に厄介な道具ですね鏡は。

佐藤　能や歌舞伎の「京鹿子娘道成寺」なんかでは鐘が吊ってありますね。だから芝居の最中、役者ばかりか観客の目も鐘の方に何度も行く。その鐘の存在感は物凄く大きい。それを『近代能楽集』では箪笥にしたところがどうなのか……。それ昭和三十二年に発表されたのですが、私たちの生活の中で箪笥というものが、以後だんだん後退していったという状況があるんじゃないか。昭和三十年代初めですと、まだ箪笥は家の中に必ずあるもので、その巨大なもの。実用にはならない、化け物みたいな箪笥を出すこと自体は面白かったかもしれませんが、われわれの住環境では、衣装がたくさんあれば、ウォークインクローゼットにということになってしまったので、今舞台に箪笥を持ち出すのは、ちょっと難しいかなと思います。実はこの山中湖村に三島由紀夫文学館を作る時に、元村長の高村朝次村長がですね、三島由紀夫の資料を購入して、一時的に保管したのが富士吉田市にある自分のビルでした。その資料を見てくれと言われて行ったことがあるんですが、巨大な金庫がありましてね。物凄く巨大で、中はそれこそダブルベッドが楽に入る。畳十畳以上か二十畳位あったか、扉もまた厚さが30センチ位の鉄の巨大な扉ですよ。金庫自体が部屋になってるのを初めて見ました。そこに入っていくんです。怖いですよ、うっかり入ってですね、うっかり扉閉められたらおしまいじゃないかと思いまして。閉所恐怖症ではないんですけども、怖いなぁと思いました。役場の人に資料を出してきてもらったのですが、まだ何にも整理されてないので、ただ紙の束みたいな原稿だとか、メモだとか、こんなふうに積まれていましたけれども。狭い空間ですと、自分の身体が感じられるからまだよいんですけど、巨大な空間で閉ざされているのは、とてつもなく怖い。死っていうものを思わず感じてしまうような。清子が入るのは、何かそういう怖さっていうか、顔だけの自殺ってことを言いますけど、死っていうものと何か繋がるとこがあるだろうな、と思ったりしました。それと、鏡張りですよね、四面が。これは江戸川乱歩の「鏡地獄」を思い出すわけです。乱歩の場合は小さな球体の鏡を作ってその中に人が入って、狂い死にしてしまう話ですけど、鏡張りの巨大な閉鎖空間へ入って行くっていう事自体がですね、ちょっと嫌な感じですよね。

■閉鎖空間の中で

松本　今の話を聞いて思い出したのですが、三島由紀夫は『アラビアンナイト』が大好きなんです。その中でもどんな話が大好きかと言いますと、一家の墓地、それも地下に広大な空間を持ち、歴代の死者が収められてあるところ、そこへ許されない恋愛関係に陥った兄と妹が、食料や飲み物をたっぷり用意して入り込んで、死ぬまで暮らそうとして、神の怒りを受けて殺されるという話なんですね。だから、今度の台詞の中でも棺という言葉が出てきますが、密閉された空間、そういうものに対して三島は不思議な偏愛があるんですね。だから、この箪笥はどうもそういうものでなければいけないようですね。それに能のあの大きな鐘の中には実際に鏡が張ってある。鐘がドンと落ちてきて、能役者がその中へ入ると、衣装を変えて鬼女に変身する。だから箪笥の中へ踊り子の清子が入って、鬼女に変身する……。

宮田　丁度その事、私も稽古場で話していました。三島さん、能にも歌舞伎にも精通していらっしゃる方なので、ご存じだったのでしょうが、実際あんな狭いなかで、どうやって身支度して、鬼女に変身するんでしょう。流派によって鐘の造りが違うみたいで、上が開いていて僅かに光が差し込んだり、中に僅かな灯りをつけたり、ちょっと調べてみたんですけど、企業秘密のようですね。流派によってそれぞれ流儀があって。一番高度な例ですと、舞台上で正面を向いたまま、そこにストーンと鐘がおちて、すっぽりと中に入ってしまうと、真っ暗に一瞬なるんだけど、その時が舞台の正面だから、そこでまず何か置いて、正面はここだってマーキングする。それから手探りだけで装束を変えて面を付け、そのマーキングを頼りに控えていると、サーっと鐘が上がる、と間違いなく正面がとれている。われわれ演じる側、舞台をつくる側から考えますと、その狭い中で一番自分の精神を追い詰めて内面が変わっていく、そのことに大変興味があります。そこには鏡が張ってあれば、変わる己れの姿をどう見るんだろう、そのことにも、とても興味があります。三島さんもきっとその鐘の内部みたいに追い詰められて、ワーって変わっていく様っていうのを凄く面白がってお使いになったんじゃないかなみたいなことは、稽古場でも話しました。「これはどうかわからないけど、私はそんな気がするんだ」と断ってですが。

佐藤　あり得ると思いますね。『朱雀家の滅亡』では朱雀家という貴族の家の庭に弁財天があって、最後に女主人公が弁天と見紛うような衣装で出てきますね。それで、あっと驚くのですけど、閉じられた空間が開いて女が出てくるっていうようなですね、三島の中に何かこうイメージとしてあるんじゃないかと思うんですよね。

松本　あると思うね。いまの宮田さんの話、他所では絶対に聞けないね。

■顔が変わる、変わらない……

佐藤　そうしますとですね、古典との比較ですが、今の場合、叫び声があがりましたが、凄かったですね。「ギャー！」あれくらいやってもらうと、迫力があります。そして、絶対何かあったんだ、と思ったところで扉が開くわけですね。能ですと鬼女になって出てくるのですが、大筆笥に硫酸を持って入った女が出て来るとなれば、何かが起こっていると思うのですが、何も起こらない。どんでん返しになっているわけですけども、起こらないっていうのは、どうなんだろう。僕は硫酸かけっちゃった方がよいんじゃないかと思ったわけですが……。中ですごい特殊メイクして、すごい顔で出てきたら、見てる方は、思わず背中を反らすような感じになって。どうでしょうね。ここを松本さんに聞こうと思うんですけど。古典との一番の違いです。

松本　なるほどね。うんうん。そのくらいの工夫はしてもらわなくってはと(笑)。しかし、変わっちゃ、それこそ同じになっちゃうじゃないですか。想像力が低下した時代はね、あなたの言うようにね、ゴムかなんかでできた、一瞬でそれをぱっと脱いで見せるというやり方も、あってもよいかもしれないですが……(笑)。

佐藤　敢えて無茶苦茶なことを言うんですが……（笑）。顔が変わったという芝居はこれ、どうでしょう、宮田さん。

宮田　どうなんでしょうねぇ……。

佐藤　清子の顔が硫酸で、焼け爛れた顔で出て来る。

宮田　うーん、そうですね。演出した者が解説めいたこと申し上げるのはちょっと無粋なんですけれども、顔は変わってないけど明らかに、清子の内面では何かがあって変わった。それにもかかわらず自分の顔は変わらないことに気づいた。という事は、どんなに愛する男のことを想って、恨んだりつらんだり、色々しても、お前はちゃんと毎日生きてるんだという現実を知らされたというか……。だから最後に、彼女は名刺を渡して言い寄って来た紳士Aの許に行くって言いますね。「身を落とすよ」って忠告されても、「大丈夫です」、もう私の顔は変わりませんからって。顔の面が変わるより、女の中身が変わったんですね、きっとね。腹を括ったというか。逆にいえば心がもう鬼になった。この現実世界を生きていくために彼女の心が鬼に変わったという事なんだろうと。すいません！　解説なんかして！（笑）。

松本　いや、いや、その通りです。

宮田　まぁそういう事だと思うんです。顔が変わるのと、心が変わるのとどっちが怖いっていったら、もしかしたら、あのまんま美女で、可愛くて、世の中をうろうろされてたら、よっぽど怖いんじゃないかなって、ちょっと思ったりしますけど。

松本　犠牲になる男が少なくとも三人は、もういますから（笑）。

宮田　いますね〜。あの名刺を渡した三人は餌食ですよね。そう思うんですね。

■戯曲の核心部

佐藤　このあたりが多分、今日のリーディングの核心になるんじゃないか、と私は思っていたんで、だんだんそっちの方に話がうまいこと運んでくれてよいなと……（笑）。清子が最後に、「でももう何が起らうと、決して私の顔を変へることはできません」という、この台詞で幕になります。その前にこの台詞を言って、「清子は手提から棒紅を出し、脣に塗り、呆れて見守る二人を残して、忽ち、風のごとく下手へ去る」というト書きがあって幕になるわけで、彼女は変わったんだという事になりますね。その変わったという所が、どういうふうに変わったのかという事が、この戯曲の核心になっているんだろうと思うんですが……。観念的だったというような事をさっきちょっと、お話になりましたですね。清子はある観念に憑りつかれたというか、そういう風にお考えになられて、全体を構成されたというようになりますでしょうか。

宮田　うーん。そうですね。ただモチーフとしては、先ほどお話になってました、やはり鏡だと思うんですね。鏡を見るとは、己れの姿を見るわけで、そこで己れの見たくないものを見ます。そして、もしかすると、現実ではない夢もそこに見る。女性がね、鏡の前でいろんなお化粧をする時、ホントに現実はともかく、理想に一生懸命近づこうと思ってみたりですね（笑）。女性の皆さんお分りかと思います（笑）。それでいてある日ふっと、「あら、あたしこんな所に皺が……」っていう事も否応なく起こる。怖いのが三面鏡でして、この人誰だろうって思うような自分の横顔を見たりしますよね。女性はみんな経験あると思うんですけど、ドキッとします。あら、あたしの横顔ってこんなだったのって。そのことが己れを知るって時、その自意識みたいなものと、それから、あぁ自分はこういうものを、面に掲げて日々人と付き合ってるんだな、世の中を渡る自分の顔は、これなんだなっていうようなことが、客観的に考えられる。それが現実的なことだとすると、そこからもう一つ、自分が観念的って言いますか、自分の自意識。そういうものとの折り合いはどうつけていくのか。それから、知らず知らずのうちに、自分の中の個人の世界と社会性みたいなことを、自分で区別をつけるようになっていったり、そういういろんな要素を鏡っていうのはね、持っているんで、箪笥の中で一体彼女は、何に気づいたんだろうっていうことをやっぱり考えますね。

佐藤　出てきて、「自然と和解したんです」と言い、「今は春なのね」と言いますね。これまで季節を忘れていたけど、「桜は今が花ざかりね。花のほかは松」という長唄で有名な句を織り込んだ台詞を口にします。その辺りですね、堅い観念が崩壊したという感じがあって、それを役者さんが堅くやっちゃうと、つまり建物の骨組みが出ちゃうみたいなところがある。どういうふうにやるんだろうって思っていましたが、さすがによくやって下さいまして……。しかしその前は、清子が反自然的な観念に取り憑かれていたというふうに捉えると、骨組みを言ってしまうことになると思うんです。私の綺麗な顔がいけなかったんだ、だから私はこの顔を焼いてしまわなくちゃいけないという気持ちになったわけですけど、それが固定観念みたいに取り憑いて……。とにかくこの顔を焼かなくちゃいけないっていうくらいに強く思い込んでしまったという、そういう観念に取り憑かれたというふうに、考えられませんか。

松本　その有名な句が出て来るところが、この戯曲の勘所であるのはその通りです。ただし、骨組みがとなると、ちょっと違うね。今度の芝居を今日拝見して、なるほどと思ったのは、清子は観念に囚われてじゃなくて、恋人が好きで好きで、恋人安《やすし》の跡を徹底的に追って来た。まさしく、清姫になったんですね。だからね、彼女は顔を変えようというところまで突き進んで行く。清子は自分に囚われてない。執着するのはあくまで安にであって、安を恋い慕って、彼が辿った道筋を徹底的に追って箪笥の中にまで入ろうとする。自然には背を向ける。自分の美しい顔も捨てよう。醜い反自然的なものにしてしまおう、と。そうして篁笥の中へ踏み込むところまで行くわけですよ。そこが今日、やっと納得いったんです。

宮田 そうですね。彼女は、傲慢な事を言うと言われながら、自分の事を綺麗で可愛いとずっと言うんですけれど、その恋人の安君も非常な美男子だったようで、誰もが羨む美男美女のカップルで、非の打ちどころがないはずだった。その自分たちの関係が、桜山夫人という人に、盗られますね。そうして篁笥の中で夫人と逢引を重ね、ご主人に撃ち殺された。その安君が、どうしても許せなかった。理解が出来なかった。なぜ自分との完璧な関係を断ち切って、人目を憚るために篁笥の中に入り、ひたすらそこで逢瀬を重ね、肉欲的な世界に入って行ったのか。なぜそれがよかったの？　私との関係よりなぜよかったの？　きっと美しくないもの、調和的でないもの、耽美主義と言えば、耽美主義なんですけども、それに彼は惹かれたのであろう、と。ならば私も完璧ではないものになります、という意味で硫酸を持って追いかけてきたというふうに、芸術的な、人間的な感覚で言うと、そういう事なのかなって。

松本 そういうふうに考えてよいでしょうね。彼女はあくまで清姫であって、男の跡を徹底的に追って行った。本当の清姫になったんだなと感じさせられ、やつと納得できたんです。

佐藤 ええ、わかります（笑）。心理の流れとしてはそういうふうになって、清子という人は硫酸を持って、篁笥の競売の所へやって来たんだろうと思うんですよ。でもやっぱり二目と見られない醜い恐ろしい顔になるっていう事を彼女が言って、私のたった一つの夢、たった一つの空想が、と言うわけですよね、そう言った時には、たった一つの夢、たった一つの空想にまで高めてしまった。もうそれしか自分のやるべきこと、生きるべきことはないんだと思ってしまったときに、そういう固定観念に言わばつかまってしまって、篁笥の中に閉じこもてしまった。そして、篁笥の中で、鏡を見たりなんかしてる時に、はっと思って、硫酸をかけずに出て来る事になったんだろうと思うんですね。ですから、固定観念というような言い方にしましたけども、いずれにしても、何かその、自分がしなければならない事という形で、反自然的なものに憑りつかれてしまった一瞬もあったんではないか。

松本 反自然的なものに囚われたのは、安君が最初なんです。それで、彼が行った跡を追うわけです。追うためにあそこへ入るわけです。追うために硫酸が必要なんです。だから固定観念などと言わなくてもいいんじゃないかな（笑）。

佐藤 いや、固定観念っていうふうに言ったんですが、この後何が言いたいかっていうと、清子は芸術家の象徴だと、こういうふうになる。つまり自分の観念に取り憑かれてしまった芸術家で、春だわって思ったときに、何か芸術の変なものがストンと落ちて、季節を感じられたということです。

松本　清子がなぜ芸術家の象徴なの。そして、なぜハッとするの。

佐藤　恐らく何者かに取り憑かれた瞬間っていうのはあったんだと思うんですよ、清子は。だから安珍を、安を追って、安が殺されたところにやって来るってのは、勿論、安を想って、好きだった人を想って来るわけですよね。

松本　安珍が最初に取り憑かれるわけです。だから、彼女自身は別に取り憑かれるわけです。その安珍を清子が追うわけです。だから、彼女自身は別に取り憑かれていないかもしれない。取り憑かれているか、取り憑かれていないかは、どうでもいい事。

佐藤　いやどうでもよくはないんじゃないんですか（笑）。

松本　とにかく、ひたすら安に恋して、そこまで踏み込んでく。

佐藤　いやこれは、例えば舞台にのせた時は、これはやっぱり女優さんの一番の見せ場ですから、これはどうでもよくないですよ。やっぱり狂わなくちゃいけないから。

松本　清姫はあくまで、男を追って狂うわけです。男を追わないで狂ったって、嬉しくもなんともない。

宮田　んー、なかなか激しい論争で（笑）、どこで何を突っ込んだらいいか（笑）。

■叫び声を上げる瞬間

宮田　そう、最後に桜を見て春なんだなぁって言う、あのところ実はとっても難しいんですよ。演じるわれわれって、基本的には生身の人間の尺度でまず考えていきますから。その作品の世界に自分を委ねて、俳優も演出も、なるべくそれと重ね合わせながら見ていくんですけれども。あそこがね、本当に難しくって、箪笥の中でぎゃぁーって言った瞬間はどういった瞬間だったかというと、彼女が後で説明しますけれど、自分の焼け爛れた顔がこの地の果て、あの世界の果てまで広がっていたらと思うと恐ろしかったって言うんですね。それは、あくまでも空想上なんです、恐ろしい顔が大量にバァーって増幅されているっていうのは。実際に見えているのは自分の増幅されている無数の顔ですが、それも私、怖かったんだと思うんですね、きっと。だから、彼女はわざわざ顔を汚すなんていう物理的なことよりも、自分のこの、怨念に燃えたり、執念に燃えたり、嫉妬に燃えたりしている顔が無数にあるのが十分恐ろしかった、恐ろしいんだってわかって、じゃあ、何もする必要が無いんじゃないっていうことがわかって、じゃあこのままで生きていくのが最高の復讐だわって思って、彼女は出てくるんだと思うんですね。このままの姿で生きていくことが、別に安のことを諦めたんじゃなくて、安を追うままで生きていくことを考えたんじゃないかなと私は思いました。

松本　安をあそこで断念しませんか。

宮田　あっ、そこも反論ですね！　んー、どうなんですかねぇ（笑）。

松本　死んじゃった。男は死んじゃった、よって断念する(笑)。

宮田　できるんですかね。ただ、安自体がもう自分の中で確かに違う形にはなったと思うんですね。生身の安をただ追いかけてるんじゃなくて、もう鉄面皮だかどうだかわかんないですけど、その顔をつくったのは安ですから。彼女はその顔が出来る段階で安を自分の中に取り込んじゃったみたいな感じなんでしょうね。

松本　なるほどね。鏡の中の自分の顔は、すべて安がつくった……。

佐藤　そう。そうだと思いますよ。だから、松本さんだめですよ(笑)。やっぱりね、狂わなくちゃいけないんですよ。

松本　いや、もちろん狂うんですよ。

佐藤　だから、安を追う事、安自体はもういいんですよ。追いかけることが彼女の自己目的化することで狂っちゃうんですよ。何を追うんじゃなくて、追いかけてること自体が、もう彼女になってしまうんですよね。だからそうしないと狂わないじゃないですか。いつまでも目的の安を目標にしていたら狂いようがないですよ。

松本　追う限り、鐘の中にいるんですよ。箪笥の中にいるんですよ、安は。

佐藤　うん、いや、もちろんいるんですけど。でもそこ行くには飛躍がありますでしょ。

松本　安は結局、非自然的な世界で生きてる。その許に行くためには、自分も非自然的な女にならなきゃいけない。龍にならなきゃいけない。大蛇にならなきゃいけないんですよ。だから、硫酸をかぶらなくちゃいけないんですよ。それが、彼のいるとこにいける条件なんですよ。

佐藤　いや、わかります(笑)。……いつも松本さん自分から飛躍するような話をするくせに、今日は何かノリが違うじゃないですか(笑)。

宮田　どこで発狂したか、気が狂ったかっていうのは、むずかしいですね。しかし、明らかに清子自体は、最後に違うステージにいってしまったと思うんですけど。最後にちょっとだけ出てきて意外とすごいこと言ってるのが管理人さんで、「春は恐ろしい季節ですよ」って言いますね。

松本　ああ、あれは効いています。エリオットの『荒地』からの借用でしょうが。

宮田　本当に日本人だから、うんうんって思うような、あの一言があることで、それで、「春だつたんだわ」って気がつくことで、彼女は永遠にクレイジーな世界の中で生きていこうとしているんだなぁっていうのが。

松本　いや、クレイジーかどうか僕わかりませんが、これが現実の人生……。

宮田　まぁ、そうかも知れないですよね。それまで非常に純粋だったとしたら、もう一つ別の顔をちゃんと持ったところで生きようとするわけですよね。

佐藤　そこなんですけれども、伺いたいのは。つまりですね、清子の最後の台詞、先ほど読みましたが「でももう何が起らうと、決して私の顔を変へることはできません」。これを清子がどういうふうに言うんだろうと思って聞いていたら、今日はですね、割合こうしっとりと抑えた、そんなに高らかなという形ではなく言った。これをどういう言葉として発するのかということで、この「道成寺」の解釈というか、理解が大きく変わってくるんじゃないだろうかと思うんですけれども。まず松本さんに伺いたいんですが、要するに清子は、これで、自然に反するような生き方が、憑きものが落ちるように落ちたという考えでしょうか。

松本　ある程度、そうでしょうね。

佐藤　宮田さんは先ほど、これは狂ったまま、狂気みたいなものの中に入っていくような、とおっしゃいましたが……。

宮田　私の考えはそうなんですけれども。たぶん館長がおっしゃってるその憑きものというのは、ひたすらこう、安を追っかけようとして、愛に恋に狂ったというんですかね。それがストーンと落ちたということですね。それがストーンと落ちたのが、じゃあ平和な何でもない調和の取れた世界かというと、そうではなくて、非常に歪んだ世界なんだけれども、でもそれが当たり前な世界という意味でおっしゃってるんですね。

松本　そうです。

宮田　それは、一緒かも。

佐藤　ああ、そうですか。

■舞台上の成果

佐藤　では、会場でさっきお名前をあげさせて頂きました川口さん、どこにいらっしゃいますか？　今のことに関わっても関わらなくてもいいんですが（笑）、何かおっしゃっていただければと思いますが。

川口　ピーチャムカンパニーという劇団で演出をしております、川口典成と申します。そうですね、今の話はちょっと難しいんですけれども、お聞きしてですね、気づいたことがあるんですけれども、一番最初に主人が、「私共の提供いたす品は、すべて実用などといふ賤しい目的を軽んじて、作られたものばかりでありまして、それを皆様が実用に供される……」などと言って、その後、「猛獣をお買ひになるのであります」と言いますね。そして清子ですが、自分の思ったよりも美しい顔に生まれてしまっていて、それをどういうふうに扱えばいいのかわからない。その彼女が、猛獣になる決意をするというふうに読めば、どうかなと。主人についてどういうふうに皆さんがお考えになっていらっしゃるのか、今出ていなかったので、主人についてちょっとお考えを聞かせていただければなと思うんですけれども。

佐藤 古道具屋の主人ですね。宮田さんはどういうふうにお考えでしょうか。

宮田 そうですね。逆算なんですね、私はね。最後のシーンで主人は、清子に対して、とんでもない人生になつちゃうよって言っている。まぁ本当の姿というものが見えているなと私は思っています。清子も、ちょっとバカな金持ち達というようなことを言って、そのことは見えているわけですけれども、彼も、世俗に生きることを決めているので、自尊心をくすぐるテクニックを持ってるんですよね。だから、「猛獣をお買ひになる」って言う。お金持ち達は当たり前の物は買いたくないんです。とっておきの誰も持つことが出来ない、あなたでなければだめだっていうリップサービスにとても弱い。そこを見事にくすぐってってる。ただし、こいつらは金だけ持っていて金に飽かして色々なものを買うけれども、決して物の本質なんかはどうでもいいんだろう、しかし、俺はそれで商売をするよっていう、ある腹のくくり方が出来ているんだろうと思っています。その辺、出演の嵯川哲朗さんがとてもリアルに、しっかり演じてくださったので、見えてると思うんです。

松本 いやぁ、今日は嵯川さんすごかったですよ。わたしどもの悪い癖で、解釈論ばかりやっちゃって、肝心の役者さん方について申し遅れました。

宮田 素晴らしいでしょ？

松本 素晴らしかったです。宮田さんはね、ある意味では有能かつ狡いと言ってもいい演出家だと思うんですよ。ああいう役者を一人連れてくればもうね、半分はもう……。

宮田 あはは！ 演出じゃなくてキャスティング力！(笑)。

松本 去年は去年でね、あの菊さんを連れて来てくださった。

宮田 はい。

松本 あぁ、宮田さんって言うのは、まずこれなんだなというふうにつくづく思いました。

宮田 いやいや(笑)。

松本 だけど、演じていて大変楽しかったのではないでしょうか。演者の皆さん。

宮田 お疲れさまでした。ありがとうございました。(会場：拍手)

松本 とにかく素晴らしかったです。

佐藤 本当に役者さんっていうのは、すごいなって感じさせるリーディングになったと思います。私も、活字で読んでいて自分の中で声を響かせてるつもりなんですけども、やっぱりこう、ちゃんと体を通って出てきた声っていうのは、あぁ、こんなに説得力もあり、こんなに豊かに、実在の人間がいて、喋っているんだなってことを改めて感じさせる、そういうリーディングだったと思います。

松本 そうですね。僕らが読んでいる古道具屋さんっていうのは、今日の半分も存在感がない、しょぼくれた……。

佐藤　いや、それよくわかります。

松本　僕らが読んで考えるのと落差をつくづく感じました。ありがとうございました。（会場：拍手）

佐藤　後ろに今日の俳優さんたちがいらっしゃいます。皆さんには、またあとでお礼を申し上げたいと思いますが、もう一方の演出家の小林さんがいらっしゃいます。何かコメントいただければ。

■解釈の難しさ

小林　昨日の「熊野」の演出と出演もしました小林拓生と申します。皆さん本日はどうもありがとうございました。（会場：拍手）

小林　今、すごく色々な話で、解釈の話で盛り上がっている素晴らしいアフタートークになっていると思いますけど、この解釈がこの三島さんの本は大変な作業でして、今回私、自分で役で出てしまうので、演出者協会の理事長の和田喜夫さんに監修という形でご参加頂きました。自分が演じていると客観的に自分を見ることが出来なくなるので、監修という形で大きくまとめることをして頂いたんですけど、やはり、その解釈の話がずうーっと尽きなくて、稽古場でも読み、稽古の時間よりも、作品の内容をどう読み解くかに、膨大な時間を割いて、稽古が終わった後も、飲み屋に移動して延々と終電まで、三島さんのこと、『近代能楽集』のこと、作品「熊野」をどう解釈するか。他の作品にはこういうセリフがあるなどと、この一ヶ月間、解釈の作業がほとんどでした。やっぱり色んな解き方があるので、川口さんなんかにも稽古場に来て頂いて、和田さんがいない時は見て頂き、川口さんなりの解釈を示して頂いたりして。最終的に結局、僕がまとめなきゃいけないので、最後は決断しなければいけないんですけれども、昨日の最後の通しまで、確実にこれだという、歌舞伎俳優が言う役の正念をつかむということが出来ずに、もう迷いに迷って迷った挙句、最後の通しで、「あっ！　宗盛の心中ってこれなのか」と。最後のセリフ「俺はすばらしい花見をしたよ」の核心が最後の通しでやっと体の中に入ってきて、まぁ何とか無事に昨日終わらせることが出来たんですけれども。本当にこの三島さんの『近代能楽集』は、解釈の話が尽きず、舞台が終わっても今朝の五時まで（笑）、川口さんと一緒に延々と解釈および読み解き方の話をしていたんです（笑）。今後も『近代能楽集』をしっかり勉強していきたいなと思いました。このような素晴らしい企画に加えて頂きまして、どうもありがとうございました。（会場：拍手）

佐藤　最後の通しで、ストンと落ちたということですから、よかったなと思います（笑）。

松本　私、終わった後にね、小林さんに申し上げたんですけどね。宗盛が彼の人生の絶頂期にあって、あの場面になるんだと。正しく天下を支配している男が自分の現在の在り方に心底納得した、そういうところなんですね。そこをですね、小林さんが気持ちよさそうにやっておられました。見事でした（笑）。

小林 ありがとうございます。

佐藤 上演に先だって松本さんが、「道成寺」は『金閣寺』の後に書いたというお話をなさいました。『金閣寺』は昭和三十一年の一月から十月まで「新潮」に連載され、「道成寺」はその翌年一月号の「新潮」に載りました。そうしますと、『金閣寺』を書き終えたのが大体八月の半ば頃で、十月二十五日くらいまでの間に、この戯曲が作られたと考えられます。どうも長く温めていたというよりは、もうこれでやるほかないな、という感じで書いたんじゃないかなという感触を持っています。松本さんは戯曲としてどうだろうかということを最初におっしゃっていましたけれども、三島由紀夫自身も、郡虎彦の能の変形したものに自分は魅せられて『近代能楽集』を書くようになって、その郡虎彦に「道成寺」という戯曲があって、非常にうまく書けているのでやめようかなと思ったんだけれども、まぁ書いてしまったというようなことを言っております。本来であればですね、「新潮」一月号には小説を載せるつもりだったんじゃないかと思われるんですけど、『金閣寺』を書いた後でちょっと力も抜けて、その頃、脂も乗り切っているんですけれども、材料がなくなっちゃったなっていうところがあったんじゃないか。それで、郡虎彦も書いているけれども、やってみようかな、と。雑誌「新潮」の方も『金閣寺』がうまくいったので、本来なら戯曲は歓迎しないけれど、今回はいいかな、と。私はそう想像していますけれど、松本さんいかがでしょうか。

松本 当時の文芸雑誌の編集者の頭の中はよくわかりませんけど、戯曲は歓迎しなかったのは確かですね。しかし、お能でも歌舞伎でも「道成寺」は特別なものだと思うんですね。だから一月号に「道成寺」を載せるとなると、編集者も「あぁ、いいかもしれませんね」と返答したんじゃないかなと思います。それからですね、『金閣寺』の主人公の溝口が、金閣寺を焼いたあと、タバコを一服吸って「生きよう」と思うんですね。後は放火犯として監獄で生きることになるのに、そう決心する。まさしく清子が最後、口紅を塗って男のもとへ行くのと似ている。というより、溝口の決意を、三島は繰り返し清子で書いている、と見てよかろうと思うんですが、どうですか？

佐藤 先ほどの宮田さんは、「やっぱりあれは春になって、狂ってるんではなくてストンと落ちた、着地したというんですかね」とおっしゃったんですけれども、『金閣寺』は最後に生きようと思うところで終わっております。あれは、つまり、自分の中の美というものを燃やしてしまって、その美が自分の人生を生きづらくさせていた主人公が、美を燃やして生きようと考えるんですけど、ここでもその狂気に近い形を清子の感情が抜け落ちて、そして生きようと思うという。口紅を塗ったというのはそういうことだと思うんですね。つまり世俗的に生きるところへ入っていこうとして、危ないからやめなさいと周りの人が言っても、もう私は生活のレベルで私を傷つけるものなんか何もないと言ってるんだと思います。

松本　先程、清子に芸術家の象徴を見るなどと言って議論になったけれど、あなたは清子に三島の影を濃く見ているんですね。僕は出来るだけ見まいとしている。その違いが大きかったんですね。そこでね、去年やって頂いた『邯鄲』ですが、その最後もまたそうなんですよ。萎れていた花々のすべてが蘇って、これから人生が始まるというところで『邯鄲』は閉じられるんです。このところ、みんな似ている。

宮田　そうですね。『近代能楽集』が書かれた時期は昭和二十五年くらいから昭和三十四、五年くらいの間ですもんね。やはり、そうなると戦争によってすべてが焼き尽くされた中で、どうやって生きていこうか。やはり何か大きなものを諦めたり、でも、無理にでも生きていかなきゃと、心を鬼にして決意を固めたのかもしれません。もしね、今伺っていて、『道成寺』の書かれた時期も、『金閣寺』にしてもそうですけども、やはりわれわれからすると、炎のイメージだとか何かを熱望するところがある。そこからもう一度と、そういうことを考えますけどね。あの辺で、ただ負けて終わっちゃうんじゃなくて、どんなことがあってもしたたかに生きていこうとするところにも、日本の姿を重ねていた。私なんかがこういう言い方しちゃいけないんですけども、そうだったのかなぁと想像はしますけどもね。

佐藤　今、戦後の日本の歩みと重ねてお話し頂きましたけれども、そういうところがあったんじゃないかとも思います。もう一つ三島由紀夫の方に関して言いますと、ボディビルをやっているんです、三十歳になってから。一年くらいたって『金閣寺』を書いている頃にボディビルの効果が出てきた。それまで胃が弱くて、体が痩せていたのが健康になる。それと『金閣寺』の生きようと思うことがどこかで繋がっているんだろうとも思います。そして、『道成寺』が書かれると、三島と言えば死の問題が出ますが、健康を意識して、日常生活をちゃんと生きていくという気持ちが強くなった時で、それがこういう形で出てきている。三島由紀夫は、戯曲とりわけ『近代能楽集』では、告白しやすいというようなことを言っておりますが、そういう意識が、最後のところで出ている。だから清子もですね、最後はこうなるだろうというのは、三島由紀夫と重ねて読むとですね、こうなる。ということで、松本さんの考えにここは同感です。

松本　先刻、宮田さんのお話で戦後とおっしゃったけど、金閣寺の炎上という事件は、京都という都市においての遅れた空襲による炎上として考えたほうがいいのかもしれませんね。だから、三島の中では、戦争中の空襲、炎上のイメージがあそこに集約された、そういう思いがあるのかなと、今の話を聞きながら思ったんですけどね。だから、あそこから始めなきゃとも考えられる。実際に次に書かれた『鏡子の家』はですね、戦後が終わり焼け跡の気分を持続する小説なんですね。だから、それがうまく繋がりすぎるほど繋がりますけどね。

佐藤 それにつけてもですね、金閣を焼くところからすると、なんで硫酸で顔は焼かなかったんだろうということがまだあるんですけども……（笑）。『金閣寺』では火をつける直前に主人公が非常に迷うんですね。もう決意はしている。火をつけると決めているんですけども、なかなか火をつけるという行為に至らない。これほど、火をつけることをずうっと考えて何度も何度も考えていたら、もう実際に火をつけなくてもいいじゃないかというところまでいって無力感に陥ってしまって、しばらく動けなくなってしまうというところが最後の方にあります。それでもやっぱり火をつけなきゃだめなんだということで、行動に出て火をつけ、裏山へ駆け上り、生きようと思ったというところで終わるんですけども、その火をつけるか、つけまいか、つけないでおくかという迷いの部分がですね、『金閣寺』には書かれるんですけども、『道成寺』では、箪笥の中にしまわれてしまって、そのところがわからない。後に出て来て清子がその時のことを話しますが、清子にも迷いがあつたのではないか。そして、顔に硫酸をかけるという選択肢もあるのではないかと、迷い、揺れがあったんじゃないかなと、思ったんですけども。どうでしょうか。

松本 なるほどね、あなたらしい拘り方だと思うけれど、僕はね、揺れはなかったと思いますよ（笑）。『金閣寺』で片付け、最初から揺れないという形で書いていると思う。

佐藤 原曲が鬼女に変わる。だから、変わらないというふうにしたんだろうと思うんですけれど。『近代能楽集』ではどういう鬼女として出てくるんだろうと普通は期待されますよね。それが何にも変わらなかったという形で出てくるわけですから。

松本 さっきも宮田さんが言われたんですけれども、鬼女の顔にならない美女のまま方がもっと恐ろしい（笑）。

宮田 そうですね。内面はかなり変わると思うんですね。あそこで本当に口紅をひいて出て行くってことは、彼女は世間的にはあれでお妾さんの道を歩くのか。そういうことですよね。だから、言ってみたら身を落としたようなことになるのかもしれないですけども。まぁそれでも私は変わらないって言っていくのが、鬼になった状態ですよね。

佐藤 お妾さんという言葉が出てきましたけれど、そうして完全に生活の中に入っていく。つまり清子は、自分の中でもう覚悟が決まって私は生きていきますという形ですから、生活の中でよい生活とは、名刺をくれた男達を捕まえること。男達と関係を持って自分の生活を作り上げていこうという決意ですね。かなり世俗的な生き方をするわけだろうと思うんです。昨日、松本さんと話していたら、口紅を塗るところは、能で坊さん達に激しく祈られ、蛇身となった清姫が退散、日高川へ飛びむとところじゃないかとちらっとおしゃっていましたけども。

松本　蛇になって日高川に飛び込む。その日高川は浮世の世界そのものでしょ。

佐藤　浮世の世界ですね。いや、またここで違うこと言うのかと思って（笑）。というのは、能では煩悩を取り去ったと理解できますからね。

松本　お能は基本的にそういうものです。

佐藤　それで、宮田さんがお妾さんだとおっしゃったが、とにかくあの男達と関係を持って彼女はたくましく生活していくんですね。

松本　その可能性の一つが『熊野』ですよ。あそこでは男を騙そうとして、逆に裏をかかれちゃいますけど、徹底的に男を手玉にとろうとするような女になることです。

宮田　そうですね。

■遊ぼうという工夫

松本　今日の舞台の全体の私の印象をまだ申し上げてなかったのですが、最初に申し上げましたように私自身は幾つかの舞台を見てきた中で、本当に今日は深い共感を持って最初から最後まで拝聴することが出来ました。例えば最初の導入部のお客さんたちの扱いですね。あそこは大体うまくいかないんですよ。見ていて、何やってんのって感じることが多い。ところが今日はスーッと導入されましたね、性格のはっきりした俳優さんたちそれぞれの声でですね。お陰で古道具屋の金持ちばっかりが集まっている、変な世界にスーッと入れた。まずそれが成功の一つの要因だと思いますね。ですから、あそこには役者さんたちの、セリフ少ないけれども、大変な訓練があったのだろうと。宮田さんからかなり叱咤が飛んだだろうと（笑）。そんなふうに私は拝見しました。

宮田　（笑）いやぁ、うれしいです。ありがとうございます。そうですね。本当に三島さんの本の中にしては割と明らかに、下手したらちょっとコメディになるくらいの個性的な書かれ方。金持ちたちの競争しあう、張り合う、そして、偉そうな態度をとる。割とはっきり書かれている。じゃあ、ちゃんと思い切って遊ぼうよと……。俳優たちはがんばってくれました。

松本　遊ぼうとするところがないと、つまらなくなりますね。既にやられました『弱法師』の最初の方も、二組の両親が出てくるじゃないですか。

宮田　はいはい。

松本　あれも大概、舞台を見ていて大体嫌になるんですけども、そこが非常にうまくいきましたね。それで一気に僕は流れに、観客の一人として流れに乗りました。

宮田　ありがとうございます。
佐藤　戯曲を読むのは難しい。私なんかもちゃんと読めないんですけれども、競りの場面の金額を言っていくところって、読んでいて一番退屈なんです。
松本　そうそう。
佐藤　お金の額だけが並んでいる。あれを聞かせてしまうというのが、素晴らしいですね。(会場：拍手)
松本　僕ら、平凡な読者はあそこでうんざりするわけですね。何のことなのっていう感じがするんですが、あれは非常に効果があるんですね。金の世界、俗物の競い合う世界だっていうことが、本当によく出るんですね。
宮田　そう。それで今回は、途中の乱拍子というか町工場の音も、彼らが担当してくれました。
佐藤　あの音の入れ方よかったですね。
宮田　そうですか？　よかった。あれ、なんで町工場なんなのか謎ですけどね。それは三島さんに聞いてください(笑)。三島さんが書いてらっしゃって、町工場からあんな音がしてくるとは、大量生産に対する恨みなんですかね。
松本　わかりませんが、原曲の方に乱拍子がありますから……。
宮田　その乱拍子を現代的に使うとどうなるだろうと……。
松本　もうちょっと考えてほしかったですねぇ、三島さんには(笑)。
宮田　他に思いつかないんですけども、やってる役者たちは苦労しながらも楽しくやってくれたんで。

■音の工夫、演技の工夫

佐藤　もっとお話を伺いたいところなんですけども、会場からも、どなたかご発言いただければと思います。どうぞ。
質問者1　昨日に今日と、そしてアフタートーク、本当にどうもありがとうございました。松本館長、どうもありがとうございました。他で舞台を見たので箪笥のことを紹介したいと思うんですが、一ヶ月半ほど前に銀座のみゆき座で、同じ演目で順番も同じで『熊野』と『道成寺』をやったんですよ。小さな劇場で、キャパが五十人ぐらいなんですけども、箪笥は扉だけが正面にあるんです。もう一つ、言いたかったのは、戯曲を読んで一ヶ月半前に舞台で見て、今日は、本当は心で聴きたかったんですが、私は「大江戸捜査網」とか……(笑)。嵯川さんの熱演がとてもよかったんで、今回は、ちょっと心静かにはできませんでした(笑)。本当にどうもありがとうございました。(会場：拍手)
質問者2　大変面白く拝見しました。実は私も以前、九〇年だかに「三島由紀夫連続近代能楽集上演」と、TPTというところでデビット・ルボーさん演出の二つを見ているんです。今日はリーディングということで、逆にいろいろ気づかされた点がありました。それはやはりセリフとか、音の音響性というか音韻性というかいうもので、先ほど最後の方でお話が出ましたけれども、あの乱拍子のところが前に見た舞台だと関係なく、こうノイズのように入ってくるんですね。それが今回ですと、セリフの掛け合いにあわせて音が鳴るというふうになっていて、あっ、これは歌舞伎の下座音楽かなと。音にあわせてこうセリフが乗るという形になっている。よく考えると前段階のところで、一万円、十万円、十一万円とやっているところもコミカルなんですが、セリフ自体が音としてて音楽のような形でリズムがあって、それが後半になってから、こんどは本当の音が入って。そうすると、能の舞台の囃子方がやっているようにだんだん見えてくるような感じがして。ずっと内容の意味がトークされてたと思うんですが、意味ではなくて舞台で何がこう出てきているのかというところに気が行きました。そこらへん何か特に注意されたこととかありますでしょうか。

宮田　本当に細かく聞いていただいて本当に感謝します。そうなんですね。あれもみんなで色々な工具を、町工場だから金属的な音が近いということで工具を持ち込んだんですが、リズムを色々探りまして。セリフとどのくらいかぶった方がいいのか。でもやっぱり乱拍子のあの囃子方の感じが出したかったので、途中からセリフをはずしてみようとしたり。それから古道具屋の主人にはこの音を、清子の方にはこの音をつけてみようかとか色々やってみて。でも、最終的にはそれがドシャンと全部一斉に鳴って終わるみたいな。さっき仰っていた、ずっとその音が本当に町工場の物理的な音として鳴っている。俳優の声とあわせていく面白さと緊張もありますし。そこで是非とも工具でやりたいなと思った次第でした。

質問者2　ありがとうございます。特に普通の舞台ですと、装置とか役者さんのアクションに目がいってしまうのでなかなか気づかないんですが、やっぱり今日、先ほどおっしゃっていたようなところを見ていて、あっやっぱり戯曲って詩なんだ、音韻性なんだ、ということを改めて認識した次第です。ありがとうございます。

佐藤　いや、素晴らしいご指摘ありがとうございました。他の方いかがでしょう。もう一方か二方くらい。

松本　嵯川さんに一言、何か。

佐藤　そうですね。古道具屋の嵯川哲朗さん一言いただけますでしょうか、と松本館長が言っております。

嵯川　古道具屋でございます。どうもありがとうございます。

（会場：拍手）

皆様の色々とお感じになったこと、本当に参考になりました。ありがとうございます。やる前に皆様の意見を聞いていたら、もうちょっと出来ていたんじゃないかと思っておりますけども（笑）。やっぱり難しい戯曲です。何が難しいかというと、リアリティと様式の狭間みたいなところで、しかも皆様の聴いてくださっているところにちゃんと届けなきゃいけない。そこが大変難しくて、出演者みんな苦労いたしました。私どものパーカッション、そう言っていましたけれども、みんな力を持ち寄って、努力して、かなり高等な現代音楽みたいな線まで、宮田さんのご指導で到達できて、あれが、まぁこんな形で一番素晴らしかったんではないかと思っておりますけども（笑）。それから清子をやった彼女は非常に頑張りました。（会場：拍手）

宮田　清子をやつた山崎薫は、一昨年の『葵上』でもこちらにうかがっていて、看護婦役をやらせて頂いています。

嵯川　山崎の持ってる感性とか素質・才能・表現力、そういうものに宮田さんのご指導があり、かなり苦労していました。先ほどお話していた安珍、清姫の清姫の部分と踊り子の清子の持っている、いわゆる現在に通じる女性としての部分とのバランス。それからさっきもお話がありました、三島文学の詩的文体をセリフで表現しなきゃいけない。人間の音声として表現しなきゃいけないということで、ずいぶん苦労しました。これもまぁ、最終的には宮田さんのしつこいダメ出しのおかげで（笑）、よい線までいきました。でもわれわれ一同みんなで宮田さんの統率の下、頑張りまして、こんなに難しいものはなかったと思うんですが、なんとか今日皆さんに聴いて頂いて本当にありがとうございました。（会場：拍手）

宮田さんがですね、最初にこれが三島作品の中で一番手強いんだと。だからやるんだと。そのことが最近になってやっとわかってまいりまして（笑）。それからの緊張感は並々のものでなくて、こんなに難しいものがあったんだと。でも、皆さんが聴いてくださるから、何とか音声として表現しなきゃいけないと、ゲネプロの時なんかは、出演者の中に、震えが止まらないでいた男もおりましたけれども、今日は、何とか震えないですんだようです。皆様のおかげでございます。本当にありがとうございました。感謝しております。（会場：拍手）

佐藤　演出の宮田慶子さん、それから俳優の皆様にもう一度拍手をお願いします。（会場：拍手）

それでは時間になりましたのでアフタートークを終了とさせていただきます。皆さんどうもありがとうございました。

付記　清姫と鏡の係りについては、歌舞伎と浄瑠璃「日高川道行の段」について言及すべきでした。安珍を追って道成寺を対岸に望む日高川畔に来た清姫が、川水を水鏡として己が姿を見、大蛇に変身するのです。このところを三島は、何ほどか意識していたと思われます。（松本）

新資料

三島由紀夫全集未収録書簡　大原富枝宛

三島由紀夫・大原富枝宛書簡

【高知県本山町立大原富枝文学館所蔵】

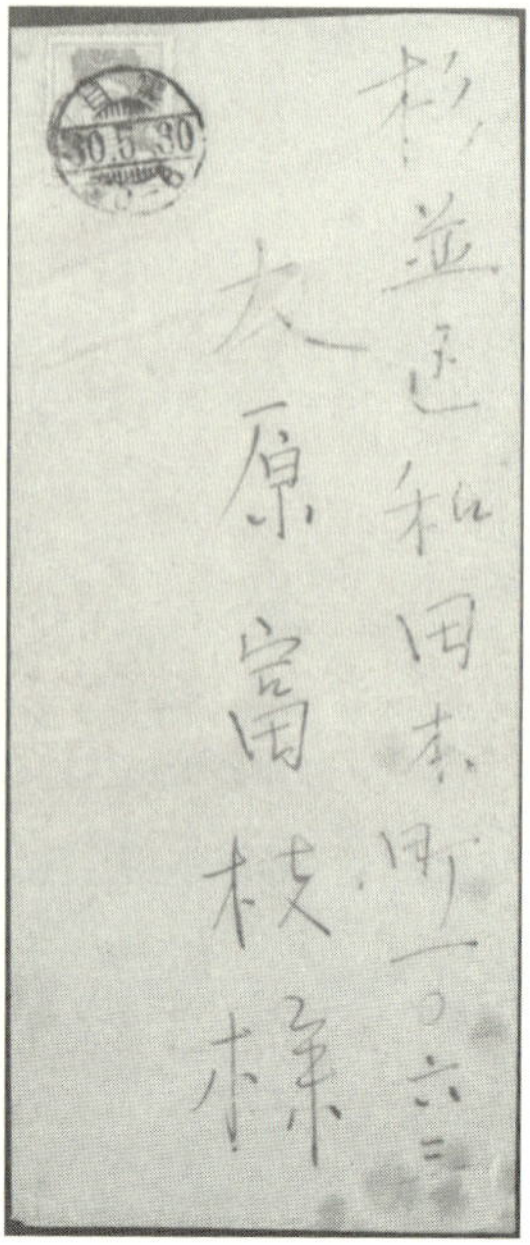

昭和30年5月30日　大原富枝宛　書簡

〔ペン書和封筒　縦205　横85　縦書き／ペン書罫線入り便箋3枚　縦172　横224　縦書き〕

消印　目黒　30・5・30（後0-6）〔十円切手〕

表　杉並区和田本町一〇六三　大原富枝様

裏　〆　五月卅日　東京目黒緑ヶ丘二三二三
三島由紀夫〔住所氏名印〕

1.

御懇切なお手紙ありがたうございました。どうも、苦しまぎれに書いた[1]小品がお目にとまつて、汗顔のいたりです。あれは「沈める瀧」に使つた資料のあまりで、全くの人ぎきの話です。山林について、小生何の知識らしい知識ももちません。御指摘の点も、早速話をしてくれた人にたづねて見ましたら、[2]小生のききまちがへで、御説のとほり、山相樹相を見て、全山の石数をあてる、といふのが正しく、単行本に入れる折でも、訂正したいと思つてをります。

さて、「新日本文学」[3]は小生には何ともコワイ雑誌で、送つても来ませんし、つい拝讀してをりませんでしたが、昨日やつと、かゝりかけの

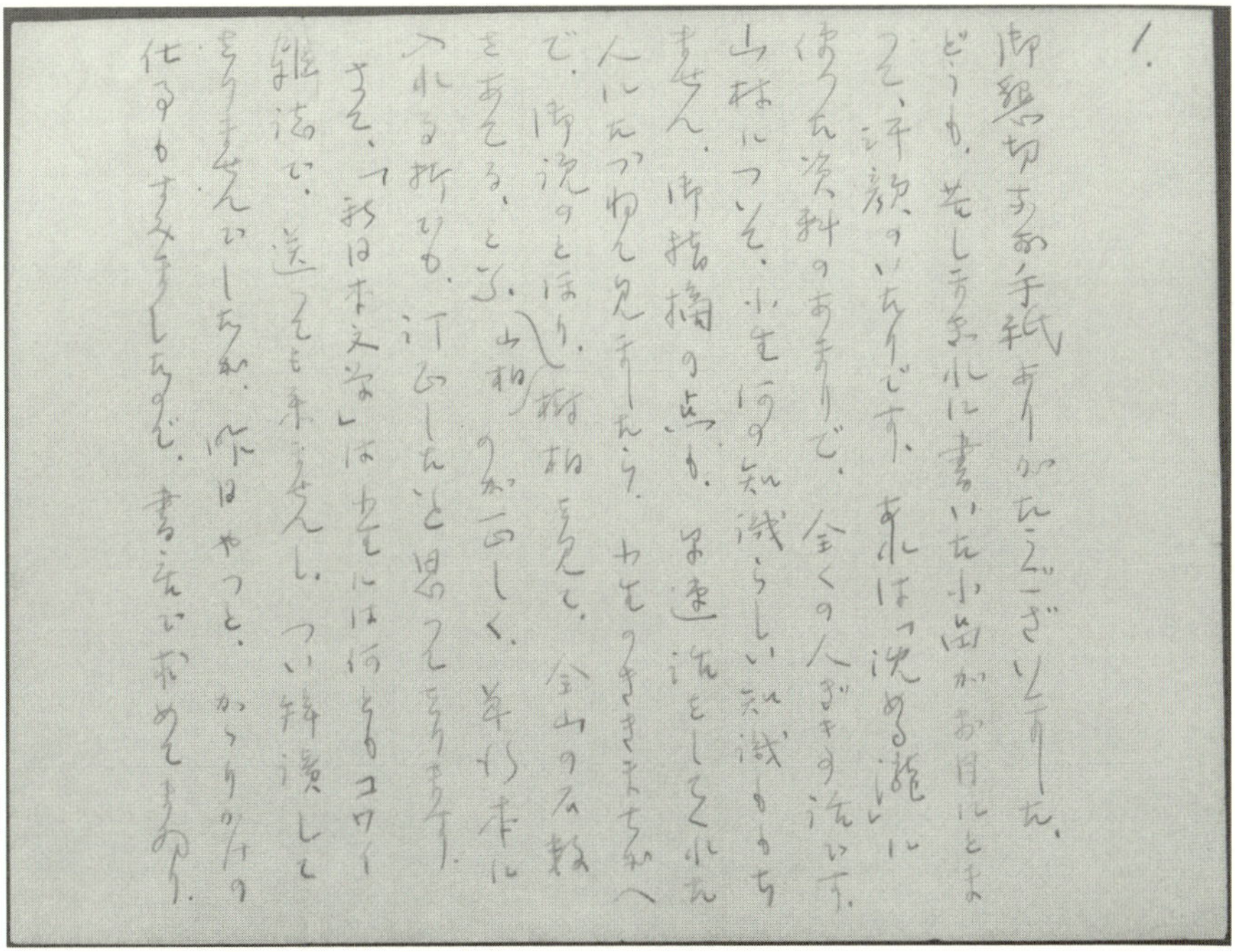

1.
御懇切なお手紙ありがたうございました。
どうか、若しお手紙に書いた小品がお目にとま
つて、汗顔のいたりです。あれは、沈める瀧に
使つた資料のあまりで、全くの人ぎきの話です。
山林について、小生何の知識らしい知識ももち
ません。御指摘の点も、早速話をしてくれた
人にたのんで見ましたら、わたしのききまちがへ
で、御説のとほり、（山相）椙相を見て、全山の石数
をあてる、と云ふ、山相の面白く、単行本に
入れる折でも、訂正したいと思つてをります。
さて、「新日本文学」は小生には何ともコワイ
雑誌で、送つても来ませんし、つい拝読して
をりませんでしたが、昨日やつと、かかりきりの
仕事もすみましたので、書店で求めてまゐり、

仕事もすみましたので、書店で求めてまゐり、

2.

本日「村火事の話」[4]を拝読いたし、かういふ題材に関する豊富な御知識を羨ましく思ひました。誤りを指摘するどころか、小生には目新らしいことばかりで、大いに知識を与へられました。小説として、小生に面白かつたのは、ごく省筆で描かれた、子供たちの「階級性[5]への情熱」とか、都会出の人間にはとてもかう暗示的に、しかもリアルに書けない村人たちが噂話に附和雷同する有様、とか、さういふ背景的部分が、実にこの小説に生氣を与へてゐると思ひました。望蜀を申せば、構成がもう少し、集中的に、集約的に出来てゐたらばなあ、と思ひました。しかし全体に、少しもネバつかない、セックな御筆致が、嬉しく思はれました。御望みでもないのに批評がましいことなど申上げる非礼をお恕し下さい。

3.

　折角の御依頼におこたへできぬお詫びと、御懇切な御指摘への御礼[6]を申上げます。お手紙で伺へば、御病氣勝ちの由、

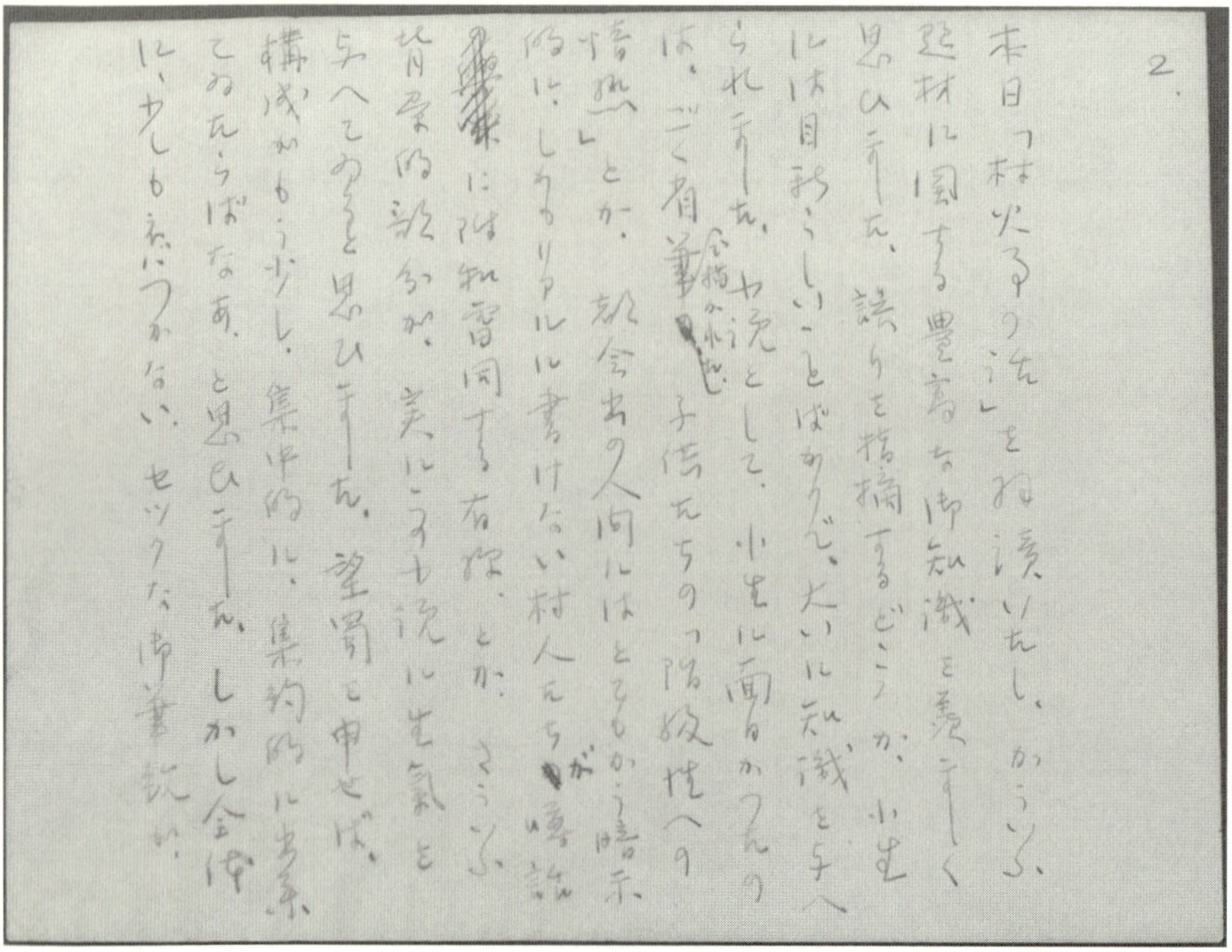

2.

本日「村火事の話」をお読みいたし、かういふ
題材に関する豊富な御知識を羨ましく
思ひました。誤りを指摘するどころか、小生
には目新らしいことばかりで、大いに知識を与へ
られました。小説として、小生に面白かつたの
は、[illegible]子供たちの階級性への
情熱」とか、都会出の人間にはとてもかういふ暗示
的にしかもリアルに書けない村人たちが噂話
の[illegible]には階級[illegible]する[illegible]、とか、さういふ
[illegible]的部分が、実にこの小説に生氣を
与へてゐると思ひました。望蜀を申せば、
構成がもう少し、集中的に、集約的に出来
てゐたらばなあ、と思ひました。しかし全体
に、少しも[illegible]ない、セックな御筆致が、

（尤も御郷里でだけ、とありますが）
近ごろの不順な陽氣の折、御健康を
お祈りいたします。

三島由紀夫

五月卅日

大原富枝様

＊ブラウン・インク使用。便箋冒頭の通し番号1～3は三島本人による。

註1　あれ……三島由紀夫「山の魂」（「別冊文藝春秋」第四十五号　昭30・4）。

2　山相樹相を見て……大原富枝（一九一二～二〇〇〇）の「村火事の話」に、山の目利きについて次のような一節がある。「初めての山でも、麓からか、または対岸から、山相と林相をじつくり眺め廻しただけで、木材の石数が何千とはちがわない睨みの利く眼を彼は持つていた」（一）おそらくこの指摘は、「山の魂」の「日本地圖のどこを指されても、そこにどんな種類のどれだけの山林があるかを、立ちどころに答へることのできる男」という一節に対してなされたものと考えられる。「地圖」だけを見て、立ちどころに全体像を答えるというのは、いかにも三島らしい発想といえよう。なお、単行本『詩を書く少年』（昭31・6、角川書店）収録に際して「山の魂」への加筆訂正は行われていない。

3　「新日本文学」……戦後まもなく、中野重治、宮本百合子

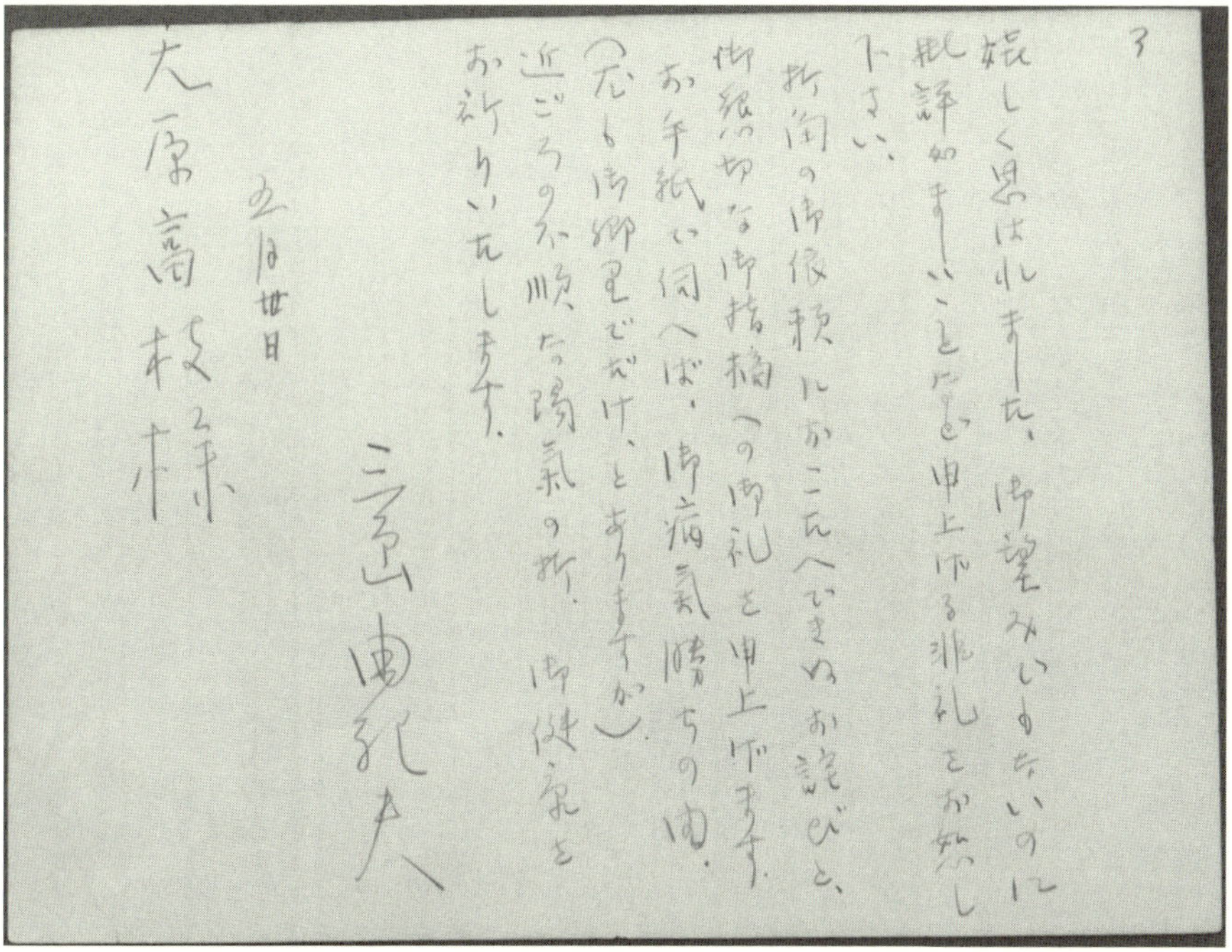
3
嬉しく思はれました。御望みもないのに
批評めいたことを申上げる非礼をお恕し
下さい。
折角の御依頼にかこたへできぬお詫びと、
御親切な御指摘への御礼を申上げます。
お手紙に伺へば、御病気勝ちの由、
（たゞ御郷里でだけ、とありますが）
近ごろの不順な陽気の折、御健康を
お祈りいたします。
五月廿日
三島由紀夫
大原富枝様

ら旧プロレタリア文学系の作家を中心に、「民主主義的文学の創造とその普及」を掲げて創刊（昭21・3）。「政治と文学」論争に見られるように戦後左派文学の牙城であり、三島が「小生には何ともコワイ雑誌」というのもそれゆえであろう。平成十六年十一月十二月合併号で終刊。

4 「村火事の話」……大原富枝の短編小説「村火事の話」（「新日本文学」第十巻第六号 昭30・6）。単行本『ストマイつんぼ』（昭32・4・角川書店）収録。『ストマイつんぼ』は、三島の『詩を書く少年』と同じく、「角川小説新書」の一冊として刊行されている。作品は、四国の山あいの集落を舞台として、製材工場からの失火を先天性の「異常体質」（白ッ子）を持つ青年による「放火」事件に仕立て上げていく閉鎖的なムラの構造を描く。大原の出身地である高知県長岡郡吉野村（現・本山町）は吉野川の水運を活かした林業の里であり、父も山に関わる事業に一時手を出して失敗している。これは大原の経験をもとにして書かれた掌篇といえよう。また、異質な存在による「放火」、「山村」というテーマは、翌年の三島の『金閣寺』の執筆や、深沢七郎『楢山節考』への発言との関わりを考えるとたいへん興味深い。

5 「階級性への情熱」……「村火事の話」に次のような一節がある。「少年たちは権威が大好きであつたし、階級性というものに本能的な情熱をもつていた。その分だけは篦巡査と署長との間にどれだけの懸隔があるか？ 篦巡査を軽蔑してもいいのだ、という気持がした。署長を尊敬し、篦巡査を軽蔑することは、少年たちにとつては卑屈ではなく

て権威への情熱であつた」(三)

6　御病氣……昭和三十年六月、大原はしばらく小康状態の続いていた肺結核を再発。病床で少しずつ書きついだ作品が、初期の代表作となる「ストマイつんぼ―第七感界の囚人」(「文藝」昭31・9)である。大原はこの作品により、第8回女流文学者賞を受賞。

【ノート】反歌としての短篇――『沈める瀧』と「山の魂」

細川光洋

大原富枝宛書簡にふれて

ここに紹介するのは、高知県本山町立大原富枝文学館に所蔵されている三島由紀夫が大原富枝に送った昭和三十年五月三十日付の書簡である。三島は当時三十歳、大原は四十二歳。三島から大原に宛てた書簡はこれまで確認されていなかった。

決定版全集を見ると、同じ月の書簡としては五月一日に堀田善衛宛の葉書と愛猫チルの花押のついた山上綾野宛書簡があり、翌六月八日に「ギリシア語の勉強」をやめたことを伝える中村光夫宛ての書簡がある。本書簡は、このほぼ一ヶ月の間の空隙を埋めるもので、『沈める瀧』を刊行した後、『金閣寺』の執筆にとりかかる前の時期に当たっている。

書簡は便箋三枚からなり、一枚目は短編「山の魂」に対する大原からの指摘に答える内容で、二、三枚目には「新日本文学」に掲載された大原の短編「村火事の話」への批評を交えた感想が述べられている。文面より、大原からは「山の魂」への指摘とともに原稿執筆の依頼が書かれていたとみられるが、三島に送られた書簡は現在確認できていない。

「山の魂」について、三島は自作解説に、「近ごろ九頭龍ダム事件や吹原産業事件に興味のある人は、その古風な原型ともいふべき、この事實に基づいた物語に、一片の興味を寄せるかもしれない」(三島由紀夫短編全集5・あとがき)と述べている。戦前の「庄川ダム補償問題」に取材したこの作品は、書簡の中でも「苦しまぎれに書いた小品」と弁明しているように、三島としてはそれほど熱を持って書かれた作品とはいえないかも知れない。

しかし、「山の魂」を個の作品としてではなく、同じくダム建設に材を採った長編『沈める瀧』との関連でみるとき、興味深い点がいくつか指摘できる。大原宛書簡で「あれは「沈める瀧」に使つた資料のあまり」と述べているように、

「山の魂」はいわば『沈める瀧』の副産物ともいえる掌篇であり、決定版全集第五巻の「解題」では、四冊からなる「沈める瀧」創作ノートの②から派生した作品であることが指摘されている。「戦前よりの電力会社発展の歴史」を取材したこのノートは、その内容から考えるならば、『沈める瀧』では詳しく書かれなかった昇の祖父「城所九造」の人物造型や経歴に関わるメモであったことは明らかである。「豪宕《がうたう》で、復讐心に富み、道樂には目がなく、おそるべき精力の持主」であり、「世間で悪人と呼ばれてゐる」九造は、その一方で無私の情熱を持った「自己放棄の達人」であった。立場を全く異にするが、私財を投じてダム工事の補償問題に奔走する「山の魂」の桑原隆吉は、電力問題となると「千萬人といへども我往かん」と口にしたという九造をそのまま裏返した人物といえよう。「民衆の敵」城所九造と民衆側の代弁者である桑原隆吉は、陰《ネガ》と陽《ポジ》として見事に重なり合う。しかし、社会的正義感という「無償の情熱」に衝き動かされて行動していたはずの隆吉も、飛田の裏切りにあい、煽動家《デマゴオグ》としての陶酔感を味わうなかで、結局は無垢なままではいられなくなる。

　裏返しといえば、「ダムと隆吉と飛田」の「三位一體」ともいうべき因果の構図を描く「山の魂」は、まさにその関係性そのものを描こうとした点で、『沈める瀧』と好対照な作品といえるだろう。『沈める瀧』の中で、「人生は何ものでもない。問題はダムだけだ」と「英雄的な思想」を口にする昇に対し、祖父九造の書生として下積み時代を送った同僚の瀬山は次のように食ってかかる。

　「人間が人間のために作る、これがダムさ。ダムはだから人間關係の一環にすぎないんだよ。」

　「工人的良心の作つた純粋な物といふものはもうどこにもない。物が物でをはらず、必ず效用へ突走《つつぱし》つてしまふ。科學的産物も、藝術品も、すべて何らかの關係において存在するにすぎない。ましてダムのやうに、物即效用といふやうなものが、何に使はれるかわかりはしない。あんた方がそれを作るのに、技術者的良心といふやつを持つのはいい。しかし、ダムのもつてゐる諸關係に目をつぶつて一生けんめいになるなんて愚といふもんですよ」（以上、第四章、傍点は原文のまま）

『沈める瀧』において瀬山は、無機質な「石と鐵」の論理によって人工的な世界の完成を試みる昇を相対化する存在である。越冬資材の横流しにもひそかに手を染める、徹頭徹尾世俗的な瀬山に対し、「理想主義の、その技術的根據は何」かと問われた昇は、「〔諸関係に〕盲目になれる才能だ」と答える。

　煩わしい係累や諸関係に目をつぶり、それら「人間的」なものを「不潔」なものとして徹底的に排除すること、そしてそれが文学という「言葉」による人工的な構造物の中でどこまで可能であるかを試みること――理想主義を掲げる『沈める瀧』一篇で三島が賭したのはまさにこの点だったといってよい。石や鉄やコンクリートに比すべき、乾いた硬質な「言葉」によって築き上げられる無垢なる大神殿《パルテノン》。昇の中で威厳を持った巨大な観念として膨張するダムは、三島にとって『沈める瀧』という長編小説そのものの暗喩であった。

しかし、その試みは、結果として十分に満足できるものではなかったようである。「十八歳と三十四歳の肖像画」（「群像」昭34・5）の中で、三島は『沈める瀧』について、「かつての気質的な主人公と、反気質的な主人公との強引な結合」による「不透明な過渡期の作品」と評している。確かに、夜ごと酒場で衣服を着替えては一夜限りの逢瀬を愉しむ、非情な誘惑者である下界の昇と、雪に鎖されたダムサイトに自ら籠もり、「愛されるために、決して愛してはならない」という顕子との観念の愛を「合成」しようとする昇との間には、大きな懸隔がある。

それは単に主人公の「気質」の問題のみにとどまらない。三島は「自己改造の試み」（「文学界」昭31・8）において『沈める瀧』の文体を「スタンダール、プラス鷗外」と分析している。だが、前半のアヴァンチュールやリュショールの女たちとのやりとりにこそ貴公子ファブリスや誘惑者ジュリアン・ソレルの面影を見いだせるものの、ダムサイトの山籠りの場面で強く意識されているのは、むしろトオマス・マンの『魔の山』であろう。現実世界との経路を断たれた冬期のダムサイトと峻厳なアルプスのサナトリウムという隔離された設定はもとより、昇と瀬山との「関係」をめぐる論争や雪山をひとり彷徨う場面には、明らかに『魔の山』との共通性が認められる。昇には、どこかハンス・カストルプの横顔も見出せるのだ（ハンスもまた、「エンジニア」とよびかけられる造船技師であった）。

「自己改造の試み」の中で、三島は『金閣寺』の文体を「鷗外プラス、トオマス・マン」としている。三島は『沈める瀧』執筆の前年、「卑俗な文體について」（「群像」昭29・1）の中でも、マンの『魔の山』においてセテムブリーニとナフタらがくり返す「観念論争のふしぎな肉感性」に言及していた。これらの発言をふまえるなら、『沈める瀧』は、スタンダールの文体からトオマス・マンの文体への、文字通り作家としての「過渡期」を示す作品であったといえるだろう。そして、『魔の山』が、ハンスが個人的な観念世界から抜けだし社会的な関係性へと身を投じる（第一次世界大戦への従軍）かたちで作品を終えていることを考えるとき、『沈める瀧』と相互補完的な布置にある「山の魂」が関係性の寓話として書かれた意味合いもはっきりとする。短篇「山の魂」は、長篇『沈める瀧』のいわば「反歌」として、書かれたのである。

（静岡県立大学教授）

資料

三島由紀夫著「旅の絵本」について

犬塚 潔

はじめに

「旅の絵本」は、文芸雑誌「新潮」の昭和33年3月号に掲載された三島由紀夫の紀行文である。同年「文藝春秋」4月号に発表された「ニューヨークの奇男奇女」などを集めて、昭和33年5月に単行本が、講談社から発刊された。「旅の絵本」[1]について検証する。

初版本

初版本「旅の絵本」（写真1a）には、「旅の絵本」の他、「ニューヨークの奇男奇女」「ニューヨークの金持」「ニューヨーク貧乏」「ニューヨークで感じたこと」「ニューヨークの炎」「『野性的』と『衛生的』荒野」「過去に生きる町」「ポートオ・プランス」「アメリカ大学院の学生」「ドミニカ政府のショー」「ふしぎな首都ハバナ」「アクターズ・ステュディオを訪ねて」「紐育シティ・バレエ」「アメリカのミュージカル」「跋」が収録されている。

「旅の絵本」の項には、

1 禿鷹の影

2 北米ミシシッピー州ナッチェス

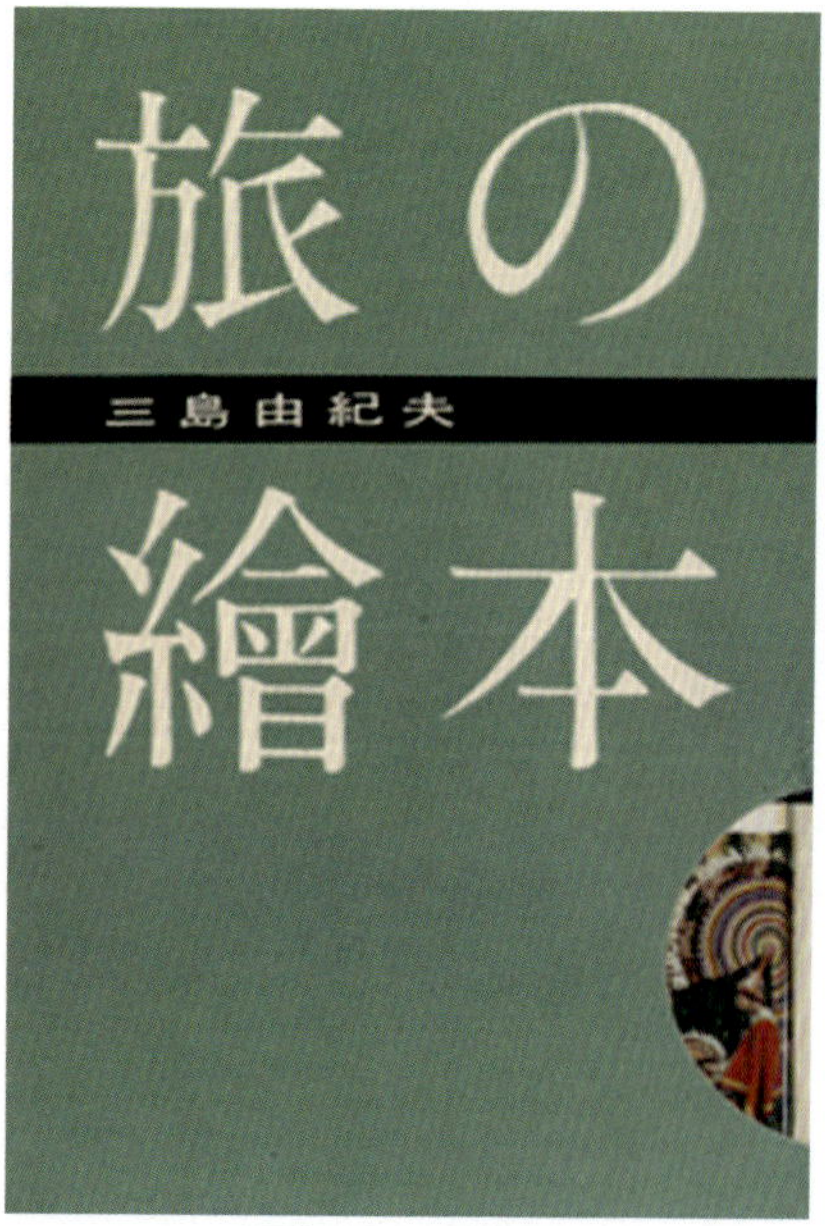

写真1a 初版本

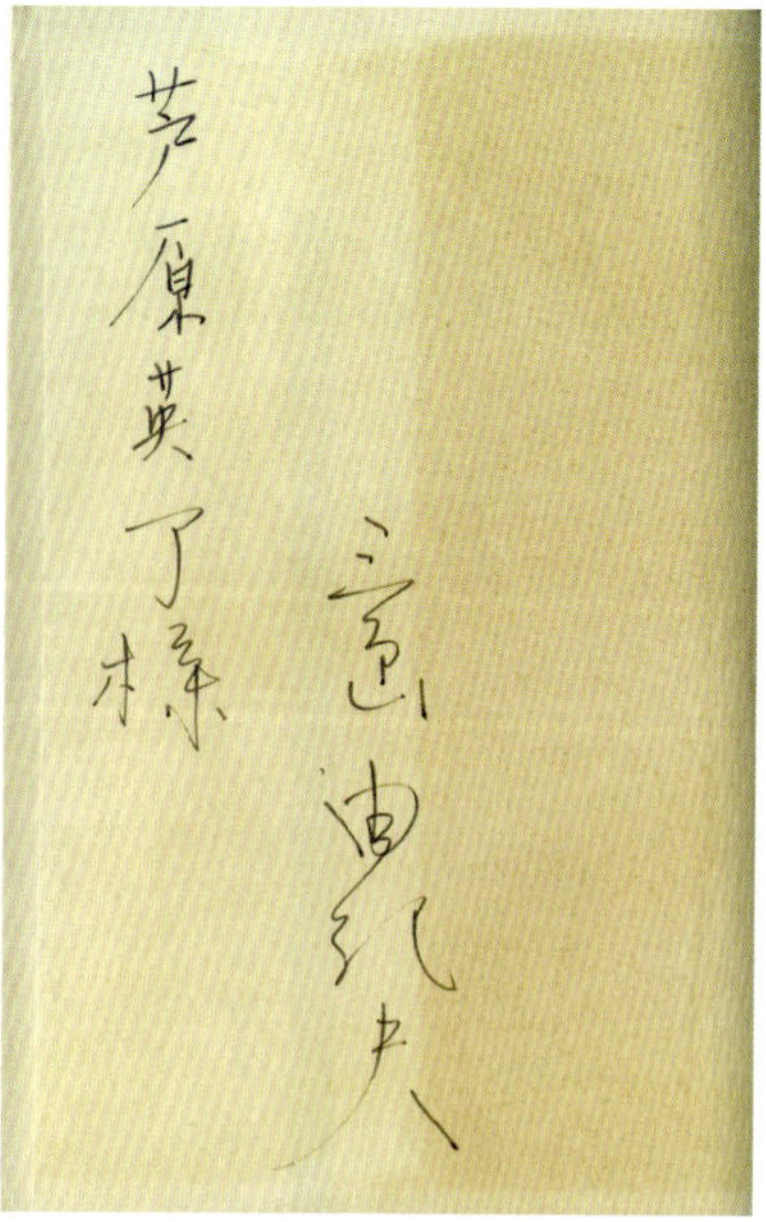

写真1b 献呈著名本

写真２ａ　朝日ソノラマ（1967）

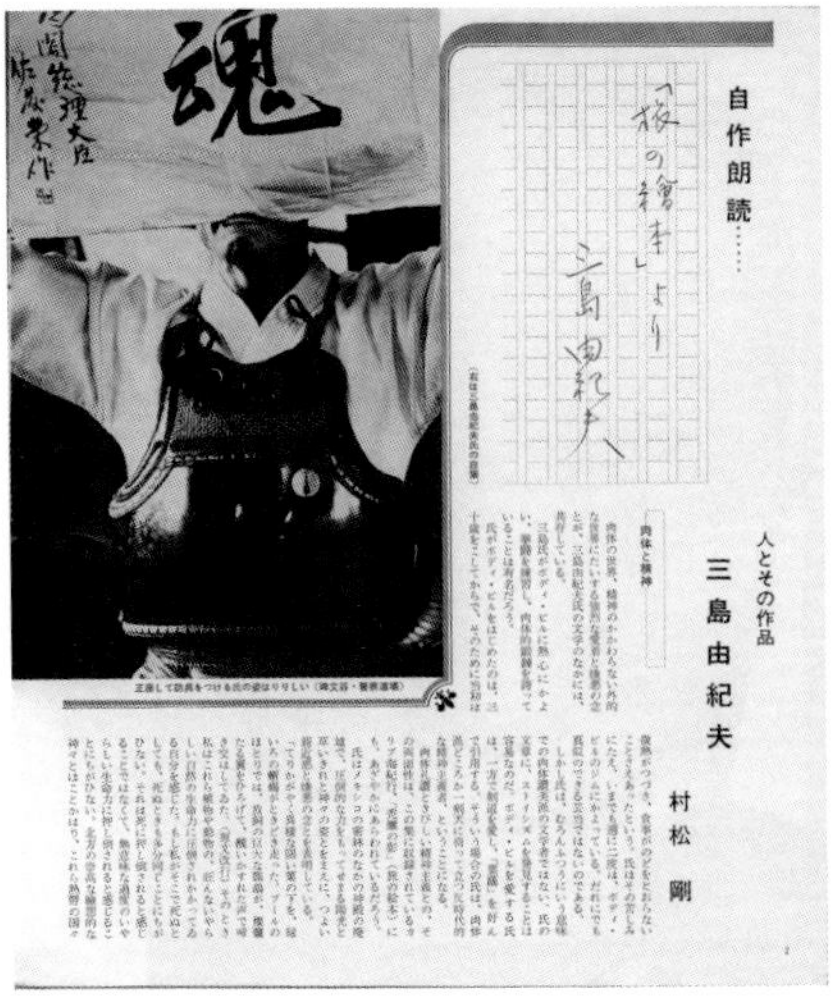

写真２ｂ　朝日ソノラマ

3　オルテガの店の前にて
4　壮麗と幸福
5　ヴィウ・カレの見えない馬
6　ヴ―ドウ
7　フラメンコの白い裳裾

が収録された。

「装釘・直木久蓉、写真・松崎國俊、写真・NHK提供」である。芦原英了宛の献呈署名本（写真１ｂ）が残されている。

自作朗読（ソノシート・レコード[2]）

三島自身による「旅の絵本」の朗読が、ソノシート・レコード（写真２ａ、ｂ）に収録されて、昭和42年に朝日新聞社から発売された。この朝日ソノラマのタイトルは「人とその作品　三島由紀夫の魅力」で、「美を創造する男　三島由紀夫」の副題がある。「旅の絵本」の中から、「フラメンコの白い裳裾」「禿鷹の影」の朗読が収録された。三島由紀夫自筆の「『旅の絵本』より　三島由紀夫」の文字が掲載され、村松剛の「人とその作品　三島由紀夫」も掲載されている。

自作朗読（カセットテープ）

三島自身による「旅の絵本」の朗読が、カセットテープ（写真３）に収録されて昭和63年に新潮社から発売された。「旅の絵本」の中から、「フラメンコの白い裳裾」「禿鷹の影」「北米ミシシッピー州ナッチェス」の朗読が収録された。「昭和32年7月、二度目の欧米旅行ともなると、旅なれたもの。その紀行文もまた洒落ていて、ここでは三篇を選んで自ら読む[3]」と説明されている。

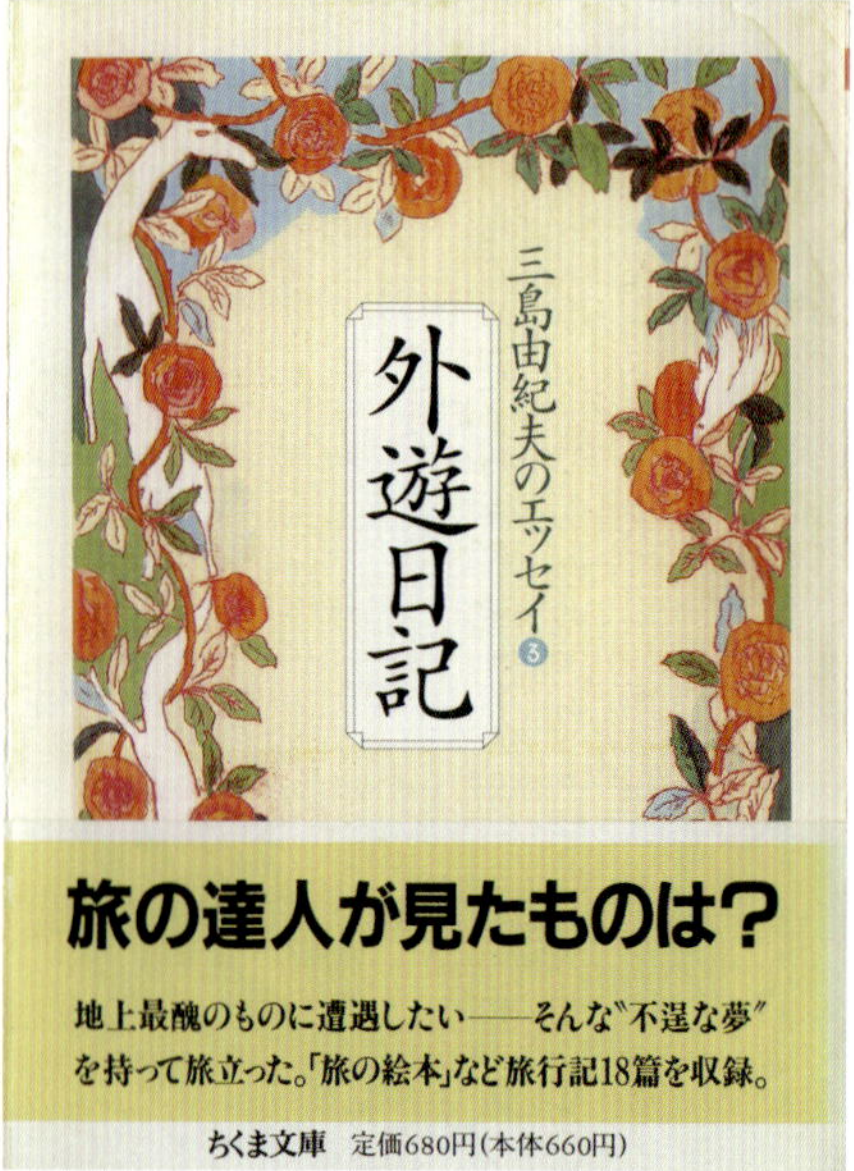

写真４　外遊日記（ちくま文庫　1995）

写真３　カセットテープ（新潮社　1988）

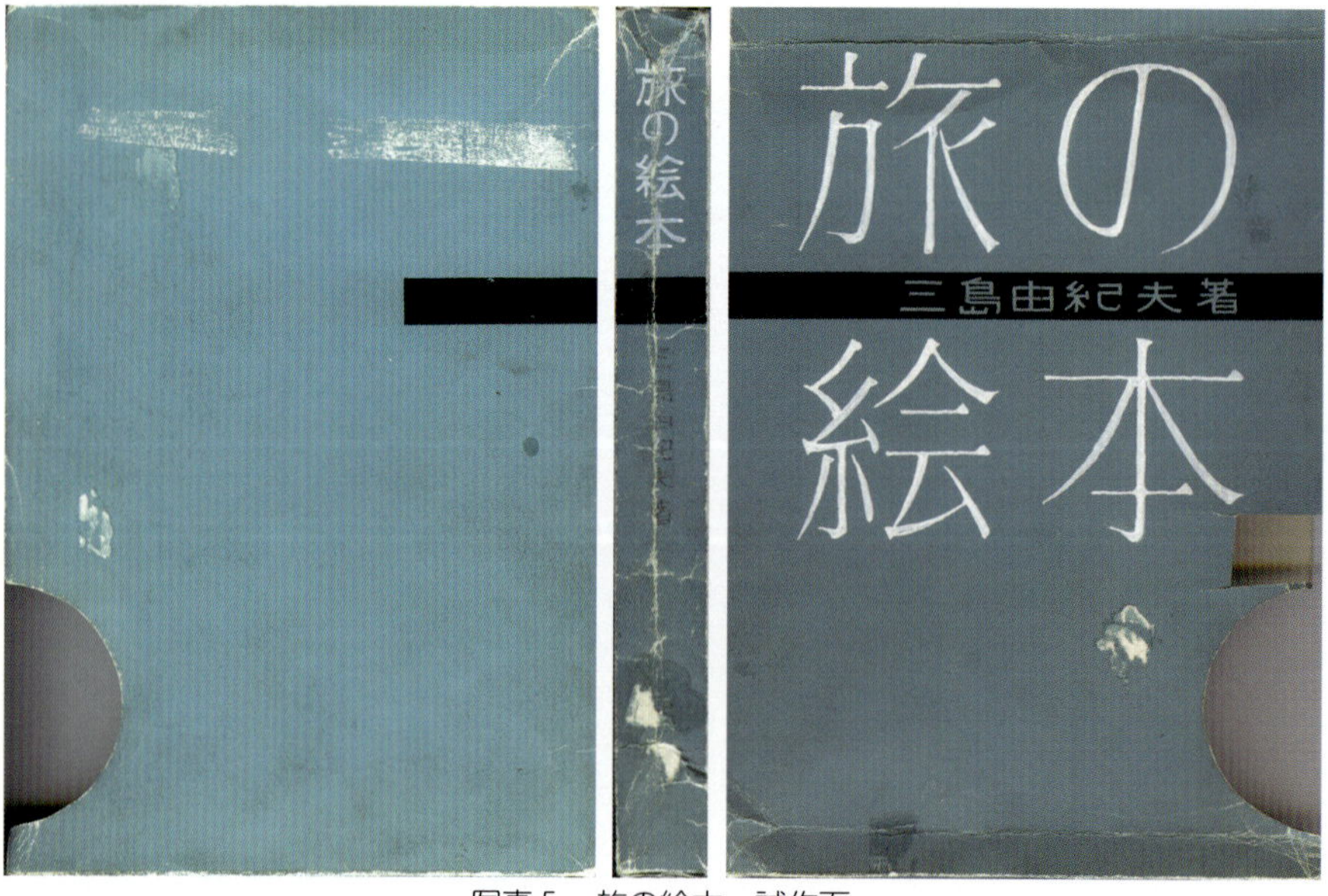

写真５　旅の絵本　試作函

「旅の絵本」の朗読の録音時間は12分15秒であった。

文庫

「旅の絵本」は「外遊日記」[4]（写真4）に収録され、平成7年に筑摩書房から発刊された。

初版本・函

初版本「旅の絵本」の装釘は直木久蓉である。直木によって作られた函の見本（写真5）が残されている。見本では「旅の絵本」となっているが、実物では「旅の繪本」となっており「絵」が歴史的仮名遣いに直されている。

初版本・表紙

表紙の原案図（写真6）が残されていている。実際の表紙（写真7a）には8葉の写真が使用されている。表紙の製作図（写真7b）に「A・B・C・D・E・F・L・M」の記号が付けられている。8葉の写真の内「A・B・C・F・L・M」（写真8A、B、C、F、L、M）の6葉は絵はがきであることが確認された。これらの絵はがきは三島が旅先で買い求めたものであった。表紙に使用された絵葉書には以下のような説明が記されている。

A・「UNITED NATIONS AT NIGHT
This impressive view of the United Nations and a part of the vast New York Skyline as seen from the East River.」

B・「K-261-THE YUCCA
DESERT FLOWER OF THE SOUTHWEST
Although, in general the broad-leafed Yuccas do not reach tree size, The Giant Dagger reaches a height of 20 feet. With their huge clusters of creamy,wax-like,lightly scented, bell shaped flowers, these Yuccas produce a never-to-be-forgotten display in blooming season.」

写真6　旅の絵本　表紙　原案

C・ACOMA WATER HOLE
Here the women of the centuries-old city come day after day with jing and olla to provide water for their families. Located about 60 miles west of Albuquerque, New Mexico, Acoma Indian Pueblo is the oldest continuously occupied village in the United States.It rises to a height of 357 feet.

F・「DANZA DE LOS QUETZALES (DANCE OF THE QUETZALES)
ESTADO DE PUEBLA,MEXICO」

L・「NAVAJOS SAND PAINTING

写真７ａ　旅の絵本　表紙

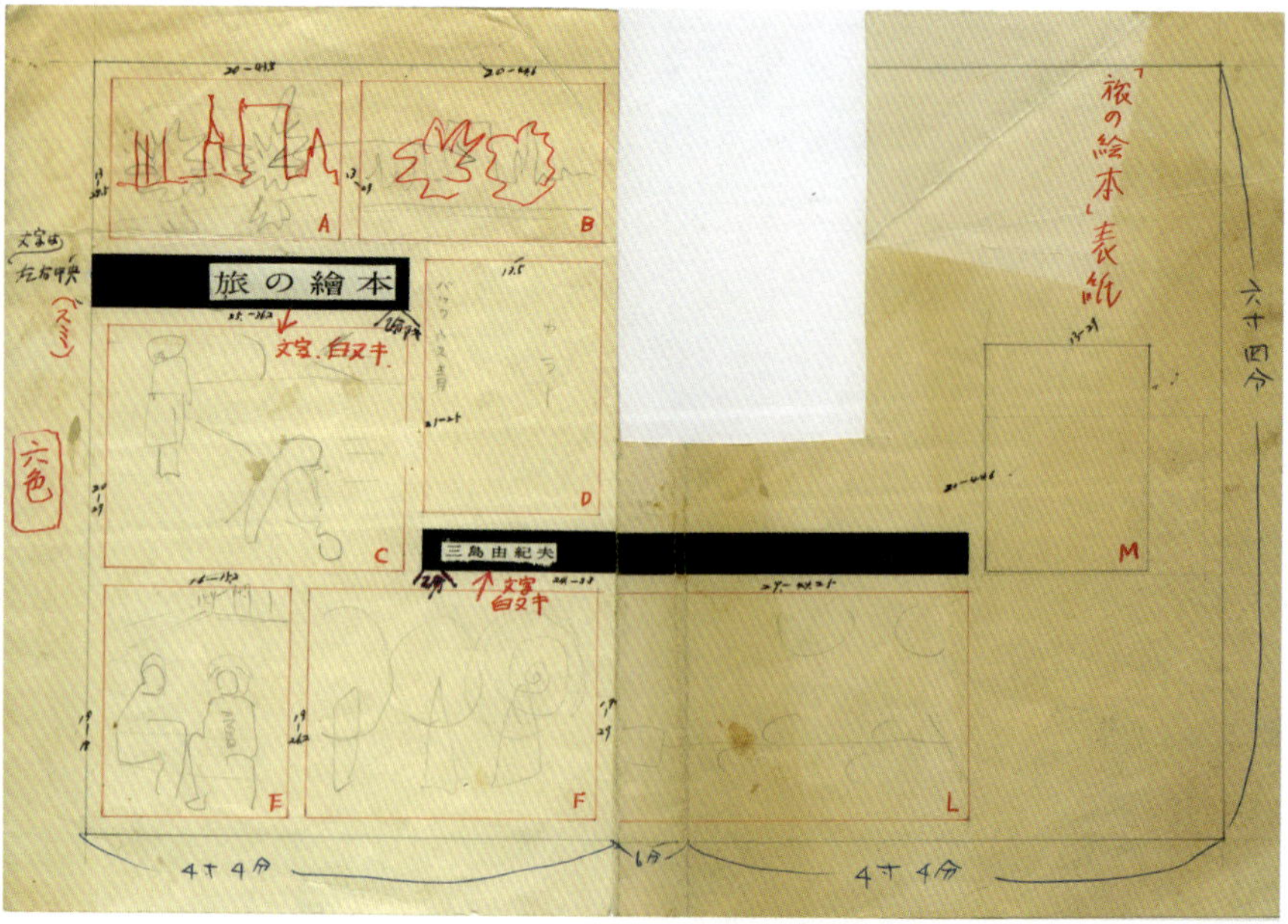

写真７ｂ　旅の絵本　表紙　製作図

写真８Ａ

写真８Ｂ

写真８Ｃ

写真８Ｆ

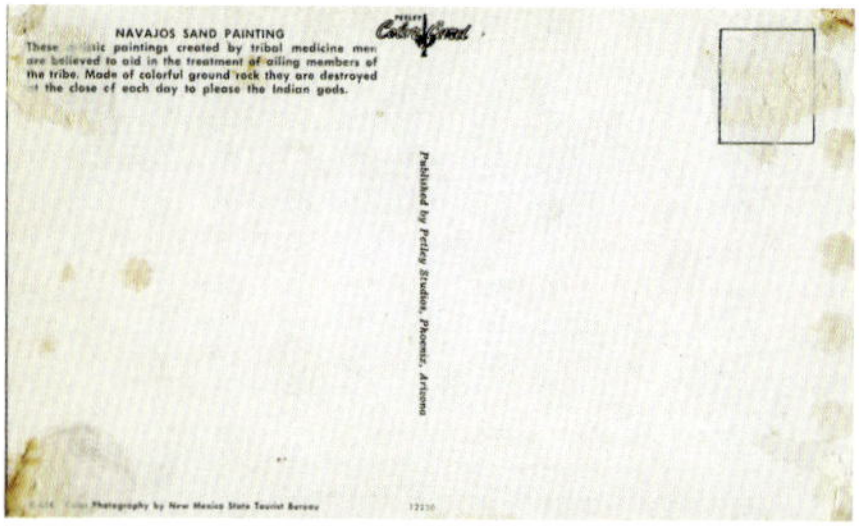

写真８Ｌ

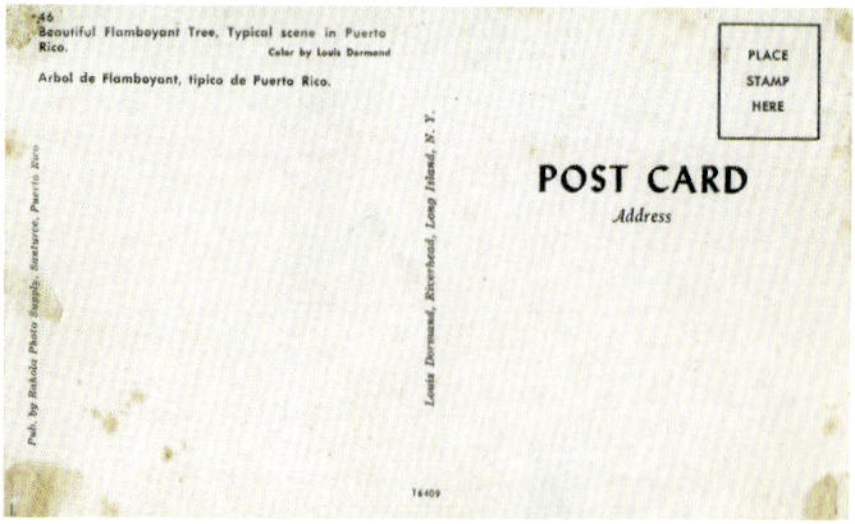

写真８Ｍ

写真９

These artistic paintings created by tribal medicine men are believed to aid in the treatment of ailing members of the tribe. Made of colorful ground rock they are destroyed at the close of each day to please the Indian gods.」

M・「Beautiful Flamboyant Tree, Typical scene in Puerto Rico. Color by Louis Dormand

Arbol de Flamboyant,tipico de Puerto Rico.」

Fは、サンタフェから中村歌右衛門に送った絵はがき[5]の残りである。E（写真９）は池、又はプールサイドで撮影された写真である。裏面は白紙で、三島と一緒に写っている人物は誰か不明である。

初版本・扉（写真10ａ、ｂ、ｃ）

直木久蓉による扉の原案と、川島勝による制作図が残されてい

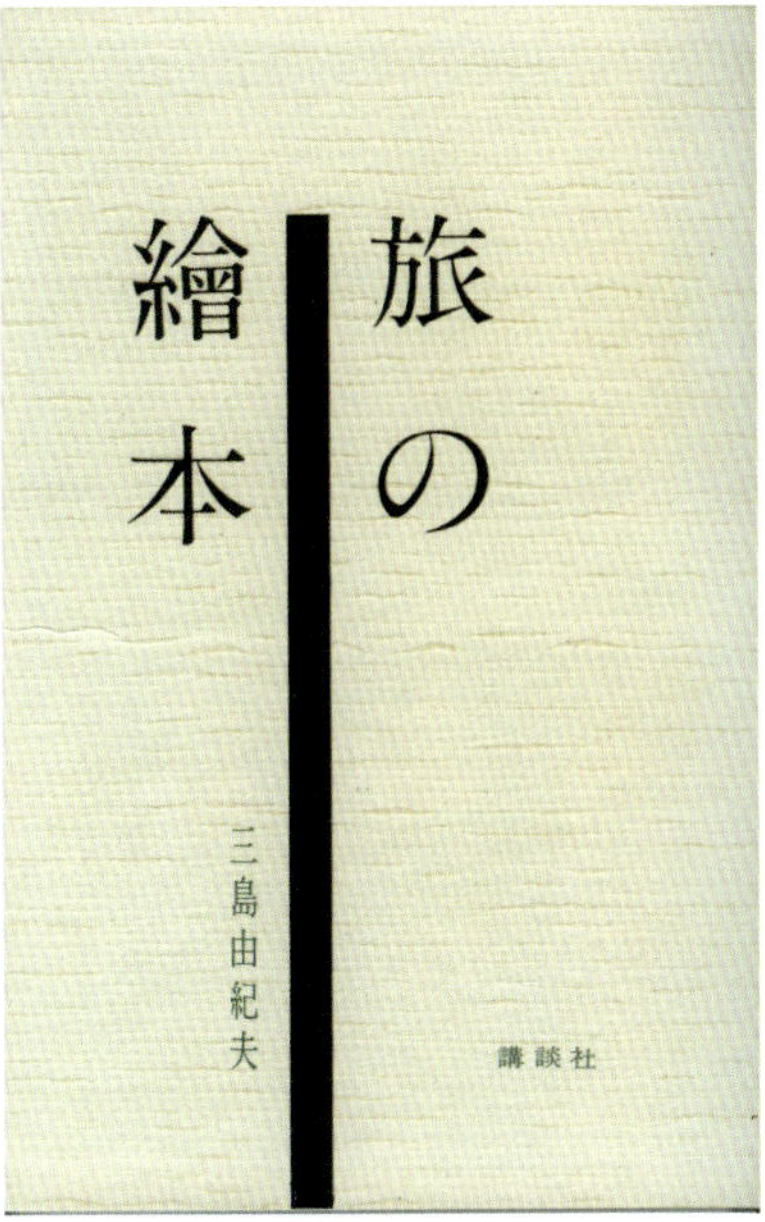

写真10ａ　旅の絵本　扉

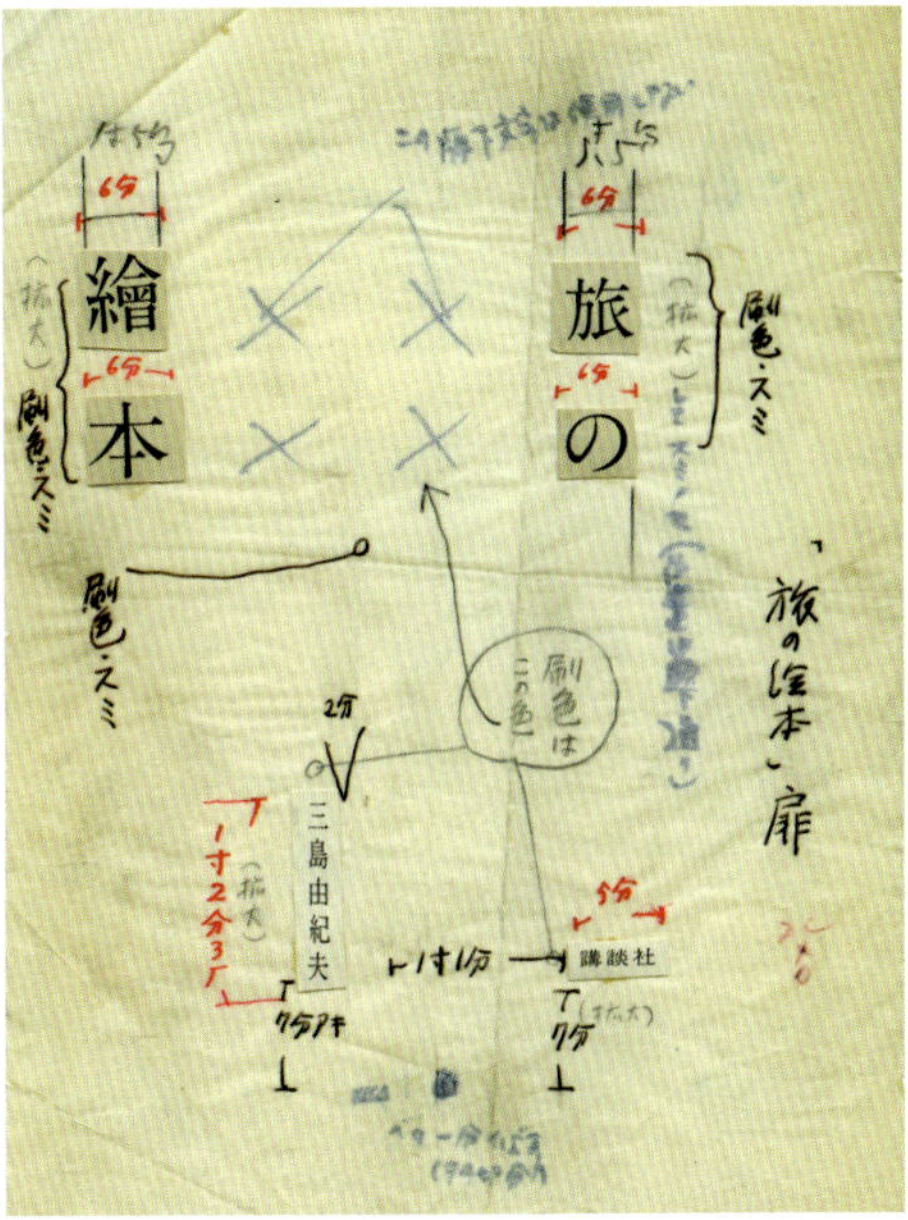

写真10ｂ　旅の絵本・扉・製作図

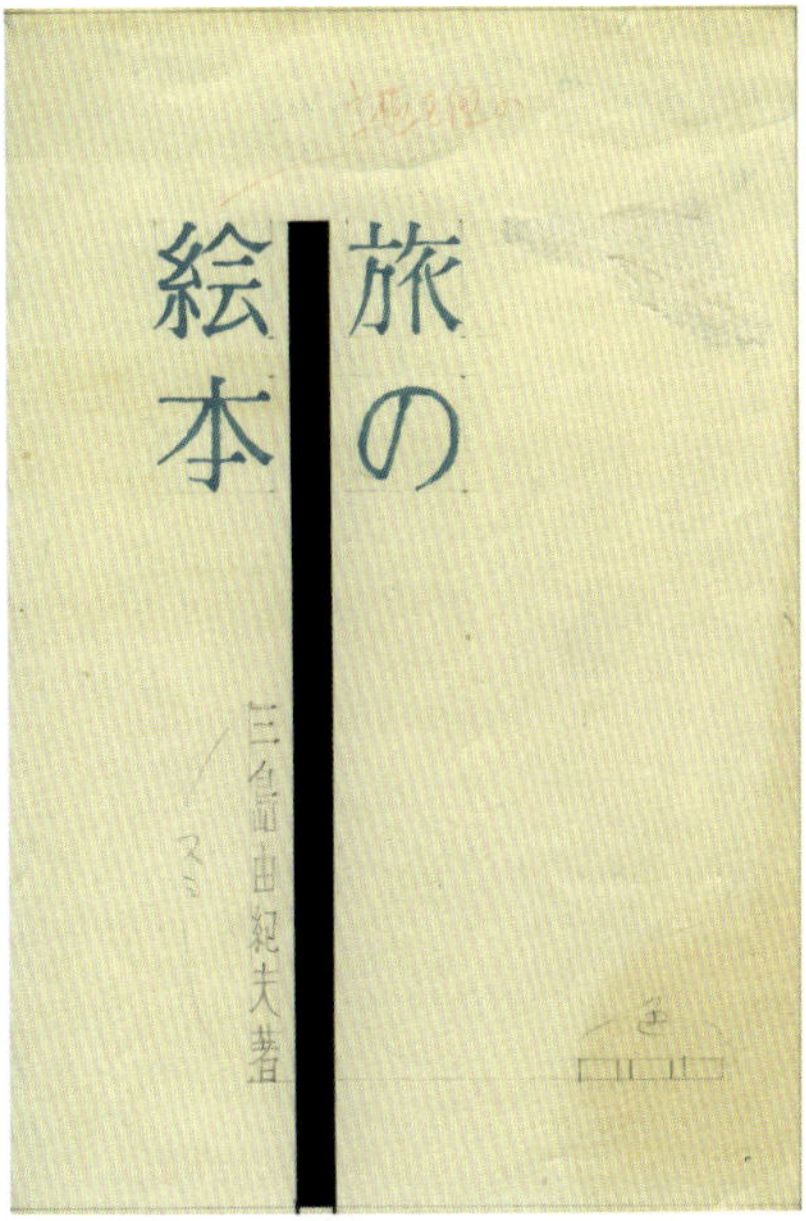

写真10ｃ　旅の絵本・扉・原案

る。「絵」の文字が歴史的仮名遣いに直されているのは函と同様である。直木による色の指定は原案図では、タイトルが青色調の色に指定されていたが、川島により黒色に変更された。著者名と出版社名が、青色調の色に指定されている。また、直木案の「三島由紀夫著」は「三島由紀夫」に変えられている。

初版本・口絵写真（写真11a、b）

口絵写真の最初の一葉は、昭和33年1月10日に帰国した三島の羽田空港での写真（松崎國俊撮影）である。次ページから見開きで三島の旅行中の写真が7葉掲載されている。それぞれにキャプションが付けられている。

右ページは、
（右）鮫島氏夫婦・吉田大使令息、令嬢
（左）中央はドミニカ・吉田大使

写真11a　旅の絵本　口絵（松崎国俊撮影）

写真11b　旅の絵本　口絵写真

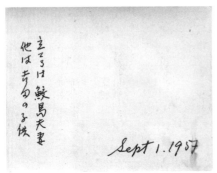

写真12ｂ　オリジナル写真（裏）

写真12ａ　オリジナル写真

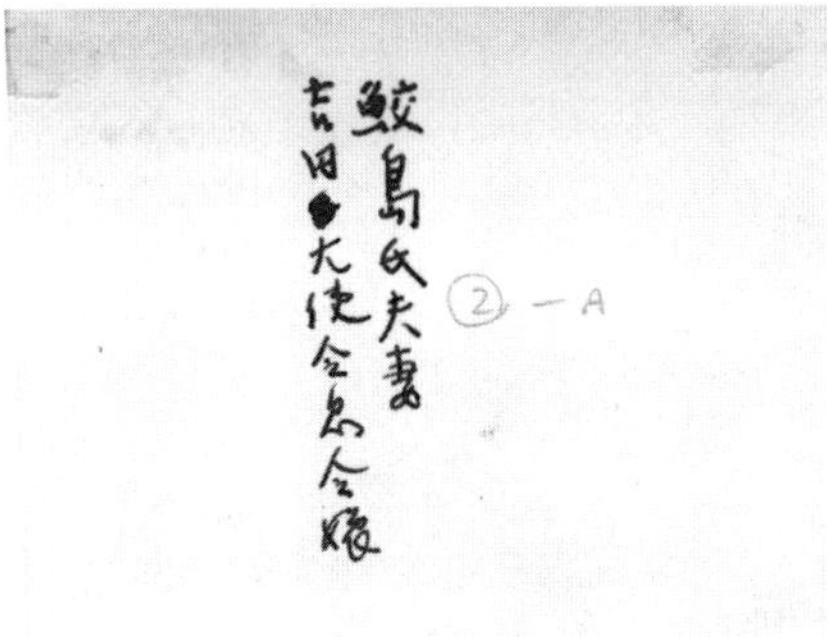

写真13ｂ　複製写真（裏）

写真13ａ　複製写真

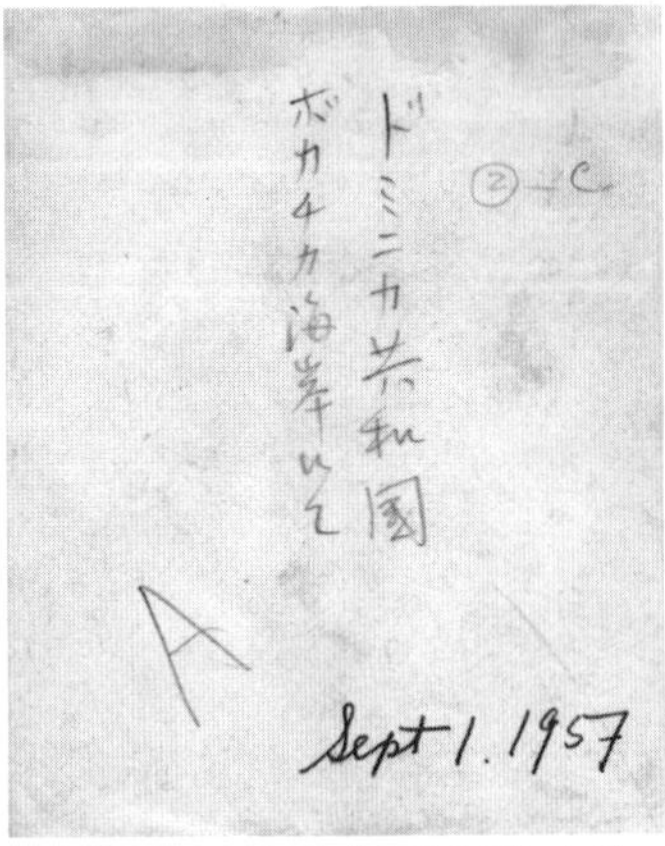

写真14ｂ　オリジナル写真（裏）

写真14ａ　オリジナル写真

（下）ドミニカ共和国（ボカチカ海岸にて）

左ページは、

（右上）スペイン・与謝野大使と共に（エスコリエルにて）

（左上）スペイン、トレドの料理店の中庭にて

（左中）ニューヨーク、ワシントン・アーチの前

（右下）瀬川夫妻（学習院同級生、グリニッチ・ヴィレッヂにて）

（左下）トレドのグレコの家

使用された写真には、オリジナル写真、複製写真、修正写真がある。写真の裏面には三島の筆跡でキャプションが書かれている。初版本では割愛されているが、オリジナル写真には撮影された日付も記されている。

右ページの3葉の写真は、いずれもドミニカ共和国のボカチカ海岸にて撮影されたものである。

右ページの（右）のオリジナル写真の裏面に「立てるは鮫島夫妻　他は吉田の子供　Sept. 1. 1957」（写真12 a、b）と記されている。複製の裏面には「鮫島氏夫婦・吉田大使令息、令嬢」（写真13 a、b）と書かれており、初版本口絵写真のキャプションと一致している。

右ページの（下）のオリジナル写真の裏面に「ドミニカ共和国ボカチカ海岸にて　Sept. 1. 1957」（写真14 a、b）と記されており、初版本口絵写真のキャプションと一致している。

左ページの（左上）のオリジナル写真（写真15 a、b）は表面の一部が剥落している。写真の裏面には「Escurial　エスコリエルにて　与謝野秀　31. Dec'57」と「POLAROID」の文字が確認される。この写真は当時としては珍しいポラロイドカメラによって撮影された写真であった。剥落の原因は当時のポラロイド写真の品質不良のためと考えられる。修正写真（写真16 a、b）の裏面に「スペイン　与謝野大使と共に　エスコリエルにて」と記されており、初版本口絵写真のキャプションと一致している。

左ページの（左上）のオリジナル写真（写真17 a、b）の裏面には「Venta de aires Toledo　2. Jan.'58」と「POLAROID」の文字が確認される。修正写真（写真18 a、b）の裏面には「スペイン　トレドの料理店の中庭にて」と記されており、初版本口絵写真のキャプションと一致している。

左ページの（左中）のオリジナル写真（写真19 a、b）も表面の一部が剥落している。写真の裏面には「Dec. 21. '57　at Washington Square New York」と「POLAROID」の文字が確認される。この写真もポラロイド写真である。修正写真（写真20 a、b）の裏面には「ニューヨーク　ワシントン・スクエアのワシントン・アーチの前」と記されており、初版本口絵写真のキャプション「ニューヨーク、ワシントン・アーチの前」の基になったことが示唆される。

左ページの（右下）のオリジナル写真（写真21 a、b）もポラロイド写真である。写真の裏面には「Dec. 25 1957　グリニッチ・ヴィレッヂのホテルにて友人夫婦と」と記されている。修正写真（写真22 a、b）の裏面には「学習院同級生　ニューヨーク富士銀行支店　瀬川夫妻と共に　グリニッチ・ヴィレッヂのヴァンセレア・ホテルにて」と記されており、初版本口絵写真のキャプション「瀬川夫妻（学習院同級生、グリニッチ・ヴィレッヂにて）」の基になったことが示唆される。

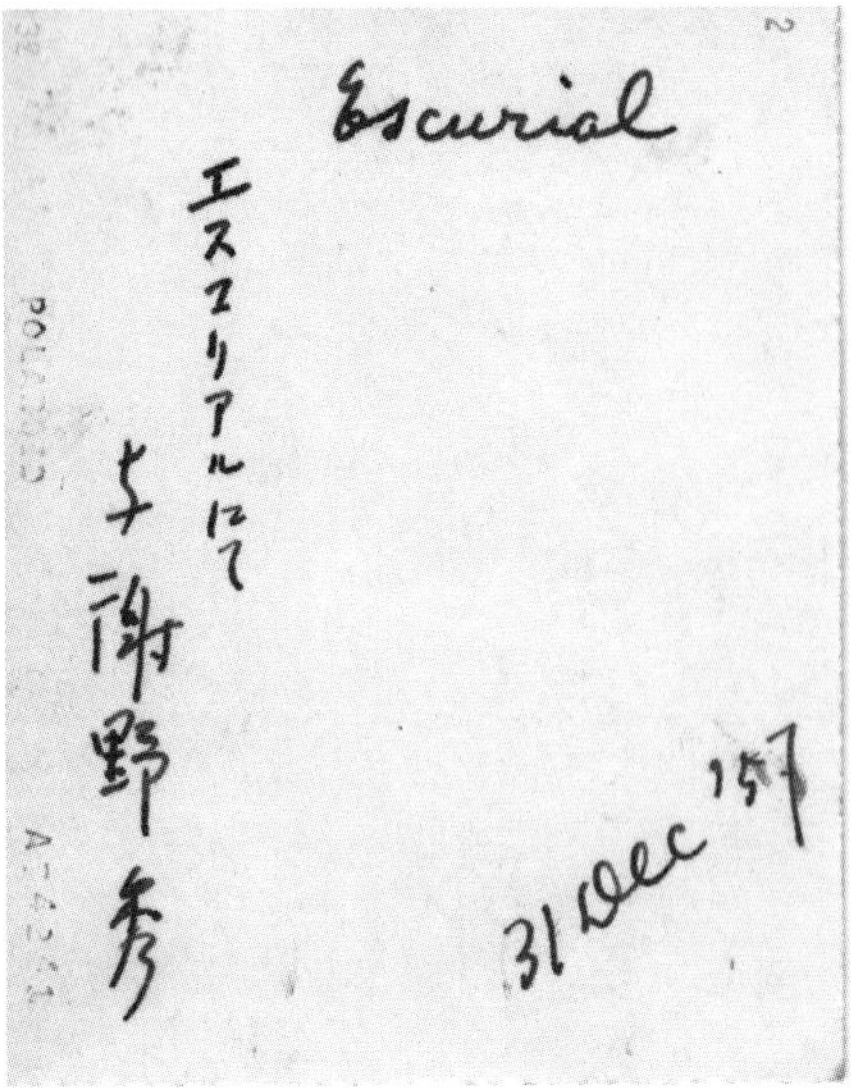

写真15 b　POLAROID 写真（裏）

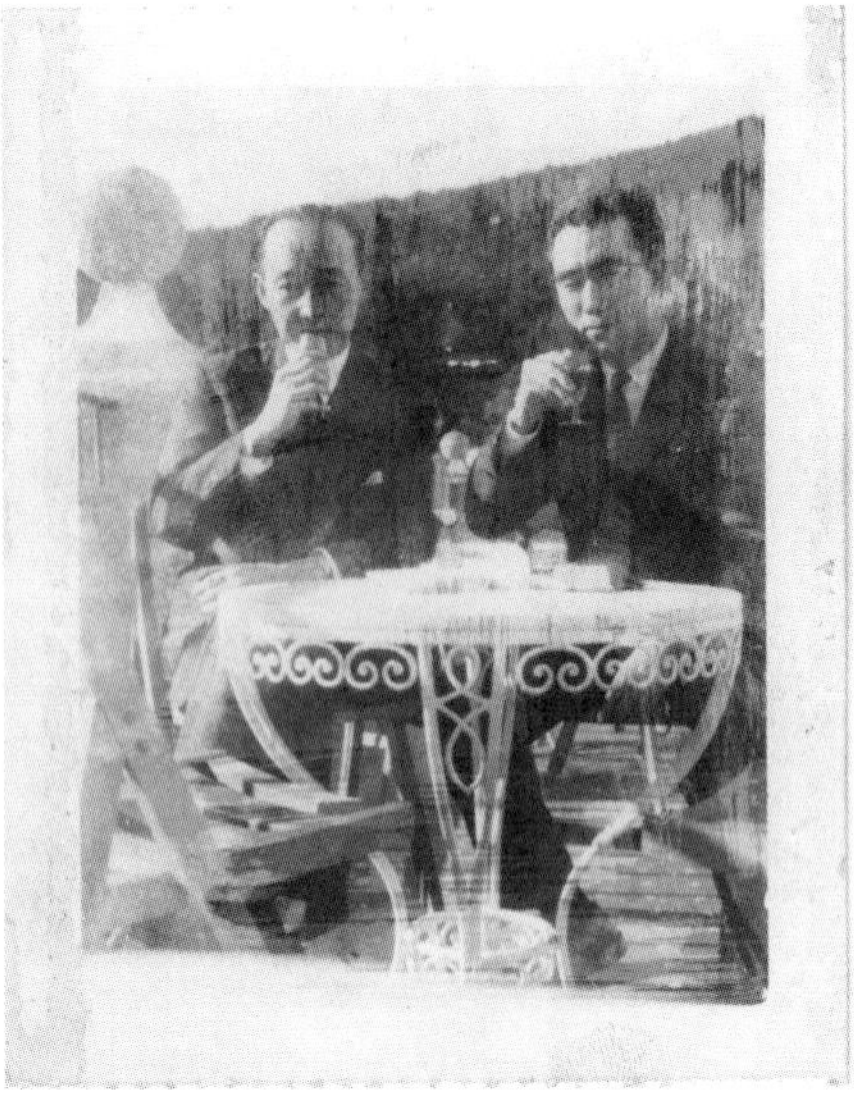

写真15 a　POLAROID 写真

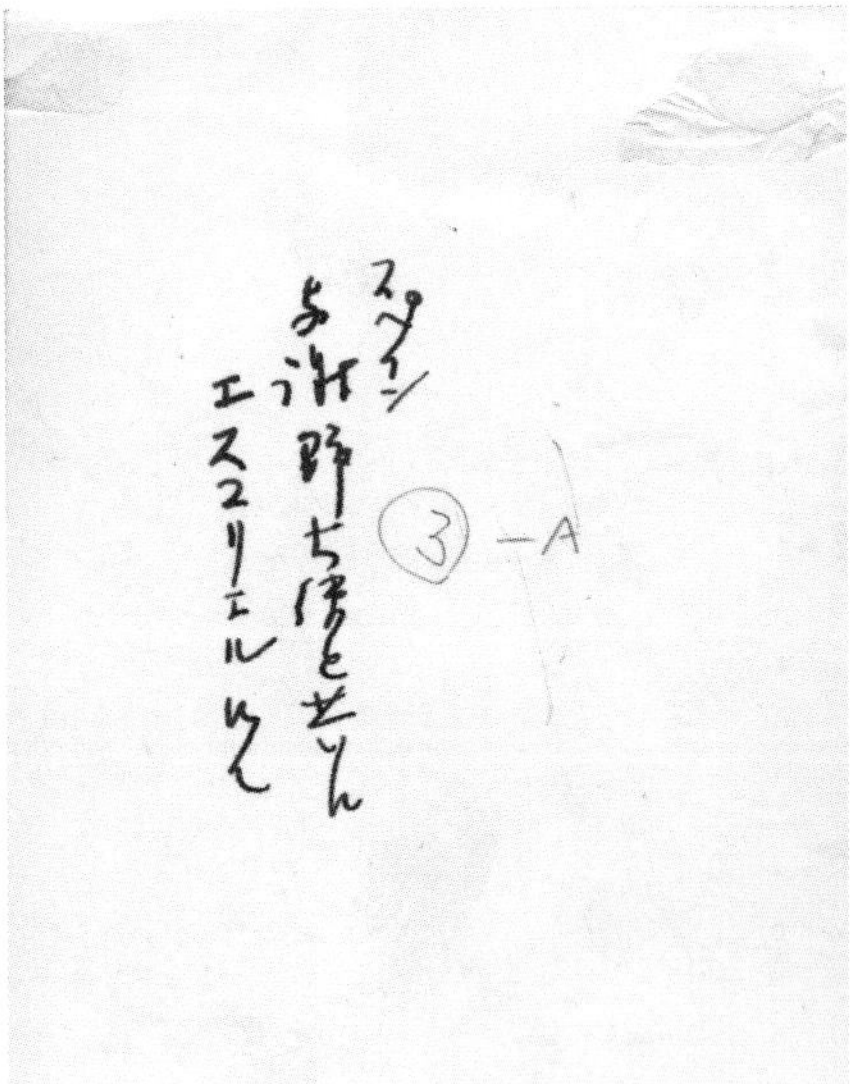

写真16 b　修復写真（裏）

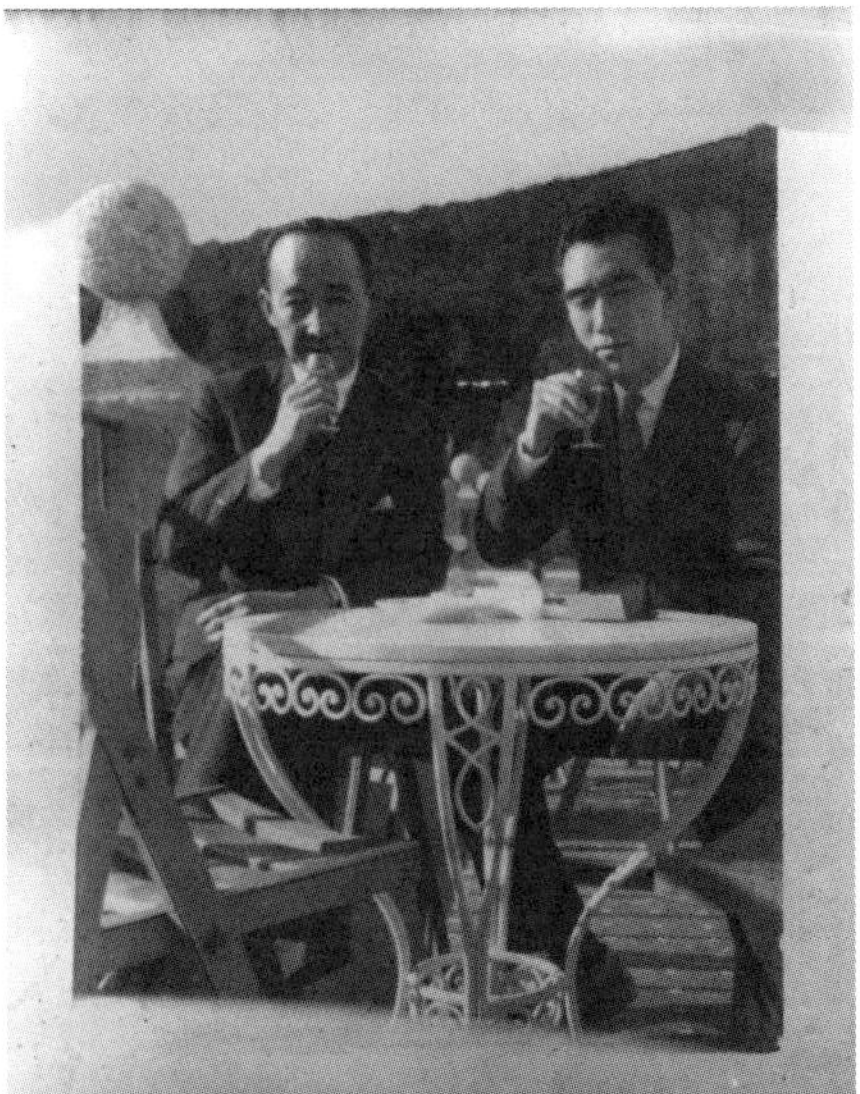

写真16 a　修復写真

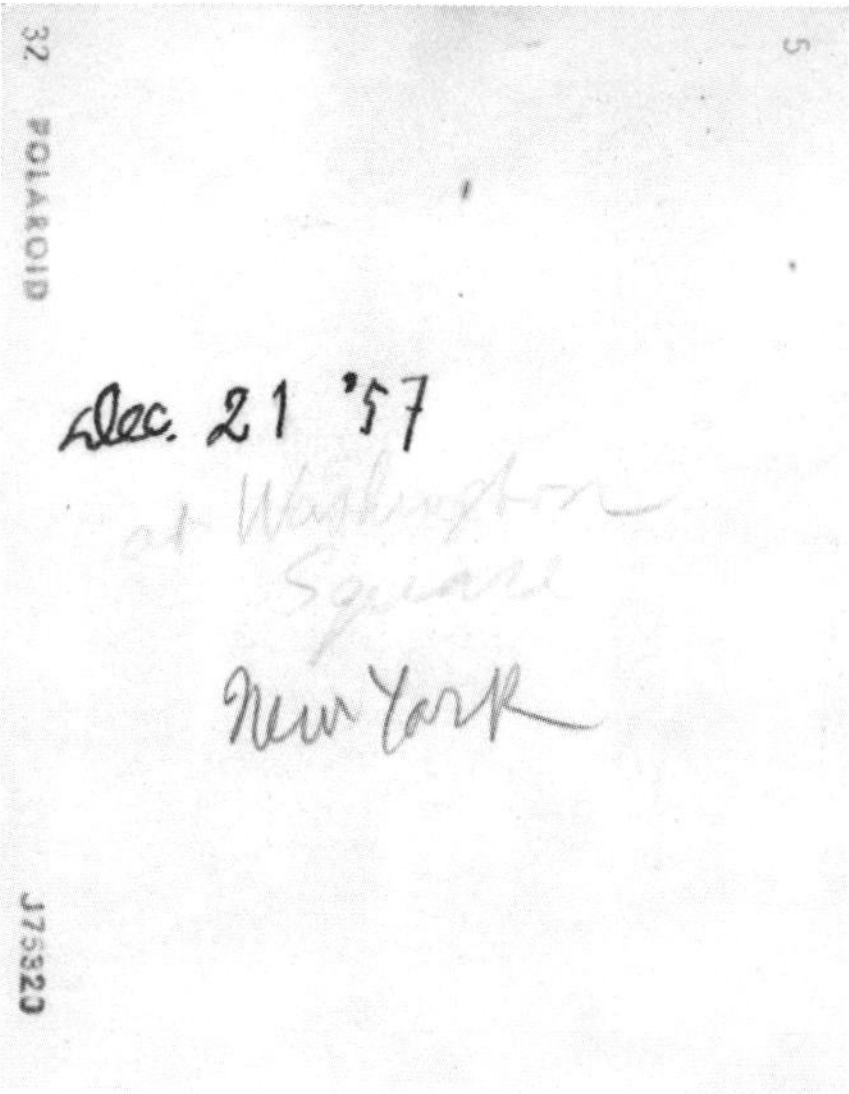

写真17 b　POLAROID 写真（裏）

写真17 a　POLAROID 写真

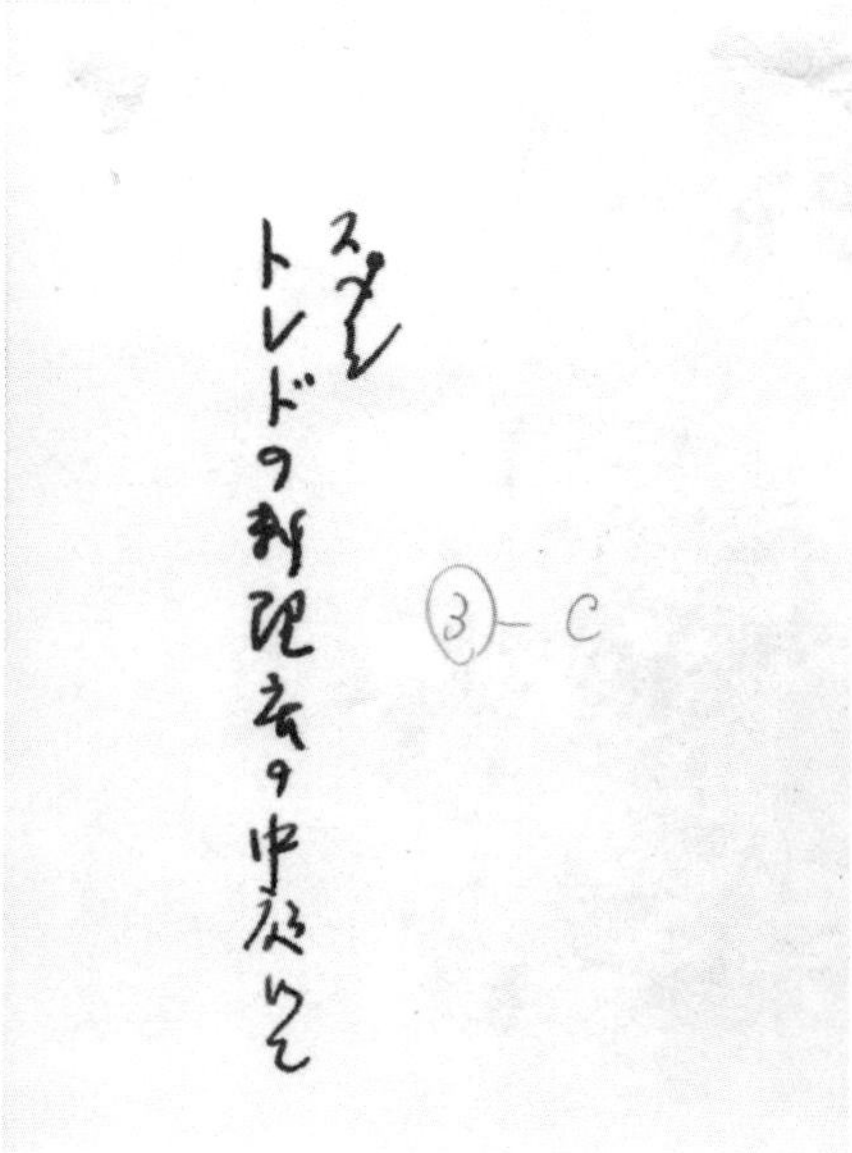

写真18 b　修正写真（裏）

写真18 a　修正写真

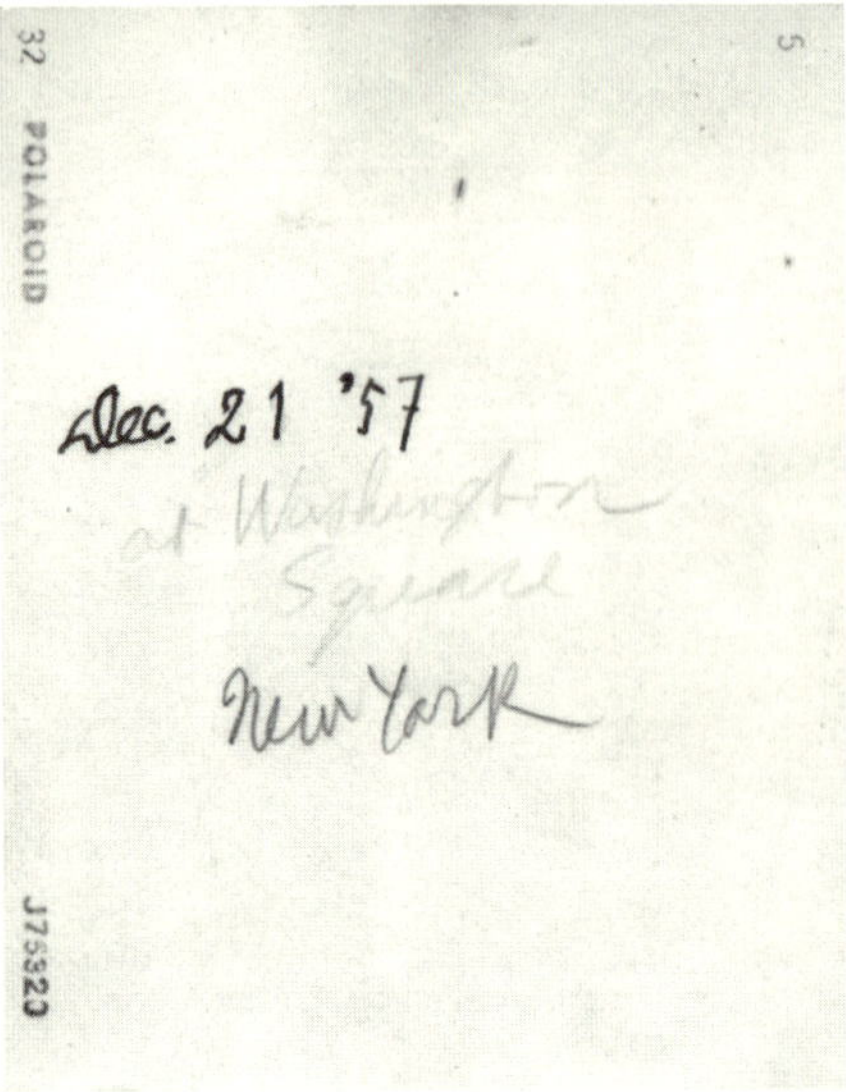

写真19 b　POLAROID 写真（裏）

写真19 a　POLAROID 写真

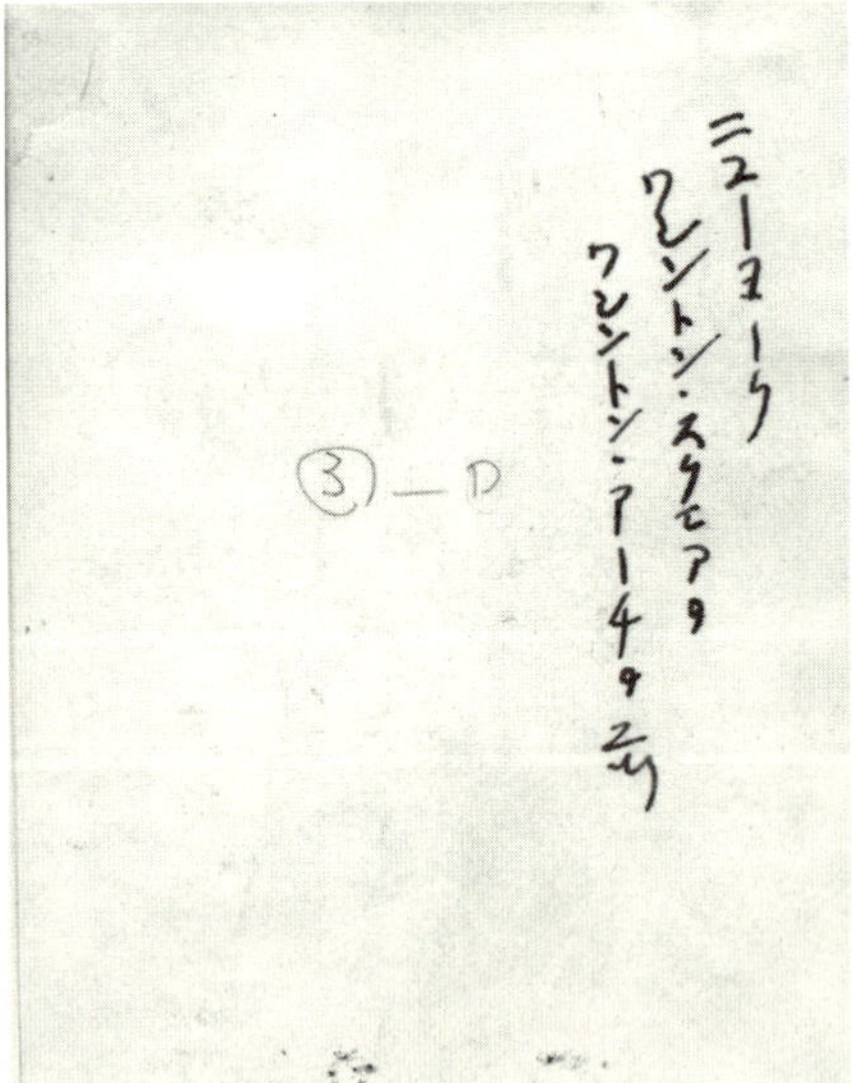

写真20 b　修正写真（裏）

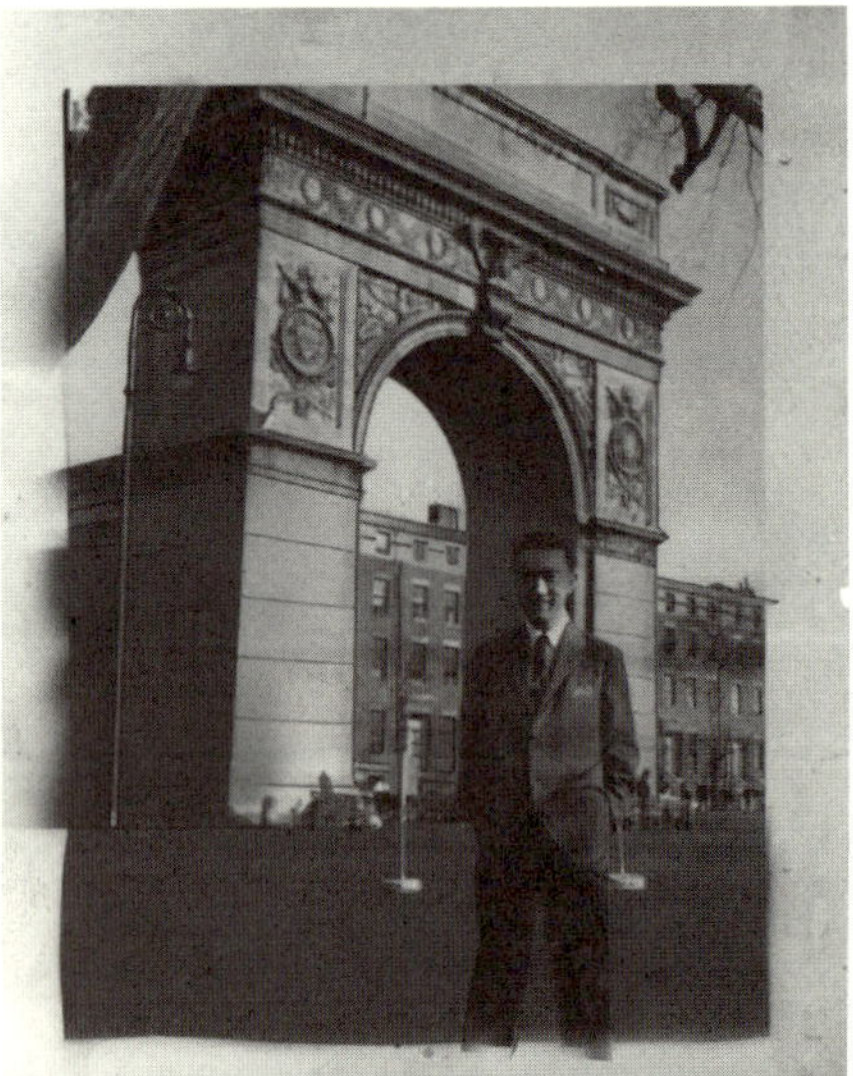

写真20 a　修正写真

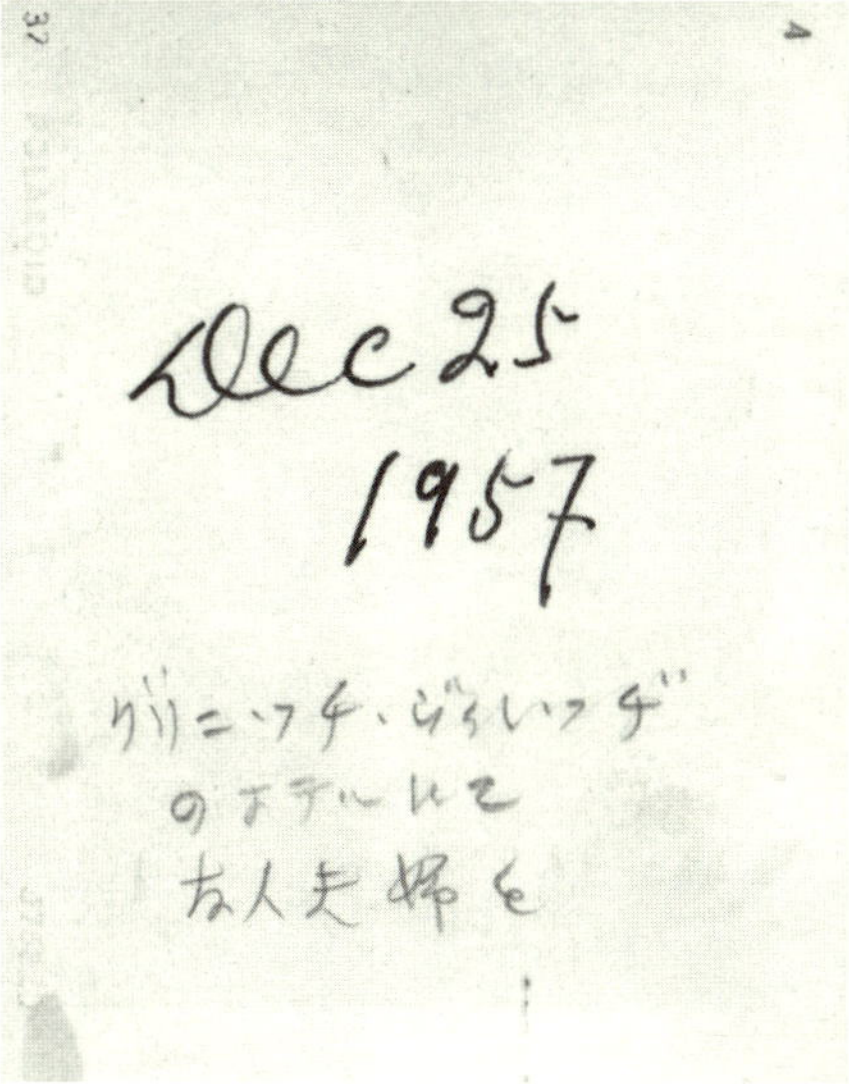

写真21 b　POLAROID 写真（裏）

写真21 a　POLAROID 写真

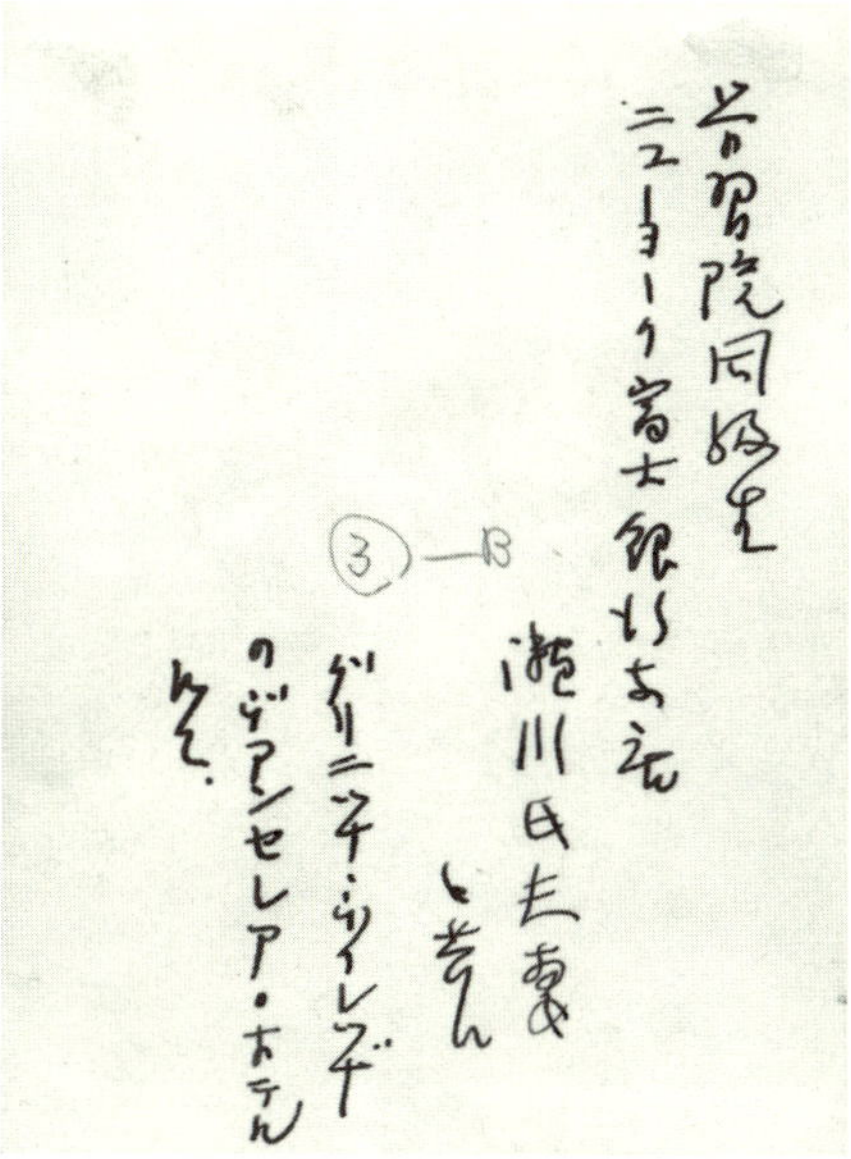

写真22 b　修正写真（裏）

写真22 a　修正写真

書肆ユリイカ宛の書簡（写真23ａ、ｂ）

昭和32年6月24日消印のはがきが残されている。三島は何らかのユリイカの依頼に対して、「外遊直前にて多忙のため折角乍ら御引受け致しかね候（略）」と記し断っている。

榎本昌治宛の書簡（写真24ａ、ｂ）

昭和32年8月5日消印の榎本昌治宛の絵はがきが残されている。ニューヨークの夜景の絵はがきで、初版本の表紙に使用された絵はがき「A」のシリーズのものである。三島氏は「（略）今度はただの遊覧旅行でなく、何か一仕事して帰りたいと思ってゐます」と記している。

「附子」と「Long after love」

昭和32年7月9日、三島は「近代能楽集」の英訳本の出版に合わせて、出版元のクノップ社からの招待により渡米した。出版後上演の申し込みがいくつかありその中から三島はB氏を選択した。ドナルド・キーンは「三島由紀夫の埋れた戯曲[6]」に「英訳本が出てから直ぐ何人かのプロデューサーから連絡があり、皆、是非三島先生の戯曲をニューヨークで上演させて頂きたいと言ってきた。（略）」と記している。

三島はキーン宛の書簡に「Botsford 氏が一等よい、と思い、Botsford にＯＫを云いました[7]」と記している。上演の予定は10月であり、三島は「近代能楽集」の上演を観るために、それまでアメリカに居続けることになった。三島は8月23日の書簡で「Ｂ氏は、近代能を三つ並べるのは、同じトーンだから損だといふの

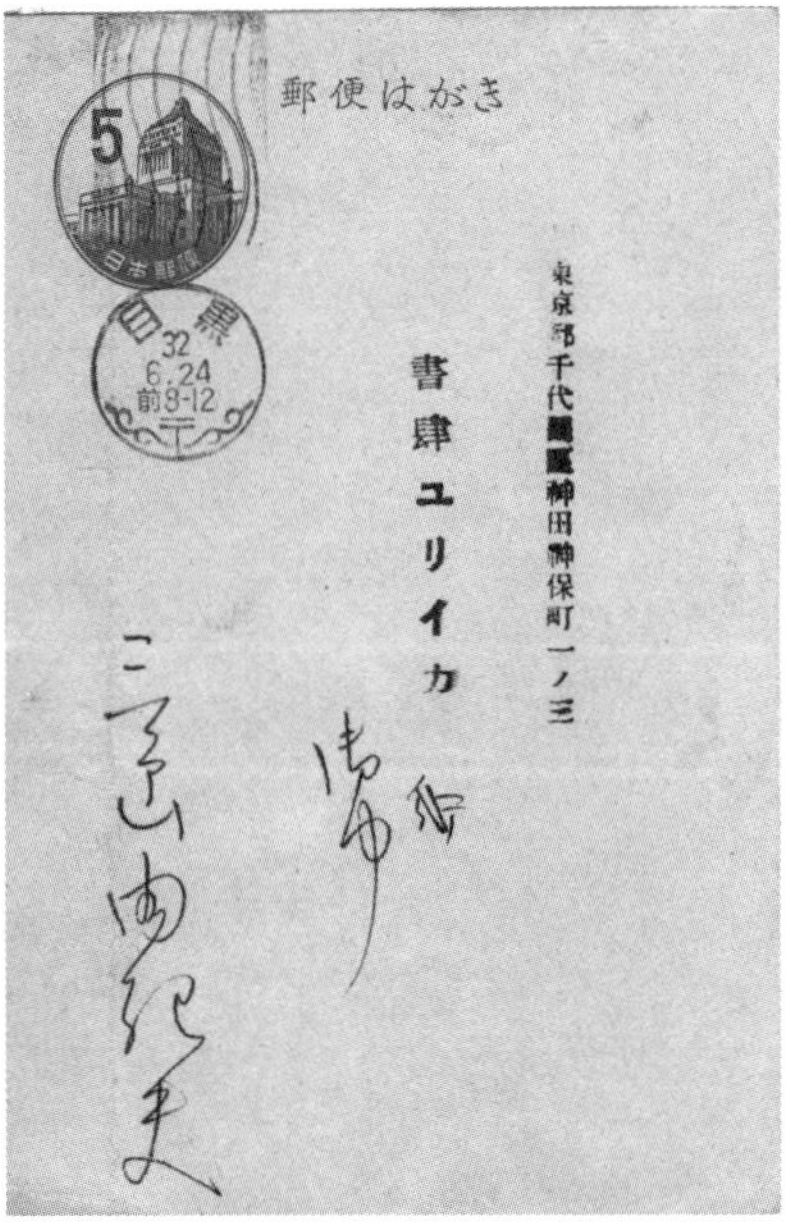

写真23ａ　ユリイカ宛ハガキ

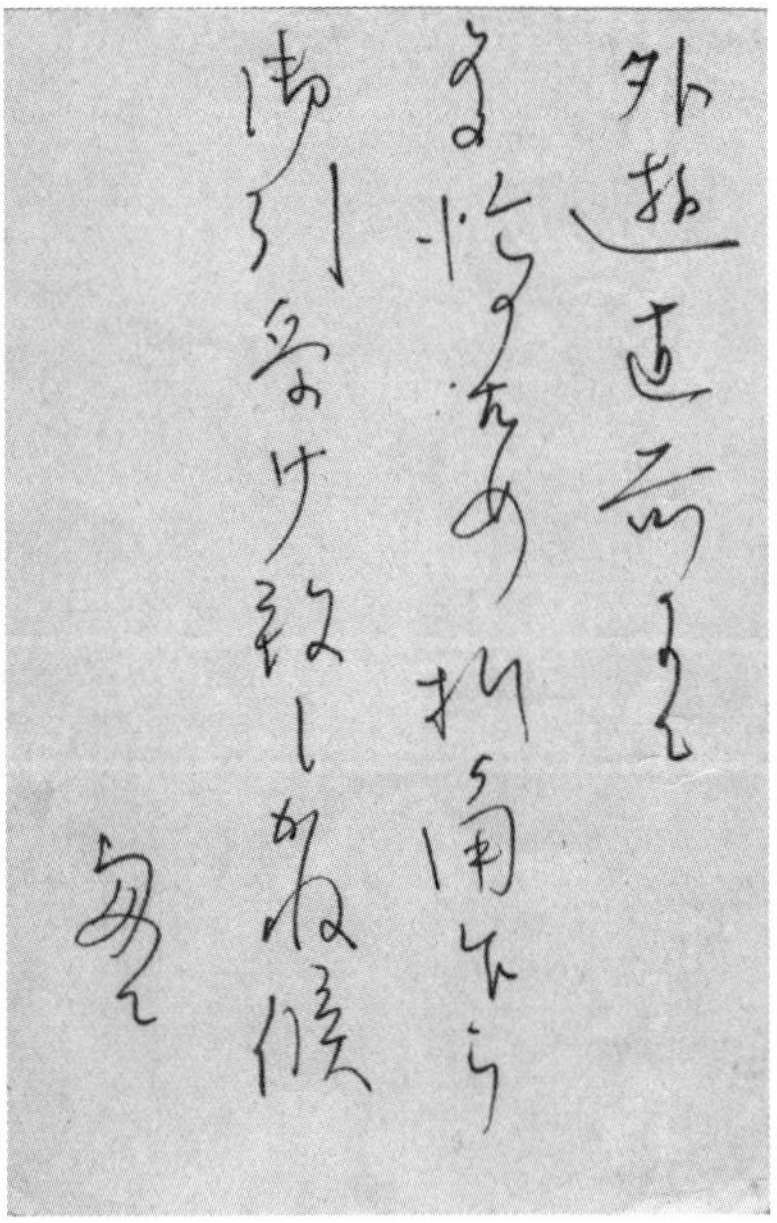

写真23ｂ　ユリイカ宛ハガキ

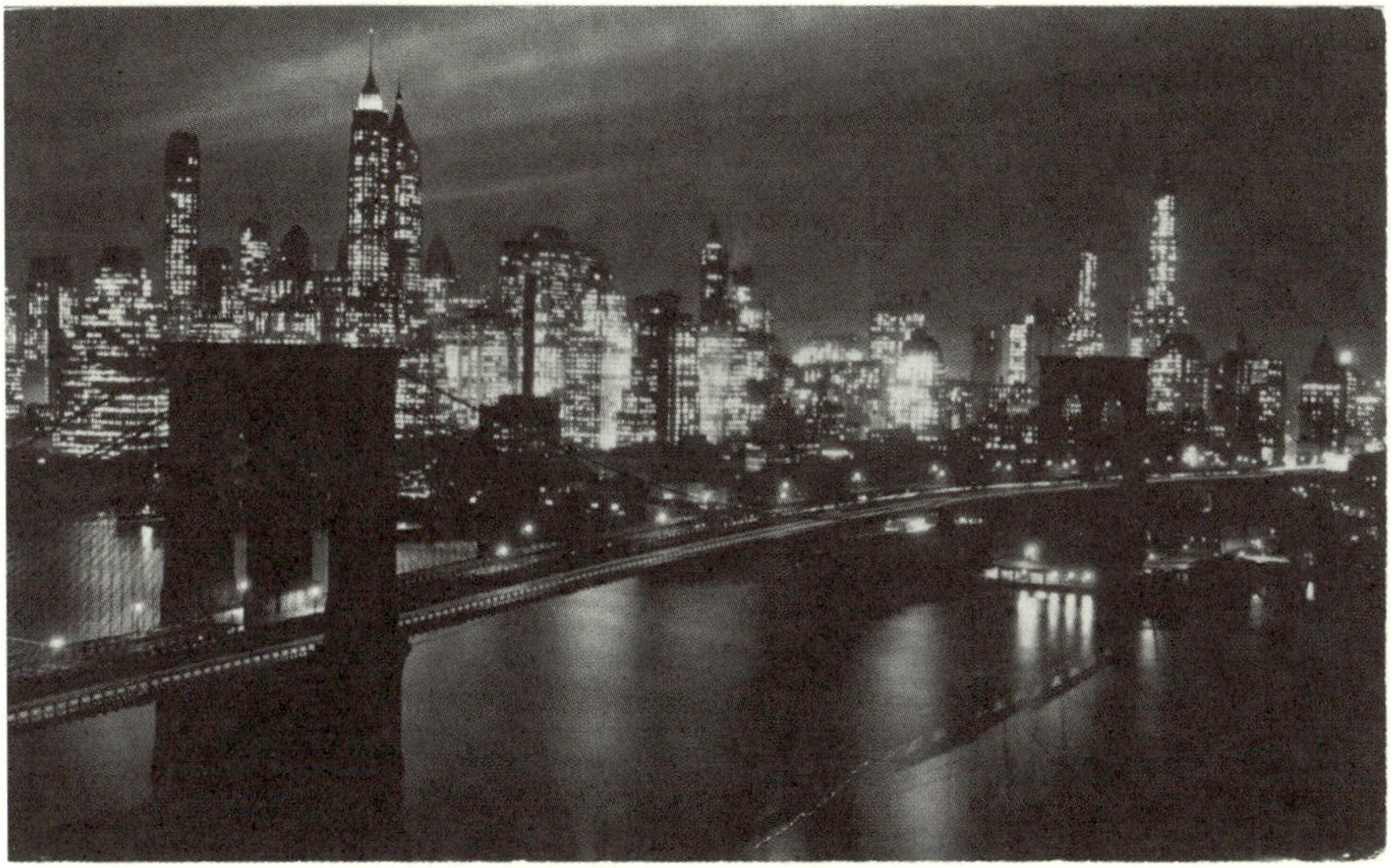

写真24ａ　講談社・榎本昌治宛の絵はがき

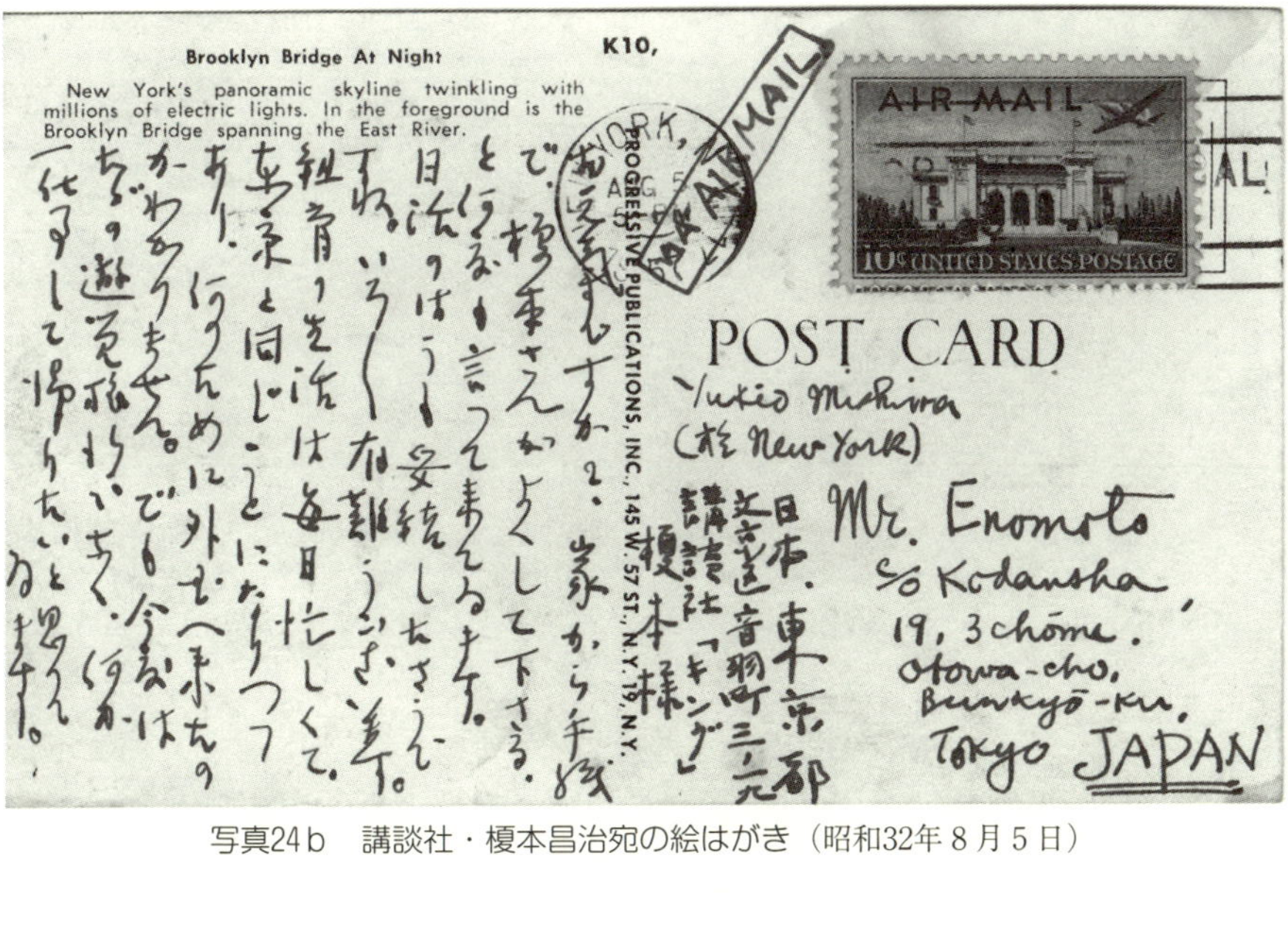

写真24ｂ　講談社・榎本昌治宛の絵はがき（昭和32年８月５日）

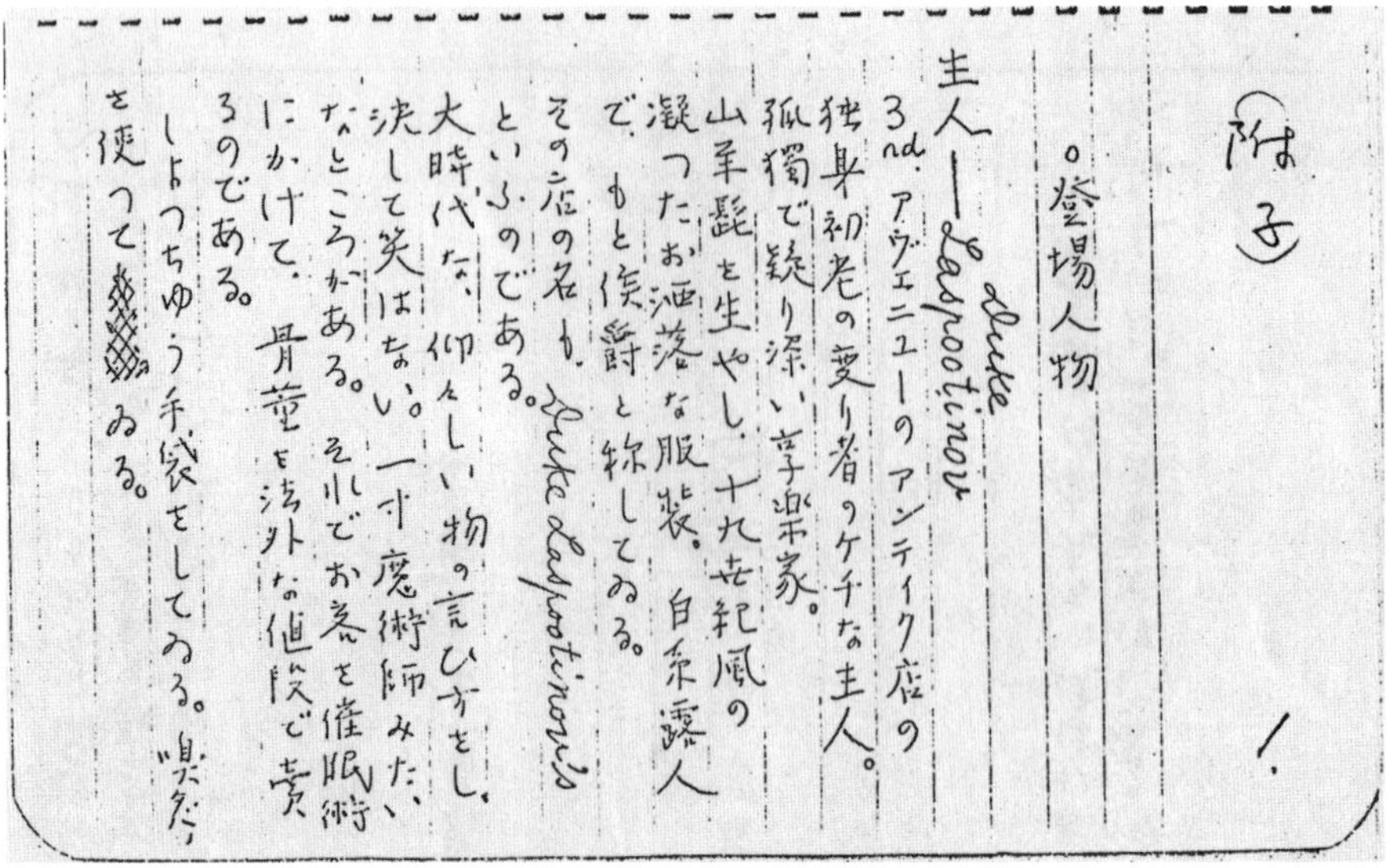
附子　1.

○登場人物

主人――Duke Laspootinov

3rd. アヴェニューのアンティク店の独身初老の変り者のケチな主人。

孤獨で疑り深い享楽家。

山羊髭を生やし、十九世紀風の凝つたお洒落な服装。白系露人で、もと侯爵と称してゐる。

その店の名も Duke Laspootinov's といふのである。

大時代な、仰々しい物の言ひ方をし、決して笑はない。一寸魔術師みたいなところがある。それでお客を催眠術にかけて、骨董を法外な値段で売るのである。

しよつちゆう手袋をしてゐる。嗅だ、を使つてゐる。

写真25ａ　「附子」のノート原稿コピー

です。そこで『葵上』と『卒塔波小町』のあいだに狂言を一つはさみたいといふのです。これは尤もな提案ですが、どうしても貴下の御翻訳が必要です[7]」とキーンに応援を求めている。「葵上」と「卒塔波小町」のあいだに入る狂言は「花子」に決まった。キーンは「私が書いた近代狂言が駄目だったために、B氏は三島さんに新しい戯曲を注文した。三島さんはある週末、B氏の家に行ってそこで『附子』を書き、欠けているところ（つまり狂言の原文のまま使う部分）を私に任せた[6]」と記している。『附子』が書かれたノートには「キーンの字です」の書き込み（写真25ａ、ｂ、ｃ）があり、キーンの証言通り、一部をキーンが書いたことが確認された。キーンはさらに「三島さんが近代狂言を書いてから間もなく、プロデューサーたちが新しい案を持ち出した。三つの一幕物よりも一つの統一された芝居に魅力があるという意見を洩らして、三幕物として既存の近代能を書き変えてくれないかと頼んだ。（略）三島さんは上演のためなら何でもするという態度を示し、『卒塔婆小町』と『葵上』と『班女』をつなぐ場面を設けることを約束された。（略）B氏が新しく出来た三幕物に〝Long after love〟という題をつけた。それは英語の洒落になり、「恋のずっと後」と「恋を慕う」という二つの意味を兼ねる。『卒塔婆小町』の場合前者の意があって、『葵上』と『班女』に後者の意味がある[6]」と記している。キーンは「B氏が題をつけた」と記しているが、原稿が書かれたノート（写真26ａ、ｂ）には三島の筆跡で「Whrong after Robber」の記載が確認できる。

ニューヨークのオフ・ブロードウェイのアクターズ・プレイハウスでの「Long after love」の上演は、実現しなかった。三島は「大晦日の晩スペインへ向かってニューヨークを発」った。

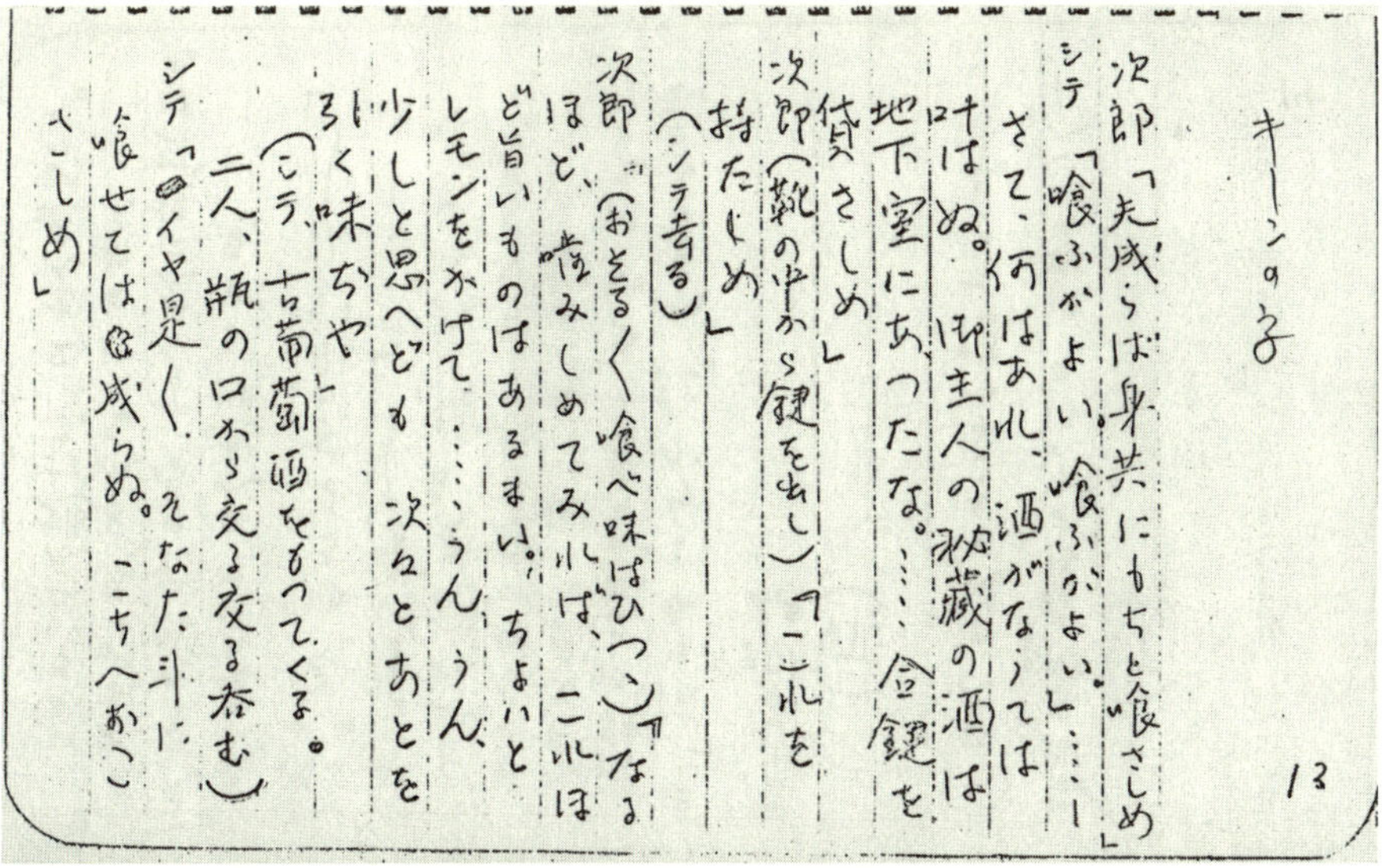
キーンの子　13
次郎「夫成らば身共にもちと喰さしめ」
シテ「喰ふがよい。喰ふがよい」……
さて、何はあれ、酒がなうては
叶はぬ。御主人の秘蔵の酒は
地下室にあつたな。……合鍵を
貸さしめ」
次郎（靴の中から鍵を出し）「これを
持たしめ」
（シテ去る）
次郎（おそるおそる食べ味はひつつ）「なる
ほど、喰みしめてみれば、これほ
ど旨いものはあるまい。ちよいと
レモンをかけて……うん、うん、
少しと思へども　次々とあとを
引く味ぢや」
（シテ、古葡萄酒をもつてくる。
二人、瓶の口から交る交る呑む）
シテ「イヤ是く、
喰せては成らぬ。そなた斗に
喰せては成らぬ。こちへおこ
さしめ」

写真25ｂ　「附子」のノート原稿コピー

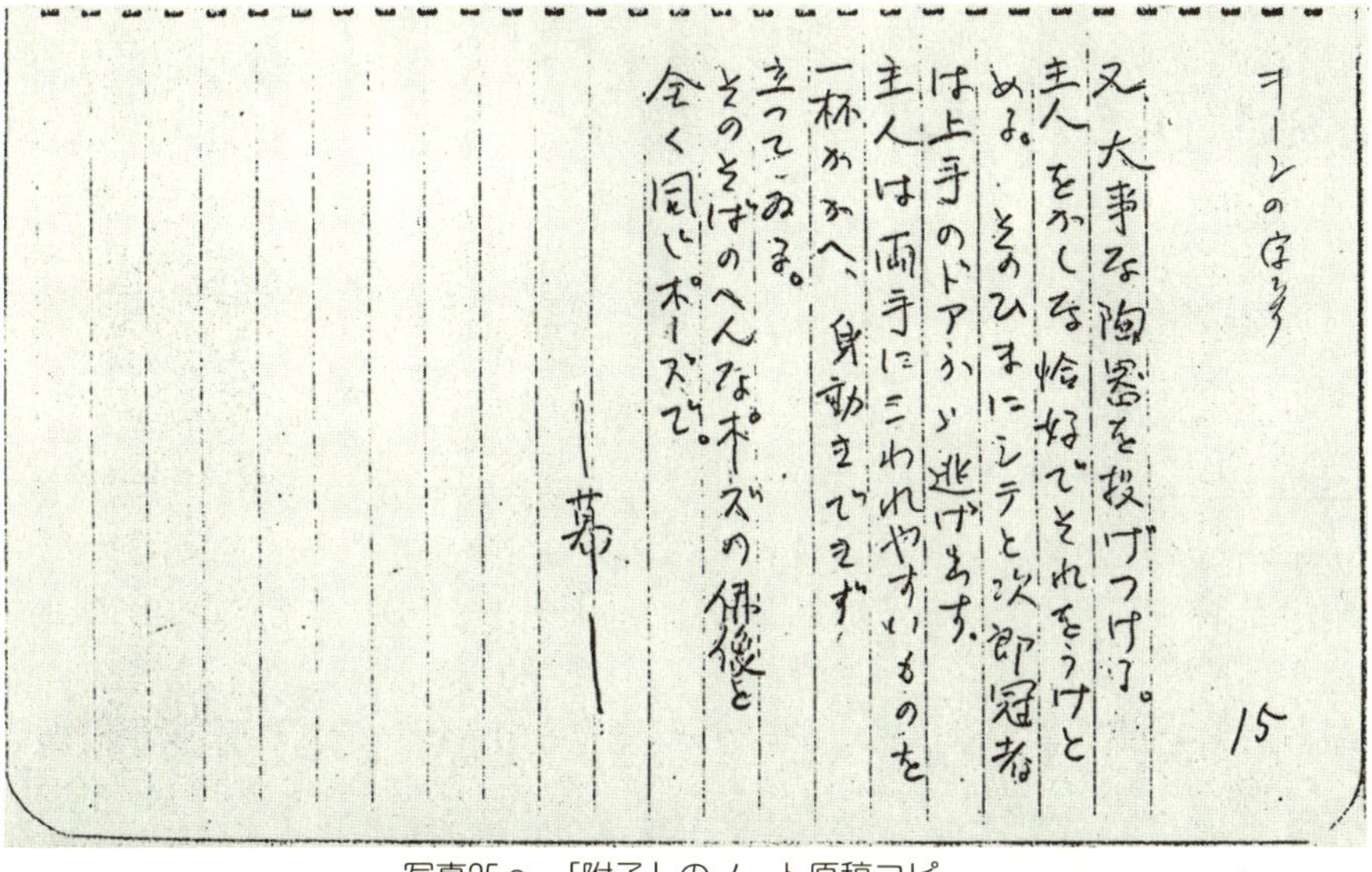
キーンの字　15
又大事な陶器を投げつけ了。
主人をかしな恰好でそれをうけと
める。そのひまにシテと次郎冠者
は上手のドアから逃げ出す。
主人は両手にこわれやすいものを
一杯かかへ、身動きできず
立つてゐる。
そのそばのへんなポーズの俳優と
全く同じポーズで。
ー幕ー

写真25ｃ　「附子」のノート原稿コピー

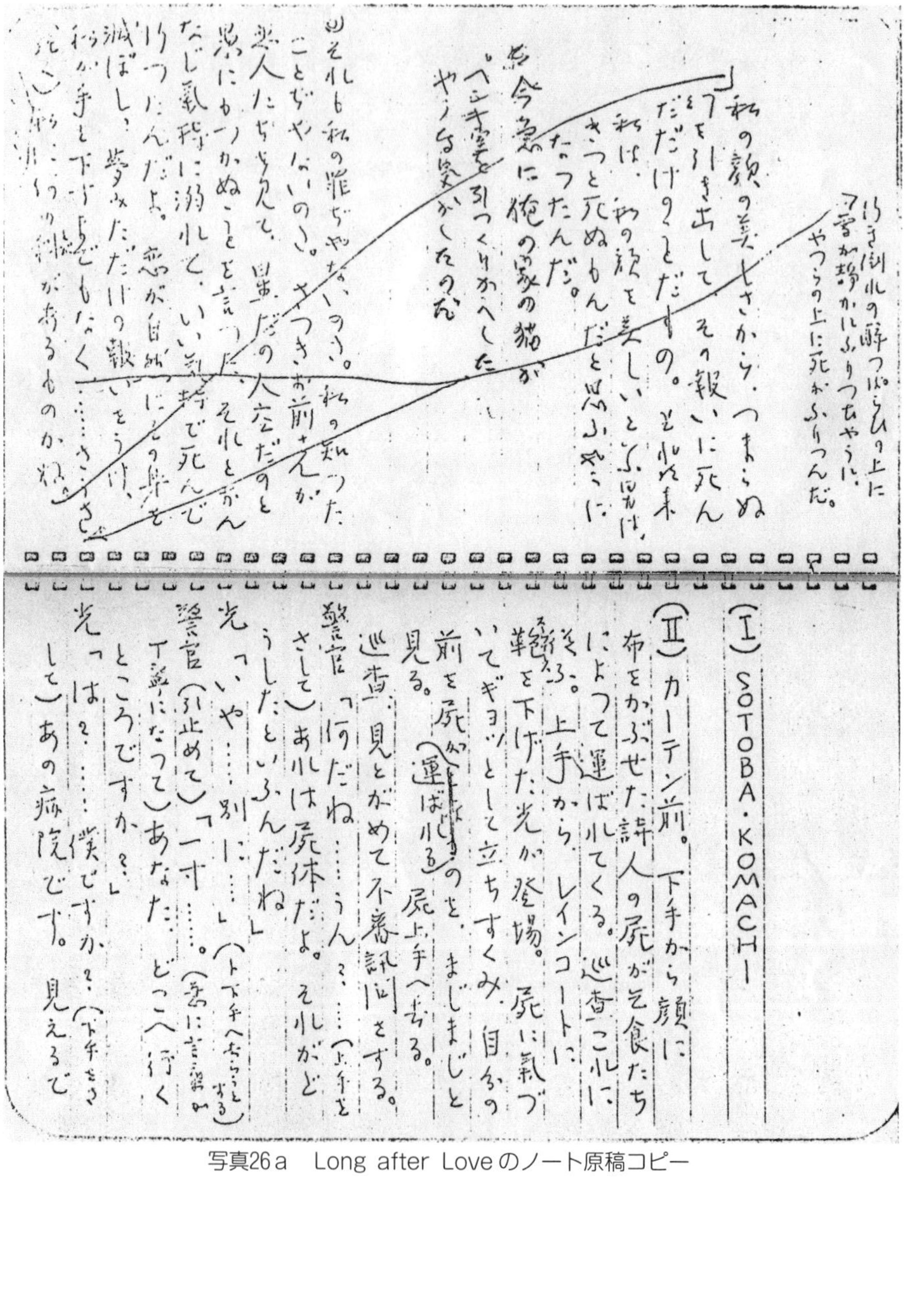

行き倒れの酔っぱらいの上に
雪が静かにふりつもるやうに、
やつらの上に死がふりつんだ。

私の顔の美しさから、つまらぬことを引き出して、その報いに死んだけのことだわ。私は、私の顔を美しいと云ふ男は、きっと死ぬもんだと思ふやうになったんだ。

今急に俺の家の猫が天井を引っくりかへしたやうな笑い方をしたのね

それも私の罪ぢゃないのさ。私の知ったことぢゃないのさ。さっきお前さんが、恋人たちを見て、馬鹿だの人公だのと

(I) SOTOBA・KOMACHI

(II) カーテン前。下手から顔に布をかぶせた詩人の屍が乞食たちによって運ばれてくる。巡査これに続く。上手から、レインコートに鞄を下げた光が登場。屍に氣づいてギョッとして立ちすくみ、自分の前を屍（運ばれる）のを、まじまじと見る。屍上手へ去る。

巡査：見とがめて不審訊問する。

警官「何だね……うん？……（上手をさして）あれは屍体だよ。それがどうしたというんだね」

光「いや……別に……」（下手へ去ろうとする）

警官（呼止めて）「一寸……。（急に言葉が丁寧になって）あなたどこへ行くところですか？」

光「はぁ……僕ですか？（下手をさして）あの病院です。見えるで

写真26ａ　Long after Love のノート原稿コピー

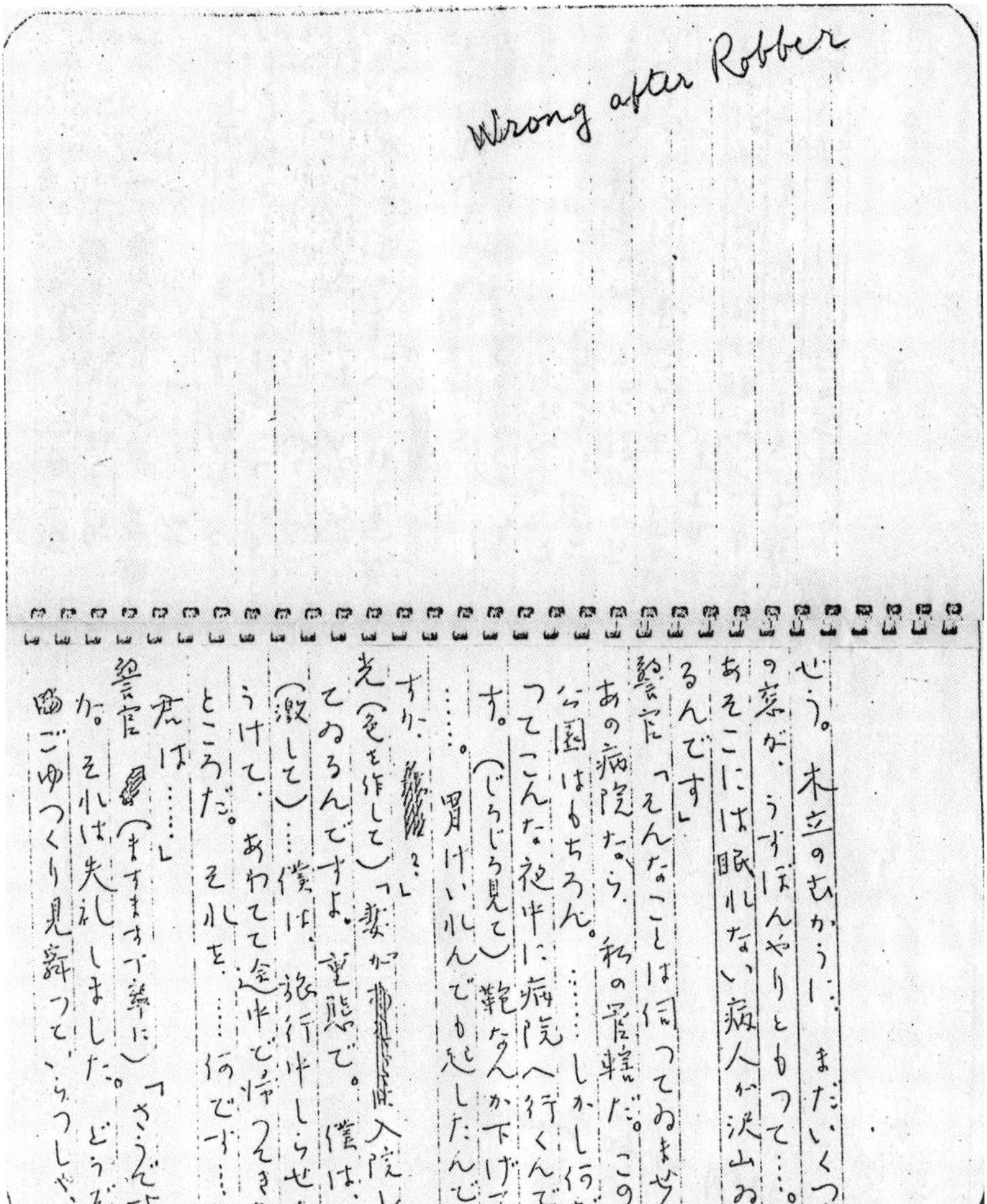
Wrong after Robber

むこう。木立のむこうに、またいくつか
の窓が、うすぼんやりともって……。
あそこには眠れない病人が沢山お
るんです」
警官「そんなことは伺っておりません。
あの病院なら、私の管轄だ。この
公園はもちろん。……しかし何だ
ってこんな夜中に病院へ行くんで
す。（じろじろ見て）鞄なんか下げて
……。胃けいれんでも起したんで
すか？」
光（色を作して）「妻が入院し
てるるんですよ。重態で。僕は、
（激して）……僕は、旅行中しらせを
うけて、あわてて途中で帰ってきた
ところだ。それを……何です……
君は……」
警官（ますます丁寧に）「そうです
か。それは失礼しました。どうぞ
ごゆっくり見舞ってらっしゃい。

写真26b　Long after Love のノート原稿コピー

写真27ａ　ユカタンのパンフレット

「附子」と「Long after love」の作品について、キーンは「字をほとんど直さないで早く書かれたので、三島さんにとっては『三島文学』の中に入らないものだろう[6]」と記しているが、これらの作品は決定版三島由紀夫全集第25巻に参考作品として収録されている。全集の解題に、「本篇は、『近代能楽集』のうち『卒塔婆小町』『葵上』『班女』の三作品を三幕物の統一された芝居としてアメリカで上演が企画された際、ドナルド・キーンの英訳にもとづき、三つの作品をつなぐ場面を設定したもの。スパイラルノート（縦20・7×横13センチ）十五頁にわたって書かれている[8]」との説明がある。

ユカタン旅行

三島がユカタン旅行に持参したパンフレット（写真27ａ、ｂ、ｃ）が残されている。パンフレットには絵を含め種々の書き込み

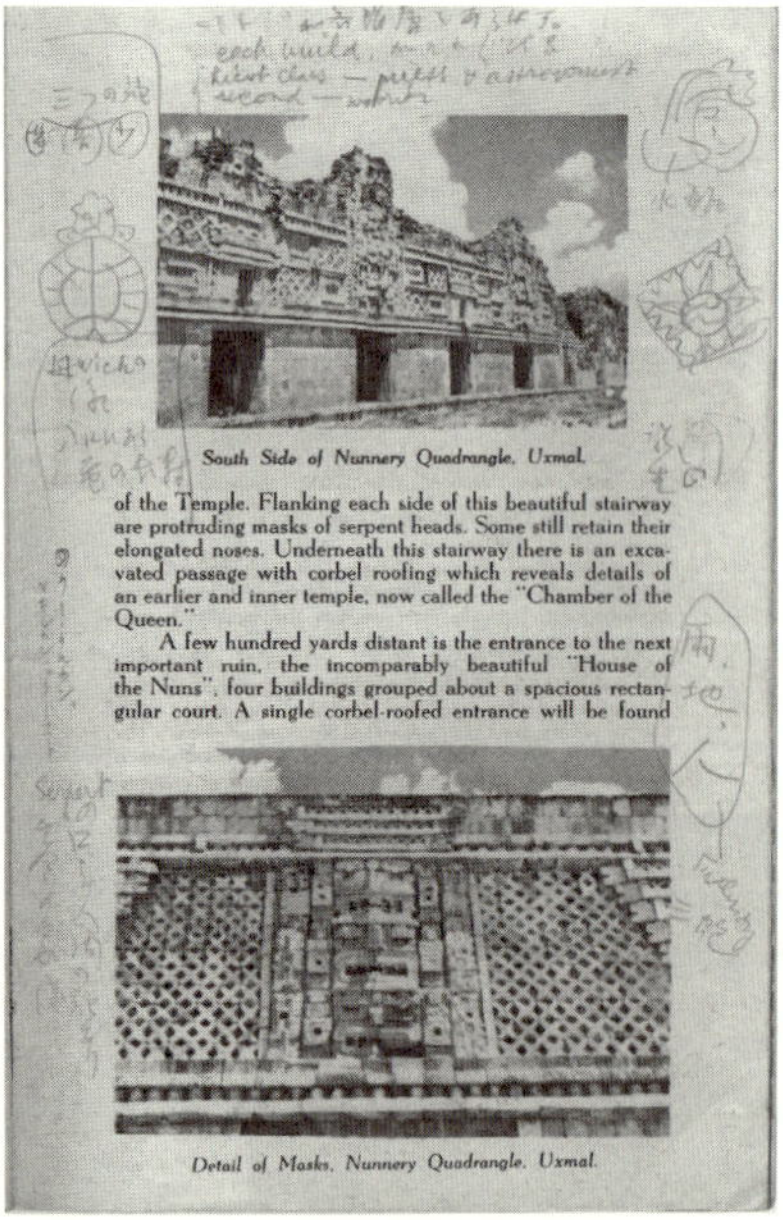

写真27ｃ　ユカタンのパンフレット

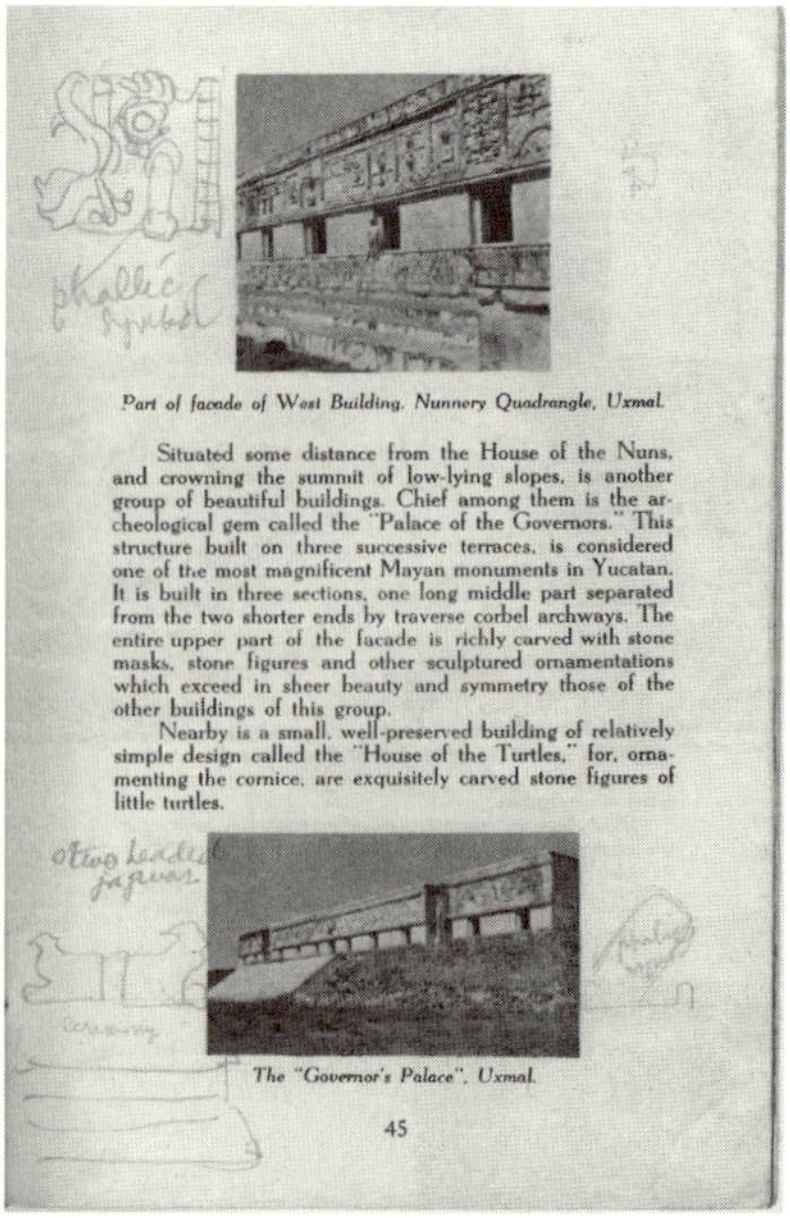

写真27ｂ　ユカタンのパンフレット

がある。写真28の三島の膝の上にパンフレットがある。

はがき（アメリカの宿所住所変更）（写真29ａ、ｂ）

三島は滞在期間が予定以上に延び倹約のため、12月2日にHOTEL VAN RENSSELAER に移った。昭和32年12月7日消印の平岡梓（三島由紀夫の実父）から川島勝宛のハガキが残されている。平岡梓は三島の滞在先のホテルの住所を記し「倅の宿所左記に変更に致しましたのでお知らせいたします。榎本様にもお伝え下さい」と記している。

ニューヨークの三島由紀夫(9)（写真30）

吉田満は、昭和32年12月21日に「朝から夜おそくまで三島由紀夫とニューヨークの街を歩きまわり、見物し、飲みかつ食べ、そ

写真28　パンフレットを持つ三島由紀夫

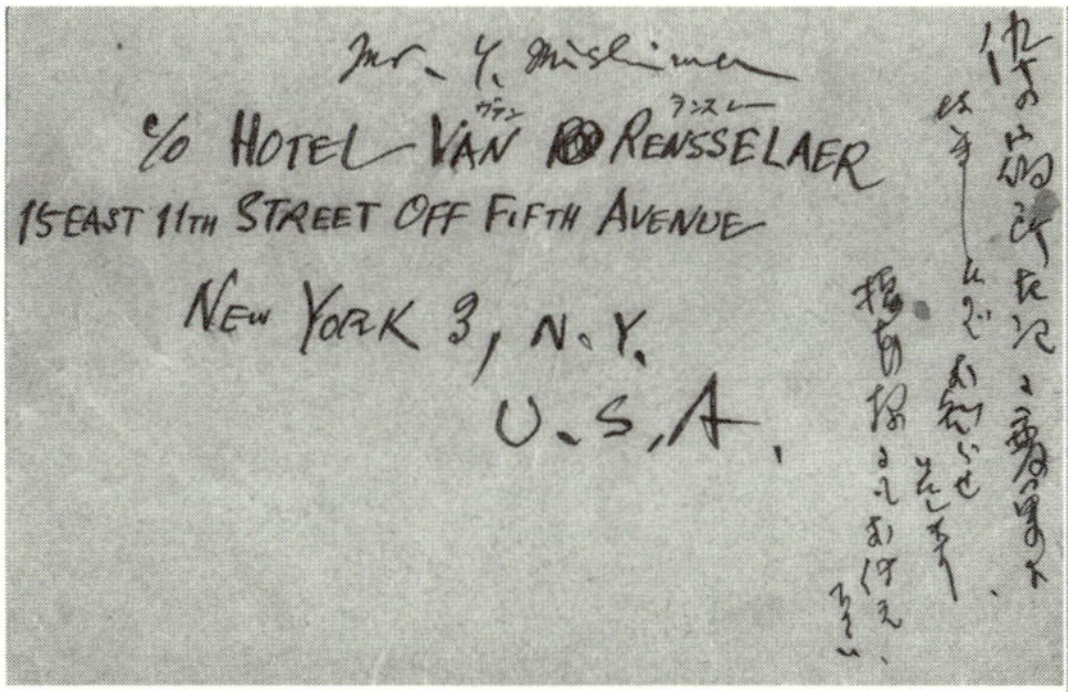

写真29ｂ

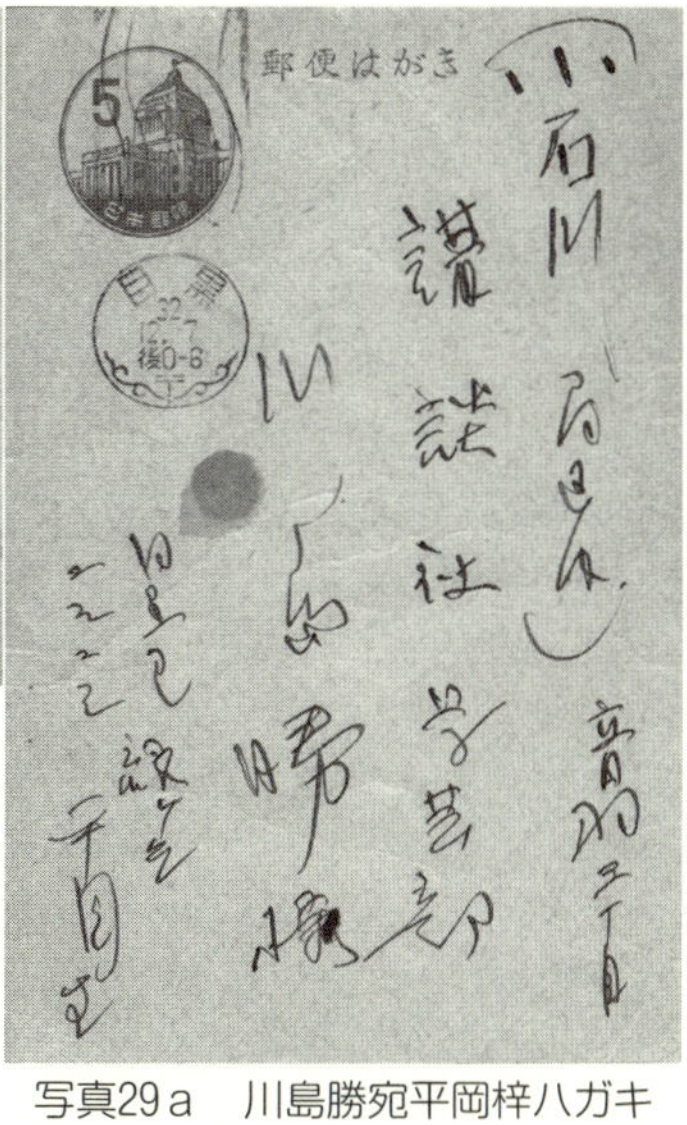

写真29ａ　川島勝宛平岡梓ハガキ

して語りあった時の話を」記している。「旅の絵本」の口絵の写真19を撮った日のことである。当時、吉田満は、日本銀行の海外駐在員でニューヨーク事務所に勤務していた。三島は吉田の二歳年下で、東京大学法学部の後輩であった。昭和22年12月に三島が卒業する前後からなんとなく面識があった。

　吉田は「さてどこに案内しようかという段になって、彼がいわゆる名所旧跡、美術館、公園、著名なビルの類はあらかた見ているから、すこし変わったところはないかと注文したので思いついたには、ハドソン川を北にヨンカーズまでさかのぼると、その河畔に接して美しく瀟洒な姿を見せている作家ワシントン・アーヴイングの旧邸であった。スケッチ・ブックやリップ・ヴァン・ウインクルなどの作品で知られ、最もアメリカ人らしい作風と評されることもあるこの小説家兼随筆家は、文学上で三島由紀夫とふれあう面はほとんどないはずだが、その程度の作家がどれほど贅をつくした邸宅と庭を残しえたか、死後百年にわたってそれがどこまで立派に保存されているかは、彼の興味をおそそるものがあったらしい。

　このとき彼は思いもかけぬ感想をもらした事実を、当日の私はくわしくしるしている。

『僕もいずれ家を建てることになるが、自分が死んだ後に、その家がこうして一般に公開されることになるのかな』彼はそう自問するように呟くと、しばらく考えこむ風であった」と記している。

嶋中鵬二宛書簡（写真31 a、b）

昭和33年1月10日、帰国した三島は、1月17日、中央公論社の

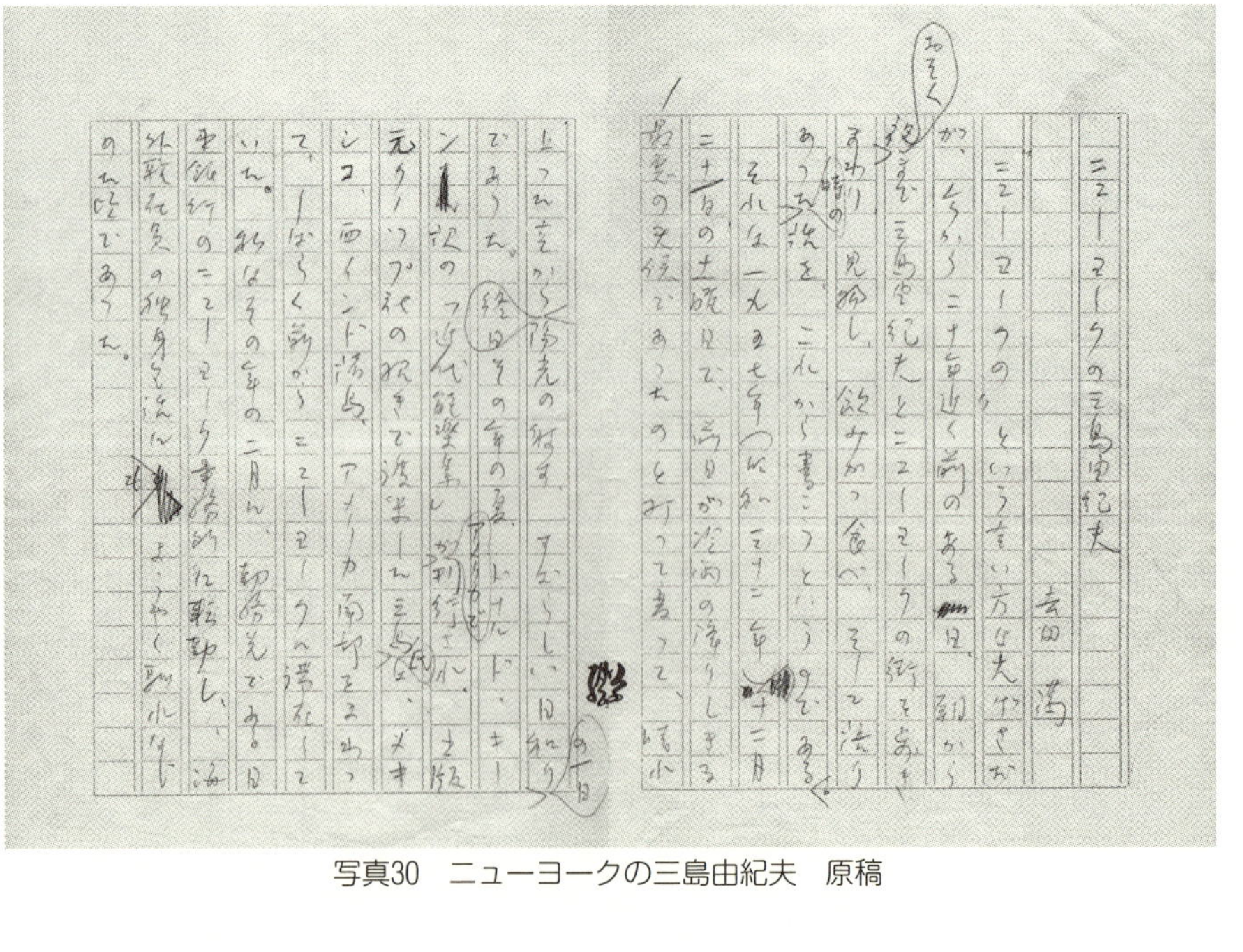
ニューヨークの三島由紀夫
吉田 満

写真30　ニューヨークの三島由紀夫　原稿

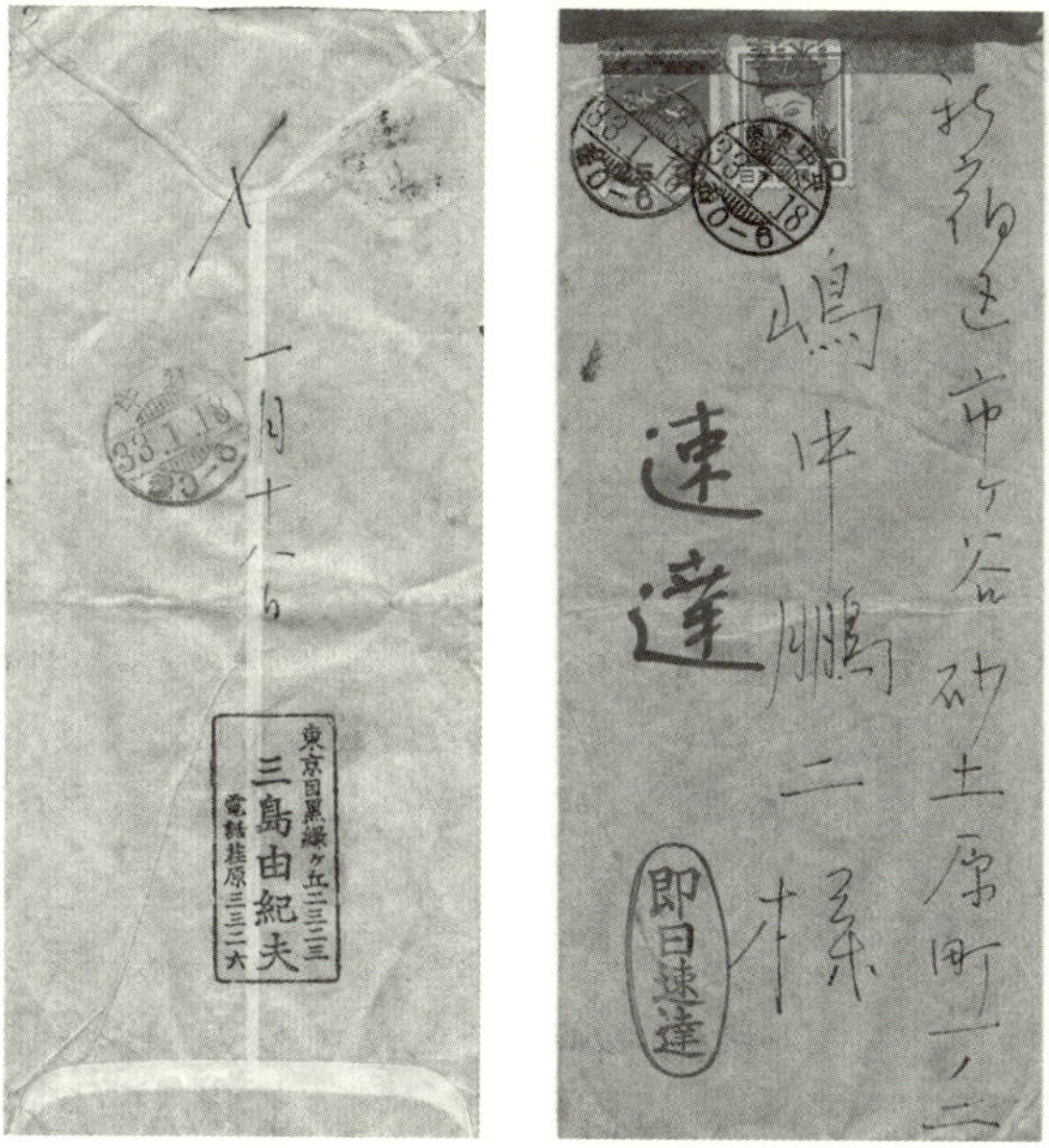

写真31ａ　嶋中鵬二宛三島由紀夫書簡

嶋中鵬二より谷崎潤一郎全集の推薦文（写真32）を依頼されて、同日深夜早速書き上げ、速達便で郵送している。当時、三島の担当編集者は社長の嶋中鵬二が自ら行っていた。「谷崎全集に寄す」と題された推薦文について三島は「お氣に要らなければ早速書き直しますから、御遠慮なく御申渡し下さい」と記している。昭和33年1月29日の朝日新聞の広告（写真33）には三島由紀夫の推薦文がそのまま使用されている。

「旅の絵本」の「ニューヨークで感じたこと」に、三島は「食い物の見地からいうと、日本へかえったらぜひ食べたいと思ったものは河豚くらいで、他は何ら外国にいて痛痒を感じなかった」(1)と記している。三島は推薦文に同封した手紙（写真31ｂ）に「本日は大へん御馳走になりました。米国で夢みてゐたフグをいよいよ頂き、気のおけない友との会話をたのしみ、やっぱり青い鳥は日本にゐたことがわかりました。（略）」と記している。

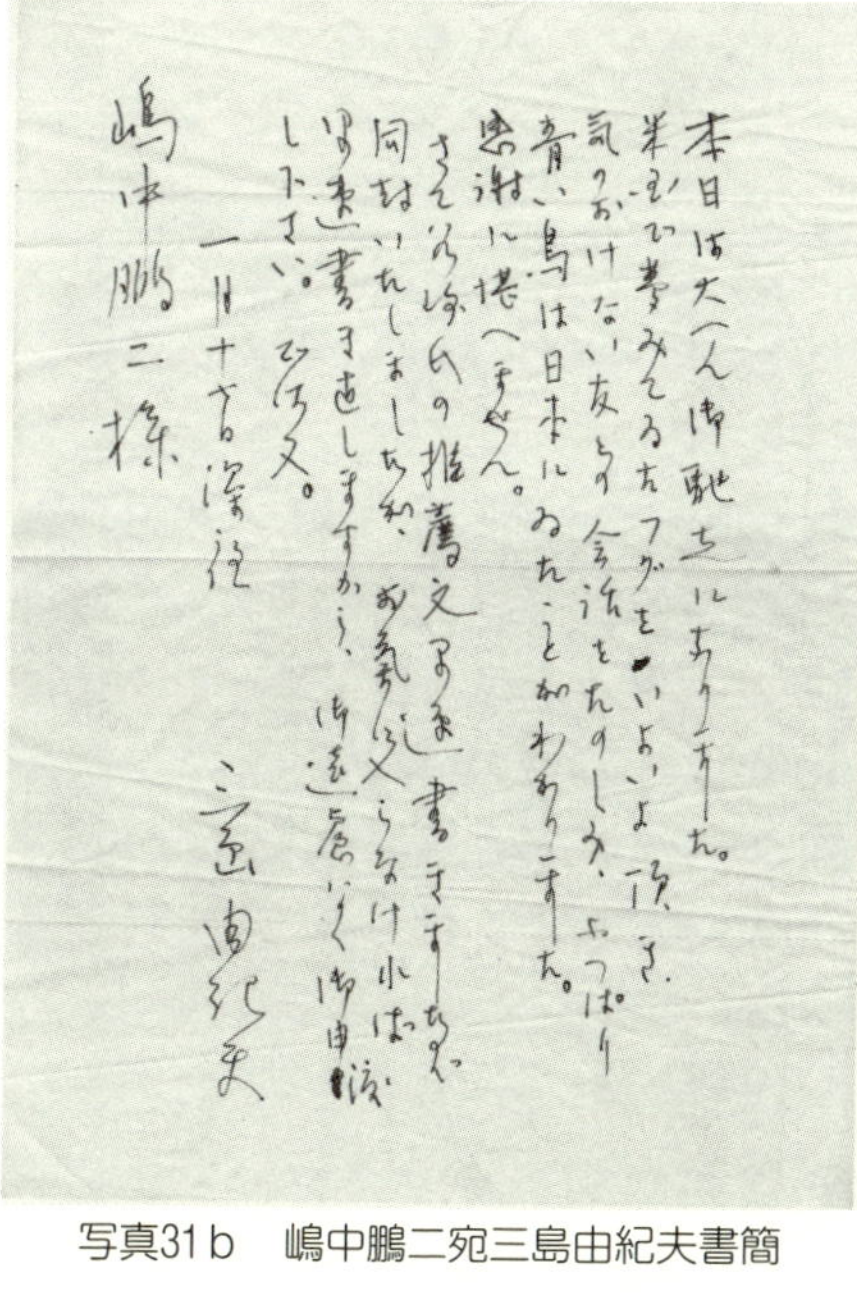
嶋中鵬二様

本日は大へん御馳走になりました。米国で夢みてゐたフグをいよいよ頂き、気のおけない友との会話をたのしみ、やっぱり青い鳥は日本にゐたことがわかりました。感謝に堪へません。さて谷崎氏の推薦文早速書きすませ同封いたしました。お気に入らなければ早速書き直しますから、御遠慮なく御申渡し下さい。匆々

一月十八日深夜　三島由紀夫

写真31ｂ　嶋中鵬二宛三島由紀夫書簡

跋（写真34）

「旅の絵本」の初版本の跋に三島は、「輓近堀田善衛氏の『インドで考えること』が好評を博したが、私の本は『アメリカで遊んだこと』とでも名付けるべきもので、勤勉な文学者と怠惰な文士との好対照をなすであろう。私の本のすみずむまでが旅行者の不正確な見聞と杜撰な知識にもとずいてをり、あまりまともにうけ

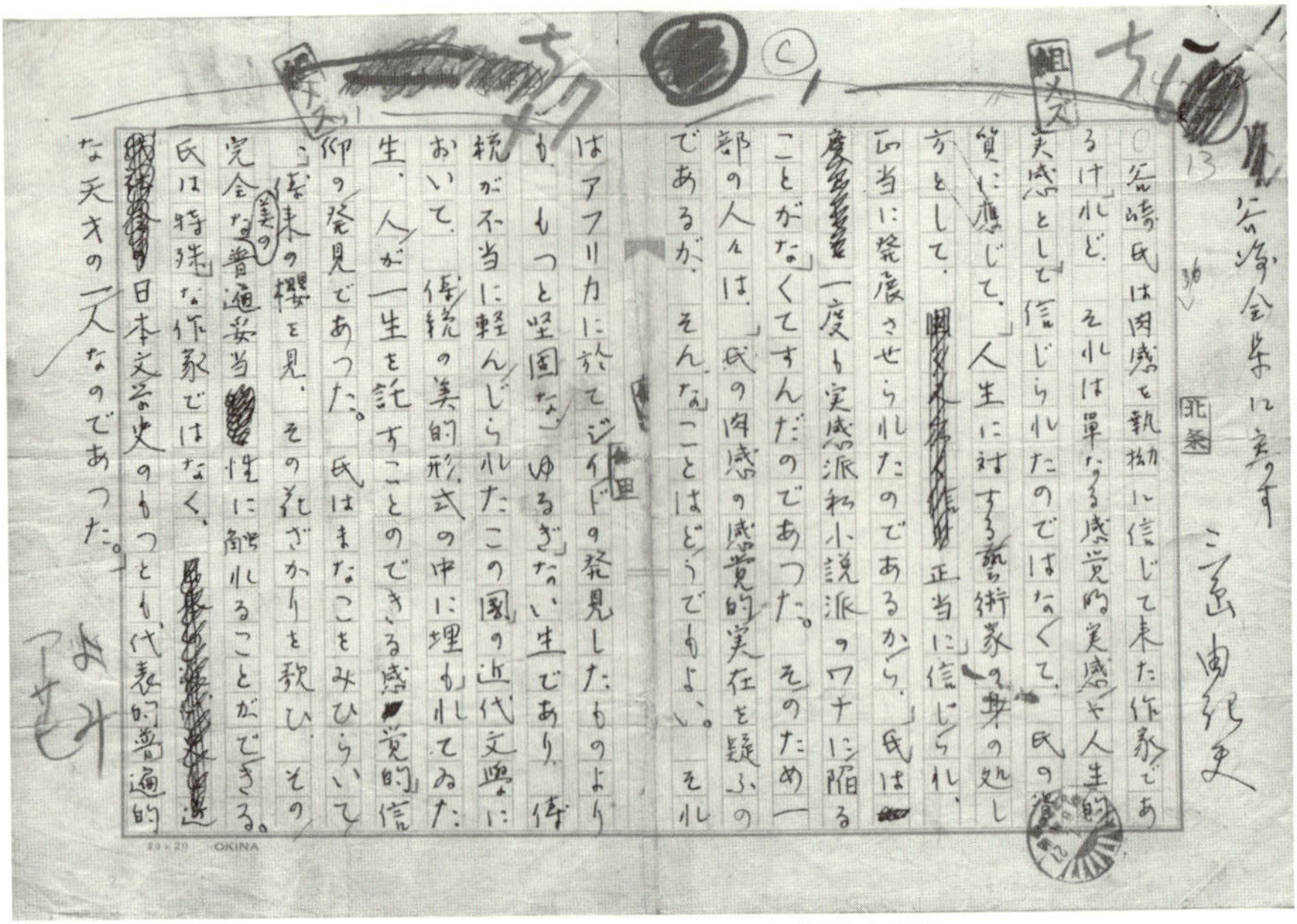

谷崎全集に寄す　三島由紀夫

谷崎氏は肉感を執拗に信じて来た作家であるけれど、それは単なる感覚的実感や人生的実感として信じられたのではなくて、氏の資質に応じて、人生に対する芸術家の身の処し方として、正当に信じられ、正当に発展させられたのであるから、氏は一度も実感派私小説派のワナに陥ることがなくてすんだのであつた。そのため一部の人々は、氏の肉感の感覚的実在を疑ふのであるが、そんなことはどうでもよい。それはアフリカに於てジイドの発見したものよりも、もつと堅固なゆるぎない生であり、伝統が不当に軽んじられたこの国の近代文学において、伝統の美的形式の中に埋もれてゐた生、人が一生を託すことのできる感覚的信仰の発見であつた。氏はまなこをみひらいて伝来の櫻を見、その花ざかりを歎じ、その完全な普遍妥当性に触れることができる。氏は特殊な作家ではなく、日本文学史のもつとも代表的普遍的な天才の一人なのであつた。

写真32　谷崎全集に寄す　三島由紀夫原稿

写真33　朝日新聞広告・三島由紀夫の推薦文（昭和33年１月29日）

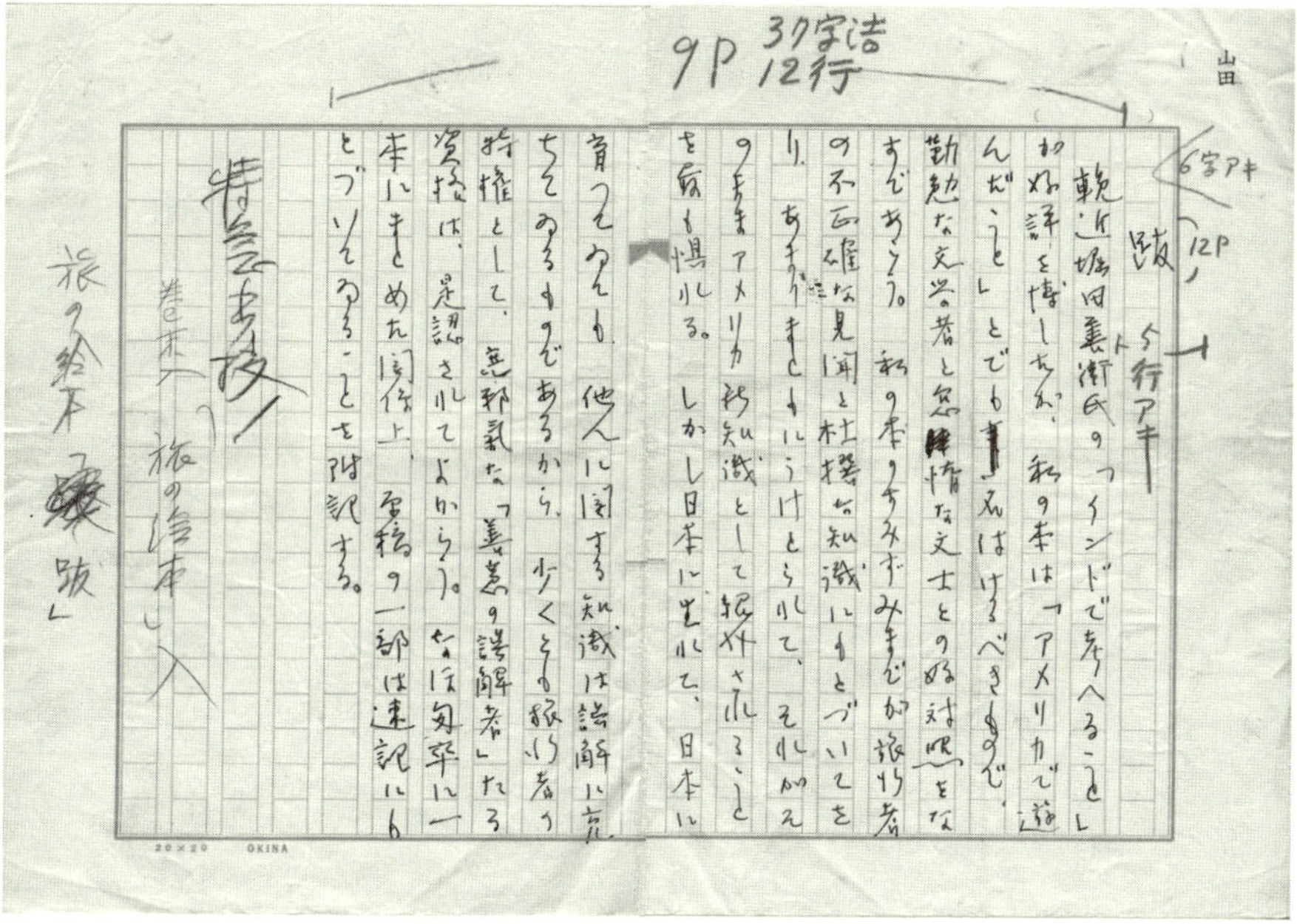

写真34　旅の絵本　跋　三島由紀夫原稿

とられて、それがそのままアメリカ新知識として紹介されることを最も惧れる。しかし日本に生れて、日本に育ってゐても、他人に関する知識は誤解に充ちてゐるものであるから、少くとも旅行者の特権として、無邪気な『善意の誤解者』たる資格は、是認されてよかろう。（略）」と記している。（三島由紀夫研究家）

註1　三島由紀夫：旅の絵本、講談社、1958
2　三島由紀夫：自作朗読、朝日ソノラマ4月号（88号）、朝日新聞社、1967
3　三島由紀夫：自作朗読、旅の絵本、新潮カセットブック、新潮社、1988
4　三島由紀夫：旅の絵本、外遊日記、筑摩書房、1995
5　三島由紀夫：中村歌右衛門宛書簡、中村歌右衛門展図録、1999
6　ドナルド・キーン：三島由紀夫の埋れた戯曲、中央公論社、1971
7　三島由紀夫：ドナルド・キーン宛て三島由紀夫未発表書簡集、中央公論社、1998
8　田中美代子：解題・校訂、決定版三島由紀夫全集第25巻、新潮社、2002
9　吉田満：ニューヨークの三島由紀夫、俳句とエッセイ、牧羊社、1976

書評

松本徹著『三島由紀夫の生と死』

細谷　博

松本徹氏は、いまも三島研究の屋台骨を支えつつ、三島論のみならず、『袈裟の首』、『師直の恋―原「忠臣蔵」』、『六道往還記』、『小栗往還記』、『風雅の帝―光厳』、『天神への道―菅原道真』と、次々に特色ある作品を生み続けている。その研究と実作にわたる旺盛な筆力に圧倒されてきた私であるが、氏との出会いは、まずは次のような文章にあった。「われわれ自身が持つ、ある問題意識なり、関心、興味に応へるものを文学に求めるのも一つの態度であらう。しかし、さうではなく、読むといふ行為を通して、水のやうに染み込んでくる、さう言つたものを求めるのも、また、一つの態度であるに違ひない。その態度をとるとき、ほかの誰でもなく、秋聲の存在が大きく浮びあがつてくるのである。少なくともわたしにとつては、さうであつたし、現在もなほさうである。刺激されたり、関心を掻き立てられたりしないところで、いつの間にかわれわれを浸してゐる。そして、そのこと自体を意識させもしないのだ」(「あとがき」)。いうまでもなく、氏の旧著『徳田秋聲』中の一節である。二十数年前、私はそれを強い共感をもって読んだのだ。と同時に、氏がすでに『三島由紀夫論』の著者でもあることを知り、氏自身言うように「あまりに異質で、奇妙な取り合わせ」とも思ったのである。それは、秋聲の文学が当時の私をまさにぬるま湯のごとくとらえ、浸したのに対し、三島のそれはひたすら私を刺激し、掻き立て、圧倒せんとするものと映ったからである。

しかしまた、氏は同書において次のように述べてもいたのだ。「作者は、現実のただなかに身をおいてゐて、そこで書くのだが、その現実と同じ次元の行為として書くのであれば、文学となり得ないのは、云ふまでもあるまい。現実に身をおきながらも、その次元をなんらかのかたちで離脱してゐなくてはならないのである。そして、そこにおいて初めて可能になった自由さが、それを文学的営為たらしめるはずなのである。そのところを、この文学空間が保証してくれるのである」(「一つのまとめ」)。これは、そっくりそのまま氏の三島論の一部ともなりうることばではないか。秋聲の作品世界の生々しさが、同時に現実次元からの微妙な離脱と見えるほどに独特の語りの空間の中でつくられたものであること。それは私自身も秋聲について書くにあたって実感したことである。では一方の三島はどのような「離脱」や文学空間を現出したのだろうか。いや、そもそも三島由紀夫とは、いったいどんな作家だったのか。そんな読者の素朴かつ率直な問いに対して、まさに今回の氏の本はまっすぐに向き合い、あらためてたしかな答えを出そうとしたものといえるだろう。

まずは、戦後の再出発となった『盗賊』への注目がある。『盗賊』は、「最も死の近くにゐた」戦後の三島が、その「恋」に決着をつけて先に進むため「生涯において最も苦労した」小説であり、「深い傷から出来て」いるのだ、と見るのである。そして、それはまた死の覚悟によって生きた戦時下と同様起死回生の試みでもあった、と解するのだ。さらに、同じ題材を扱って成功作となった『仮面の告白』も、たんなる私小説ではなく、「自分という存在」を解明して死地を脱せんとする「回復術」であったのだ、とするのである。こうした自己救抜を動機とする切実なものとして読もうとする作品理解は、三島文学の意義如何といった迂遠な次元にとどまることなく、三島ははたして今読むに値するか、という今日の読者の疑問に答えるたしかな手がかりとなるはずである。

ただし氏が、三島の「同性愛」が「肉付きの面」となったとして、「作品と作者の、独特な、ある意味では怖ろしく緊密で、深刻な係わりようです。書くことが自分の在り方を決めることになり得るのです。私小説作家が考えたこともない、係わりようでしょう」と述べていることに対しては、私は実はそれこそが「私小説」というものの持つ力ではなかったか、と問い返したいのである。たとえ愚かしい「私小説作家」が自作をどう認識しようと、「自分」をめぐることば、すなわち〈自己言及〉には、抜きがたい魔力と陥穽とがあるのだと考える故である。あるいは、すぐれた秋聲論者でもある松本氏はそうした私小説の魔力を熟知した上で、なお、われわれに向かって三島作品の独自性を示すことで、たんなる分類としての「私小説」の無意味を教えようとしたのか、とも思われたのである。『仮面の告白』を、「私小説ではまったくありません。劃然と違います」とする氏の力説は、いわゆる「私小説作家」の私小説と三島作品とを截然と区別するのみでなく、むしろ、『仮面の告白』をもあらためて見据えることで、われわれの文字の「私小説」的な志向の危うさと強靭さ——可能性をよりつよく感じさせるものとなっているのではないか、とさえ考えさせられたのだ。さらに続く、時代と作品とを見据えた三島解釈の提示は、これまでの松本氏の三島論による読解に裏打ちされて、具体的な像を結びつつ進んでいく。いわば氏は、三島の文学を、多彩な想像力による世界の創造などといった理解にとどまらぬ、より切迫した、現代を生き抜こうとした一人の人間の軌跡として受けとめようとしているのだ、といえるだろう。「三島は徹底して見る人であり、自意識の人でした」と説く氏の理解はひたむきであり、最期の「檄」の傍らには、三島が序文で「静かなヒロイズム」とした『東文彦作品集』を置かなくては、とする氏の受けとめは痛切である。『鏡子の家』の清一郎のニヒリズムを説いて、松本氏は、「世界崩壊」はもはや思想でも宗教でもなく「科学的可能性」であり、ニヒリズムも「世界そのものの自明な事態の、端的な認識」となったと述べる。かくも激動する世界をふまえて、人間を見据えた三島文学の理解は、肉声を思わせる氏のデス・マス調によって読者に迫って来る。それは、あらたな血の通った三島由紀夫像として生き生きと動くものとされているのだ。

その上で、そうした氏の作品理解の導きは、三島文学にこめられた俗性との葛藤の勝ち目のない闘い振りにこそ引かれてきた私に、生きがたいこの世のただ中で、「現実に身をおきながらも、その次元をなんらかのかたちで離脱」せんとして、より頼りなく、またよりしたたかにも歩んだ秋聲文学と三島のそれとの接点を、あらためて考えさせるものともなったのである。

（二〇一五年七月、鼎書房
二三五頁、本体一、八〇〇円＋税）

書評

井上隆史著『三島由紀夫『豊饒の海』VS 野間宏『青年の環』——戦後文学と全体小説』

富岡幸一郎

三島由紀夫の『豊饒の海』と野間宏の『青年の環』。この近代日本文学史のなかでも最も重要な大長編小説を対比してみせること、その試みがこれまでなされてこなかったのは文芸批評家の怠慢であり、近代文学の研究者の視野の狭さを示す何物でもない。

本書のタイトルを目にしたとき、評者はあっと驚くとともに、目から鱗の思いであった。昨年（二〇一五年）の十一月十八日、高円寺で野間宏生誕百年のシンポジウムを開催した折に、著者の井上氏からこの本をいただいた。その日は、野間没後二年目の一九九三年以来二十年間続けてきた「野間宏の会」の会報（年一回の野間宏をめぐる講演やシンポジウム等を収録）から、その貴重な記録をまとめた。『文学の再生へ——野間宏から現代を読む』（藤原書店）の刊行記念の会でもあったが、会の発足から関わってきた評者も、『青年の環』と『豊饒の海』を並べてみるという着想は全くなかったからである。いや、正直いえば、三島と野間という対極的な戦後文学者の畢生の大作を比較してみればとの思いは、かなり以前からあったが、その作業の困難さと射程の広さを直観しただけで諦めざるをえなかった。二十年に及ぶ「野間宏の会」でも、このチャレンジングな課題に向き合う機会を逸していたのである。

著者は「あとがき」にこう記している。

《文学的にまったく異質で、政治的、思想的にも正反対の立場と見なされる二人だが、決して話はそれだけではすまない。二人は非常に深い次元において、互いを意識しあっていた。彼らはいずれも戦後初期から、小説において生と世界の全体を捉え、表現しようとする強い意志を抱いていたのである》

野間が「全体小説」と呼びその果敢な実践として結実した『青年の環』と、三島が自ら「世界解釈の小説」と定義した『豊饒の海』。この両作品は、三島自裁の翌年昭和四十六年に同時に発表、完結するという運命的な遭遇をはたすが、昭和十四年の大阪を舞台として部落問題や人民戦線など戦時下の状況を、作家自身の体験をふくめて描いた『青年の環』と、日露戦争以後からの近現代の時間と輪廻転生や唯識哲学を内包した『豊饒の海』は、そのテーマや方法論、文体や思想などあらゆる点で対蹠的であるように見える。

しかし著者は、このまさに対蹠的なふたりの作家の文学表現の深部にあるものを慎重に取り出す。両者の作品を内容を丁寧に読み解きながら、さらにその内実に迫る。『青年の環』は、その長さ（八千枚に及ぶ）もあり、読み通す読者も残念ながら少ないのであるが、部落解放や左翼運動といった「問題」だけに注目が集まり、作中人物の大道出泉などが、その身体や病気の次元から体現している（人間の心理・身体から社会や思想を総合的に捉える）ものの重要さや面白さが見逃されている。著者はそれを作品の具体的な場面の描き方（精密描写）や、物語のダイナミックな構造（作品世界とそれを取り巻く現実との関係）などを指摘しながらあきらかにする。つまり、本書でなされているのは『青年の環』を文学史のなかから鷲摑みにし、過去の完結した作品ではなく、二十一世紀の現在の進行状況のただなかに解き放つということである。しかしそれは毛細血管をつなぎ合わせるようなテクストの内実の読みとともに、作家が影響を受けた西洋近代小説との関連（バルザック、プルースト、サルトル）や、戦後文学における野間の位置、『青年の環』にたいする同時代作家の批評（大江健三郎、大西巨人）など外堀りを埋めていく作業が不可欠となる。

　第一章では、戦後すぐに一号雑誌で終わった「序曲」での、野間と三島の交差から始まり、戦後文学史における両作家のスタンスや西洋文学の受容が、「全体小説」形成への視点から論じられており、二章三章において、『青年の環』と『豊饒の海』がそれぞれ「どう読まれてきたか」「何が問題なのか」「どう読むべきか」との角度より詳細に論じられている。『豊饒の海』に関しては、著者にはすでに『三島由紀夫幻の遺作を読む』（光文社）というすぐれた評論があるが、本書では三島のこのライフワークを欧米の長編小説との対比・影響もふくめて、改めてユニークな全体小説として浮きぼりにする。そして、「ポスト3・11の『豊饒の海』」として、この四半世紀以上にも及ぶ日本と世界の状況のなかでの、新たな読みの可能性が示唆される。

《戦後復興と呼ばれていたものは実は虚構であり、すべては虚無に帰着するのではないか。満州事変以降、いや日露戦争以降、もっと言えば明治維新以降、太平洋戦争に至るまで、日本のすべての歩みが無残な敗北に終わったという事実を、私たちは今、より完全な形で繰り返しているだけではないのか。（中略）三島由紀夫は『豊饒の海』において、このことを、誰よりも先に、徹底的に描き抜いていたことに、私たちは気づき始めたのである》

　『豊饒の海』のこの先駆性は、三島という作家の時代の予見力の大きさをそのまま示しているが、『青年の環』との対比で見えてくるのは、それがたんに三島の天才性や個性によるものではなく、戦後文学が目ざした全体小説の理念のなかでより明瞭になってくるということである。

　第四章「戦後文学と全体小説」の記述は、その意味で重要であり、いわゆる大河小説との違い（大河小説は、滔々と流れる大河のような感覚を読者に与えるにすぎない）が明確にされている。つまり、全体小説とは「単に個々の事物、事象が事細かに描かれている、あるいは、世代を超えた広大な時空間が作品の対象になっている」だけでなく、「より本質的な要因」を作品の核心部にはらむ。著者はそこで、最後にバルガス＝リョサの小説論を紹介し、全体小説novela total が、「すべての小説は、秘かな神殺しであり、現実の象徴的暗殺なのだ」という決定的な言葉を引き出す。

　これは本書の第一章で引用されている、『序曲』の座談会で戦後文学の若き旗手たらんとする三島が口走った、「人殺しをしたいんだ、僕は。これは逆説でなくって、ほんとうだぜ」という、創作者の究極的な告白につながり、その作家生涯をこの世界と現実の理不尽さにつねに対峙させ続けた野間宏の、異様ともいえる情熱にも重なる。

　二十一世紀における全体小説の新たなアクチュアリティとその無限的な可能性。それが『青年の環』と『豊饒の海』という未読の大作から、いま鮮烈な言葉の光輝としてよみがえってくる。

（平成二十七年十一月、新典社
一九一頁、定価一、四〇〇円＋税）

書評

鈴木ふさ子著『三島由紀夫　悪の華へ』

柴田勝二

　三島由紀夫を論じる際の視角は、大まかに二つに分けられる。ひとつは〈人間〉に堕してしまった天皇への呪詛を焦点として、戦後社会への熾烈な批判意識を作品に盛り込みつづけた作家という把握であり、もうひとつは少年期から欧米や日本の耽美的な文芸に親しみ、華麗な比喩をちりばめた装飾的な文体で独自の美的世界を構築した芸術家という見方である。もちろん両者は有機的に連繋しており、別々の貌として存在しているのではないが、現実には論じ手はどちらかに重きをかけて三島文学という沃野に切り込んでいくことになる。

　この分類に照らせば、鈴木ふさ子氏による本書は明らかに後者のタイプに属し、なかでも少年期から三島を魅了し、創作を触発しつづけたオスカー・ワイルドとの関わりを軸として、三島の辿った人生の軌跡と創作の営為を重ね合わせて論じた作家論である。もっとも作品論の羅列によって成っているのではなく、幼少期から一九七〇年一一月の自決に至るまでの三島の軌跡を辿る評伝的な性格を一方では備え、ワイルドの色濃い影響を蒙ろうとする心性が同時にその人生の形成をも左右していたという視点が全編にわたって流れている。

　構成としては、少年期と自決直前に三島の世界に現れる『サロメ』を紹介する「プロローグ」と「エピローグ」を挟んで、「白い華」「赤い華」「青い華」という三つの色彩を冠した題を持つ章が連ねられている。各章の題にはそれぞれ「終わりのない純潔」「滅亡への疾走」「絶対への回帰」という副題が付され、第一章では江戸川乱歩の小説を戯曲化した『黒蜥蜴』を皮切りに『酸模』『岬にての物語』『盗賊』が論じられ、第二章では『仮面の告白』と『金閣寺』を挟んで「路程」「東の博士たち」「館」「中世に於ける一殺人常習者の遺せる哲学的日記の抜萃」といった初期作品や紀行文の『アポロの杯』などに論及されている。第三章では『鏡子の家』「憂国」『サド侯爵夫人』「英霊の声」といった中期以降の作品が主に論の対象とされている。

　作品の列挙に示されているように、論及の比重は初期作品にかけられているが、それは著者が軸とするワイルドとの関わりが顕著に現れているのがこの時期の作品群だからである。第一章で論及される『黒蜥蜴』や『盗賊』の基底をなすのは、「悲劇」「虚無」「死」といった三島文学の主題と著者が想定するものと表裏一体の関係にある「純潔」への志向であり、自殺する黒蜥蜴や結婚初夜に心中する『盗賊』の男女の帰結は、現実世界の世俗性を拒絶する「純潔」の発動によるものとされる。『仮面の告白』では語り手の「私」が少年期に親しんだ詩としてワイルドの一節が挙げられているが、三島がワイルドに惹かれたのはその反キリスト教的な姿勢のなかに見られる同性愛、血、死、エロスといった要素であり、一方「私」が惹かれる園子はキリスト者的な純潔を漂わせる少女であるため、「私」は彼女を「キリスト教の反逆者としての自らの嗜好ゆえに拒まなくてはならない」という葛藤を経験することになるという。総じて三島がワイルドから触発された主題として想定されるものは「悪」と「血」への傾斜であり、それが十代の「館」や「哲学的日記」や、紀行文の『アポロの杯』などにも、濃密に込められているとされる。

これらの作品にそうした要素が見られることは事実だが、その根元にワイルドという固有名を持ってこなくてはならない必然性はさほど強固であるようには思われない。十代の詩に語られる「椿事」への期待に見られるように、少年期の三島が望んでいたものは非日常的な昂揚感であり、「悪」や「血」はその表象としての側面の方が強いといえよう。また思想的な分脈においても、周知のように「哲学的日記」はニーチェの影響の色濃い作品であり、ニーチェ的な「力」への憧憬が、凡庸な日常を蹂躙しつつ、その蘇りを願う行為としての「殺人」に「私」を赴かせている。また「憂国」における割腹の描写も『サロメ』への愛着に帰せられているが、この作品に流れ込んでいるバタイユ的な死とエロスの結合には言及されていない。

もちろん著者は三島作品のすべてをワイルドとの連関のなかで論じようとしているわけではなく、個々の作品のなかに分け入りつつ、そこに見出される世俗的現実への嫌悪の表象としての「純潔」への志向や、その逆説的派生物としての「悪」や「血」への憧憬が摘出されている。その視点はひじょうに明確である反面、いわば切り口が一定であるために、どの作品についても同様の解釈がもたらされる単調さがあるという印象は拭えない。『金閣寺』にしても、語り手は次第に強まってくる「悪への沈潜」の帰結として金閣放火に及ぶとされるが、そこで彼を動かしている「悪」の内実は戦後の平穏のなかで安逸を貪っているかのように見える金閣と、それが象徴する戦後日本への憎悪であるはずだ。本書ではこうした戦後社会との関わりへの言及は僅少にとどめられており、そのため枠として置かれているワイルド的な主題との連関がどうしても浮上してくることになるが、それがかえって作品の実態から離反しているように映ることもしばしばあるのである。一方耽美的な文脈へのこだわりが視点の斬新さをもたらしている面もあり、とくに『金閣寺』の鶴川が『アポロの杯』にも出てくるアンティノウスの再来であるという指摘は秀逸で、新しい作品解釈への道を開いているだろう。

本書を特徴づけているのは、こうした視点、切り口をあえて限定することによって、非日常的な美の絶対性に殉じようとした芸術家としての三島像を鮮明に切り取ろうとする方向性である。一九七〇年の自決も、「絶対」への希求が昂じていった末の帰結であり、そこで流されたのは「武人としての自己処罰の血」であると同時に「芸術家としての血」であるとされる。これはある意味では古典的な三島像だが、三島の人生の軌跡と重ね合わせた分かりやすい語り口と相まって、作家論として強いインパクトをもつ一冊であるといえよう。

（平成二十七年十一月、アーツアンドクラフツ　二六三頁、本体二、二〇〇円＋税）

書評

梶尾文武著『否定の文体—三島由紀夫と昭和批評』

武内佳代

本書は、主に同時代の文学的言説に対する「反作用」として三島由紀夫文学が結実していく様相を、その「文体」とテーマの根底に「自己否定」というイロニーを捉えながら詳らかにしたものである。構成は序章と五部立ての全一〇章から成る。

序章では、『太陽と鉄』等の言説分析を通して、戦後の三島由紀夫の「肉体の言葉」＝「明晰なる文体」が、自身の少年期や戦後派文学に内在した人間の「内面」への拘泥に対する「否定的な反動」として現れた、という本書の考察の中心的枠組みが示される。

「第1部　読むことの快楽」は、戦中と敗戦直後の短篇に光を当てている。第1章では、保田與重郎の系譜的な文学史記述による「古典回帰」の方法を物語化したものが、戦中の短篇「花ざかりの森」だと考察される。その上で、「精読者《リズール》」たる主人公「わたし」が「彼ら「祖先」たちの物語と同化し、最後にはそれらを模した新たな物語のうちに自身の現在を封入する」本作の物語叙述に、もはや「本物の古典世界には回帰しえない、系譜のこの空虚な贋物ぶり」というイロニーが把捉される。第2章では、敗戦直後の短篇「岬にての物語」と「軽王子と衣通姫」における、三島の幼年期の読書体験に基づく「死」を夢想化するデカダンスの美学が、「団長という醒めた大人の眼差し」から「死」が対象化される短篇「サーカス」に到って終焉を迎えるとされる。

「第2部　フィクションとしての記憶」は『仮面の告白』論と『金閣寺』論から成る。第3章では、まず『仮面の告白』の「私」の「倒錯」が、同性愛にではなく、「私は私でありたくない」という自己否定の欲望を異性愛への参入という強迫観念へと転化したことにある、という卓見が示される。そして本作の叙述分析を通じて、この欲望がやがて書く行為を通した「私」の脱主体化に繋がると考察し、この脱主体的な文体に、「「主体性」の確立をいわば金科玉条としていた戦後派の実存主義的な傾向」に抗う、花田清輝と同種の志向を見出す。第4章は、放火の動機を組成すべく叙述される『金閣寺』で、「ここまでの叙述の意味を全て自己否定するかのように」、結末の「私」が「行為の動機を見失う」ことに焦点を当てる。放火は本来、吃音者「私」の「疎外からの自己恢復」が目的だった。だが「無駄事」としての放火は、行為による「私」の言葉との和解の不可能性を表象する。この文脈において本作の美的文体は、「「私」が言葉に所有されていることの徴候」、つまり言葉による主体性の危機を意味する。梶尾氏はこの点にこそ、江藤淳が主張した「「現実」に向かって行動＝参加する文体」への「反作用」を捉える。以上のように第二部は、叙述とその主体の関係の様態が微に入り細を穿って分析され、同時代の文学的言説のなかの三島文学の特異性を鮮やかに浮かび上がらせる、本書の最も刺激的なパートを成している。

「第3部　文学批判の方法」は五〇年代

発表の『潮騒』と『美徳のよろめき』についてである。第5章では、「メタフィジックな想像世界の自律性」を文学に求めた「想像力派」らの台頭という批評的磁場に、『潮騒』の登場を配置する。その上で、古代ギリシャ的な「古典主義」の試みとして「メタフィジックな奥行が排除され、対象世界の全てはただ言葉だけで可視化される」本作の「文体」に、自然主義だけでなく「文学主義的な想像力派への批判」をも読み取る。第6章では、大衆の「文芸復興」期に「風俗」を文学的想像力の条件とした第四次『批評』一派への「反作用」を、『美徳のよろめき』に捉える。小説も読まぬ女主人公が、「物語趣味」という「大衆社会を覆いつつあったロマンティシズムへと覚醒し」たのち、堕胎という「苦痛」をくぐり抜け、現実を直視する「明晰」さを手にする。この「明晰」な主人公が結末で書く手紙の陳腐さに、梶尾氏は「現実が表現不可能であること」という三島的イロニーを見出す。

「第4部　現代史としての小説」は、六〇年前後に書かれた『鏡子の家』と『美しい星』を取りあげる。第7章では、橋川文三ら戦中派と石原慎太郎ら戦後派の「戦争体験」をめぐる思想的な世代間対立で湧いた文学場での、三島の特異な位置が『鏡子の家』の分析を通して解明される。五五年体制以降の日本の安定期、その単調な「日常」の否認のために懐古的に召喚されるのが焼跡という「廃墟」である。だが、それが本作では「体験的な実感を捨象した幻影」である限り、同時代の戦中派の「戦争体験」の絶対視とは袂を分かつとされる。第8章は、「日常」の否認としての核終末論を「小説の形式」=「思想」とした『美しい星』の、「三人称小説でありながら、作中の自称宇宙人が本物の宇宙人なのか狂人なのか、その正体を見定めるメタ認識を予め放棄」した叙述を焦点化する。それにより、本作を「「架空世界」と「現実世界」の二分法を解体する」「核時代の狂気」を映した「現代小説」と定位する。

「第5部　文学的言語の遂行力」では、第9章で五〇年代発表の『近代能楽集』の諸作を分析し、「新劇における写実主義の払拭」として三島が「ただセリフだけで劇場《シアター》を創発しうるような文体の力」を駆使し、「シアトリカルな演劇の再構築を目論んだ」ことが考察される。第10章では、六〇年代の三島の「天皇」をめぐる言説と行動を、同時代の思想的な動向と比較・再検証している。梶尾氏によれば、三島は「戦後日本に再び一般意志を顕現させるべき、言論の自由にもとづく天皇親政を希求」するが、その「当為《ゾルレン》」としての「文化概念としての天皇」の希求は、そもそも到達不可能性に拠って立つとされる。梶尾氏はこの情念に、三島の文学的営為に見られた「疎外と自己否定への欲望」という「イロニー」の内在を捉える。

本書の完成度は極めて高い。文体も魅力的だ。だが気になる点もある。紙幅の都合上、二点だけ挙げる。第一に、前半部は小説テキストの巧緻な叙述分析を基に、「文体」から三島の文学的営為にアプローチするが、第七章以降は急転して主にテーマ論的な読解が展開されるというアンバランスがあること。第二に、全体的に三島の文学的企図を同時代の文学場に対する批評意識へと一元的に還元することで、三島その人や個々の作品の豊かな多面性が後景化することである。だが、これは望蜀の言に過ぎない。すべての戦後日本文学研究者が手にすべき貴重な一書であることは間違いない。

（二〇一五年一一月、鼎書房
三五一頁、本体七、〇〇〇円＋税）

書評

有元伸子・久保田裕子編『21世紀の三島由紀夫』

斎藤理生

三島由紀夫研究に限らない。いま日本文学がどのように研究されているのかを知りたいと思っても、何から手を付ければよいのか、非常にわかり難いのではなかろうか。今日あらゆる学術領域において、研究は先鋭化・細分化している。くわえて、学問の社会的意義が問われがちな昨今、研究を世間一般へと開く必要は以前よりも増している。ところが、研究の現状を伝える手段はむしろ失われつつあるようなのである。

かつて日本文学研究では、中規模の書店になら置かれていた「国文学」や「解釈と鑑賞」が、橋渡しの役割を担っていたと考えられる。だがそれらは休刊してしまって久しい。いかにして研究の最前線から隣接領域の研究者、あるいは文学に関心を持つ一般の読者といった層にアプローチし、作家や作品の理解を更新してゆくか。本書はそのような需要と課題に真摯に応えようとした本である。

同様の試みとして思い浮かぶのは、太宰治研究における『展望太宰治』（安藤宏編、ぎょうせい、二〇〇九・六）や、芥川龍之介研究における『芥川龍之介ハンドブック』（庄司達也編、鼎書房、二〇一五・四）などである。ただ前者は専門色の濃い論考を主軸としている。後者は重要な論点を数多く項目化しているが、ひとつひとつを掘り下げることは読者に委ねている。それらに対して本書は、間口を広くとりつつ奥行きも得ることを目指している。その試みは成功していると言えよう。

全体は四部構成である。「エッセイ／インタビュー」と、「Ｉ 三島由紀夫 作品の世界」「Ⅱ 三島由紀夫 作品へのアプローチ」「Ⅲ 三島由紀夫 作品を読むための事典」という研究篇三部から成る。

「エッセイ／インタビュー」には、坂東玉三郎、生田大和、宮沢章夫、田尻芳樹、福田大輔、キース・ヴィンセント、ナムティップ・メータセート、藤田三男のエッセイと、宮本亜門のインタビューが収められている。一般に専門家以外から寄せられる文章は、紙面に彩りを加え、読者を広げる役目を果たす一方で、ともすれば思い出話や印象に留まりがちで、研究の緻密さと乖離してしまうきらいがあろう。が、本書においてこの部は決して飾りではない。特に「しんとした」という頻出語を手がかりに聴覚を分析した田尻、三島を「男色により寛容な世界には遅すぎ、ゲイの行動主義やゲイのプライドといった文化の開花を経験するには早すぎた」作家と位置づけるヴィンセント、『金閣寺』を舞台化した宮本の解釈などに傾聴する指摘が多かった。

研究篇の「Ｉ」は八つの作品論を収める。『仮面の告白』『潮騒』『金閣寺』『憂国』『豊饒の海』『近代能楽集』『サド公爵夫人』『文化防衛論』といった、三島作品を考える上で欠かせない、研究史の厚みのある作品群に対して新たな読み直しが試みられている。とりわけ『金閣寺』の発表時期に着目しつつ主題を「創作と受容の体験性そのもの」とした松本常彦の論、劇場での俳優の演じ方から『サド公爵夫人』を読み直した宮内淳子の論に刺激を受けた。

「Ⅱ」は歴史観、文学史、語り・テクスト、（ポスト）コロニアリズム、ナショナリズム、アダプテーション、作家表象及び二次創作という七つの門から三島作品に通じる道筋が拓かれている。批評理論を足場にしながらも、あくまで三島の表現を読み解こうとするねらいは一貫している。なかでもプロデュースという観点から三島を戦後文学史の中に再配置した佐藤秀明の論、多様な作家像の氾濫を海外を中心に検証した山中剛史の論に蒙を啓かれた。

「Ⅲ」は一三項目の事典である。短いながらも示唆に満ちた文章が並んでいる。「戦争」「天皇」「政治と文学」「ジェンダー」「美術」「古典」といった項目は、日本の近代を生きたほとんどの作家に共有される問題であろう。また「生成論」「エンターテインメント」「出版メディア」「海外における受容」なども、二〇一〇年代の文学研究において欠かせない視点であろう。一方で、「セクシュアリティ／クィア」「肉体」「旅行記／ツーリズム」「映像」といった項目が成り立つことは、それ自体が三島作品の特徴を示していよう。

見逃せないことは、「Ⅰ」で主に論じられた代表作が「Ⅱ」や「Ⅲ」でもたびたび言及され、変奏されてゆくことである。読者は通読することで、近年の研究の定説や代表的な論考への理解を深め、その上で各論の独自性をより細かく吟味できる。「Ⅰ」で取りあげられた作品以外では『鏡子の家』『美しい星』などが多様な角度から照らされており、新鮮であった。

研究篇だけでも三〇名以上の執筆者が寄稿している本書がバラエティに富んでいることは間違いない。一方で執筆者に共有されていたのが「今、三島を読むことにはどのような意味があり、どのような可能性を拓いていくことができるのか」（「はじめに」）という問題意識である。実際、本書においては三島がそれぞれの時代と深く切り結び続けた存在であったことが改めて論証されている。だからこそ、研究する側も二〇一五年という時代の枠組みから自由ではないことに自覚的たらんとした姿勢は理解できるし、誠実かつ貴重であると思う。ただ率直に言えば、その意識の高さが時に性急に感じられ、戸惑いを覚える場合があったのも事実である。アクチュアリティを強調することは、状況が移り変わった後に、そこでの考察ごと古めかしく感じさせてしまうおそれがないだろうか。むろんこうした危惧がよぎったのは、本書が一〇年後、二〇年後にも参照される内容を多く含むと考えるためであるが……。

もう一点だけ注文を付ければ、索引がないことが残念であった。「いずれのパートから読んでいただいてもかまわない」（「はじめに」）ように設計され、事典も備える本書は、要所を〈引く〉ことで、大きな成果を得られるはずである。

もっとも前述した通り、通読することで得られる知見は多くある。目下必要とする情報のみをピンポイントで押さえるのではない読書によって、三島研究はもちろん、今の日本近代文学研究で使われている術語や枠組みもよく見えてくる。三島研究者・愛好者に限らず、日本文学の研究が今どのようになされているかを知りたい人にも強く推薦できる一書である。

（二〇一五年一一月、翰林書房　三二六頁、定価三、二〇〇円＋税）

紹介

佐藤秀明編『三島由紀夫の言葉　人間の性《さが》』

吉村萬壱

私は頻尿なので、居酒屋などで飲んでいるとよくトイレに行く。するとどうしてもトイレの壁に掛けてあるカレンダーに目がいく。よくあるのは、心に沁みる言葉が記されたものだ。

「人目を気にせず自分の道を往け。そうすれば失敗しても後悔はしない」とか。酔っているので「そうだな～」と思うが、よく考えると全く気に入らない。人をすぐに納得させるような言葉は、決まってどうでもいい言葉なのである。

佐藤秀明編『三島由紀夫の言葉　人間の性』を読んだ。たとえ三島由紀夫の言葉であっても、凡庸な編者なら「そうだな～」で終わる凡作に堕するところを、この語録は、読者に安易に納得される事を巧妙に避け、「この本に書かれている言葉を易々と生きる指針にされてたまるか」という悪意に貫かれていると感じた。それはつまり、新書という制約の中にあって最大限、三島由紀夫という存在のエキスが、精確に搾り取られているという事に違いない。

私は三島由紀夫の熱心な読者ではなく、小説ですらそんなに沢山読んでいるわけではないが、恐らく『決定版　三島由紀夫全集』全四十二巻を通読した時の印象と、この新書を読んだ時の印象とに大きな隔たりはないと直観した。

例えば、「良い本」について。

「それは最後に、読む人に向かって「ノウ」と言います。読む人の自己弁護の読みかたに逆らって、最後の瞬間に「ノウ」と言うのであります。ほんとうに一流の書物のなかにはそういう「ノウ」という力が溢れています。そしてその力は彼らを脅かし、彼らを今のぬくぬくとした状態から追いたて、飛びたたせるのであります」（「青春の倦怠」）

実にシオランばりの毒の効いた名言だが、本書にはこの「ノウ」が溢れている。

私は小説家なので、特にⅣ「芸術の罠」に毒された。悪趣味な小説を書く傾向があるので、「真の悪趣味を調理するにはむしろすぐれた文学の包丁がいるのだ」（「発射塔」）などという文に接すると、自分の方向性が間違っていない気がして嬉しくてしょうがない。三島由紀夫は、読者をして彼に好かれたいと思わせる不思議な魅力を持っている。しかし読み進むに連れて次第に突き放され、読み返すと「悪趣味」ではなく「真の悪趣味」と書いてある事に気付く。そして忽ち、では「真の悪趣味」とは何だ？　と考えざるを得ない。こういうのが、良書と言うのである。

「はじめに」を含めて各章の頭に付された佐藤氏の解説をまず通読しておくと、これは一筋縄ではいかんぞという心構えが出来ると共に、これ自体が驚くほど的を射たコンパクトな三島由紀夫論であり、本書の性格もよく分かる仕組みになっている。

新書だが、含まれている毒は全集並みの危険な本だ。

（新潮新書、二〇一五年一一月、新潮社
二〇四頁、本体七二〇円＋税）

編集後記

没後四十五年、本誌を創刊してから十年（本号刊行時点でいえば各々一年加えなくてはならない）が経過した。その間、われわれは何をして来たか？　正直なところ、この問いかけに正面から向き合うことが、いまなお出来かねるのが現状であろう。なにしろ三島由紀夫という存在自体の大きさ、多面体ぶりがますます明らかになって来て、いわゆる文学の領域を越えているとの認識を強めるほかない成り行きになっているからである。加えて、政治的次元の問題、著作権が係ることなどもいまだにまとい付いていて、解消されるのにはまだ時間がかかると覚悟しなければならない。

そうした事情があるものの、本号に収めた論考を通読して、この作家が世を去って四十五年という年月を、論者の多くが無駄に過ごして来ていないことを、確認することが出来たと思う。個々の作品、個々の行動自体、変わるはずはないのだが、その持つ意味あい、色合いが年月の推移とともに変化する。また、そういうことがあってこそ、作家は生き続けるのであって、今日、われわれが読み継ぎ、研究し続ける意味もあるのだ。そのところを、それぞれに鋭敏、着実に受け止め、思考を重ねて来ており、論自体の当否は別に論じなければならないとしても、それぞれに微妙な奥行、厚みを獲得、考えさせるものを差し出していると思った。

文学研究自体、最近は社会的意味を希薄にしている状況が顕著な気配だが、このような状況であればあるほど、この点が肝要である。

創作ノートの復刻は、国際シンポジウムなどの催しがあったため、十分な時間が取れず、休載とした。

文学館秋のレイク・サロンには、村松英子さんに来て頂いた。お話は、活字にしてしまうと、先の『同時代の証言・三島由紀夫』（鼎書房）と重複するので、掲載は見送ったが、やはり舞台人ならではの時間であった。山中湖まで足を運んでくださった方々には喜んで頂けたと思う。

次号は、「三島由紀夫とスポーツ」を予定している。当然、ボディ・ビル、剣道などから、肉体そのものの考察に及ぶはずである。

（松本　徹）

三島由紀夫研究⑯
三島由紀夫・没後45年
発　行――平成二八年（二〇一六）四月二〇日
編　集――松本　徹・佐藤秀明・井上隆史・山中剛史
発行者――加曽利達孝
発行所――鼎　書　房　http://www.kanae-shobo.com
〒132-0031　東京都江戸川区松島二-一七-二
TEL・FAX　〇三-三六五四-一〇六四
印刷所――太平印刷社
製本所――エイワ

ISBN978-4-907282-26-4　C0095

三島由紀夫研究

各巻定価・二、五〇〇円＋税

①三島由紀夫の出発
②三島由紀夫と映画
③三島由紀夫・仮面の告白
④三島由紀夫の演劇
⑤三島由紀夫・禁色
⑥三島由紀夫・金閣寺
⑦三島由紀夫・近代能楽集
⑧三島由紀夫・英霊の聲
⑨三島由紀夫と歌舞伎
⑩越境する三島由紀夫
⑪三島由紀夫と編集
⑫三島由紀夫と同時代作家
⑬三島由紀夫と昭和十年代
⑭三島由紀夫・鏡子の家
⑮三島由紀夫・短篇小説
⑯三島由紀夫・没後45年

同時代の証言・三島由紀夫

松本　徹・佐藤秀明・井上隆史・山中剛史編

四六判上製・四五〇頁・定価二、八〇〇円＋税